À PROPOS DE L'AUTEUR

Épouse d'un officier de marine, Julia Justiss a beaucoup voyagé en Europe. Toutefois, si elle parle couramment le français, c'est l'Angleterre tumultueuse de la Régence (1812-1820) qui lui inspire ses romans historiques, unanimement salués par la critique.

Inaccessible duchesse

JULIA JUSTISS

Inaccessible duchesse

Traduction française de
ANNIE LEGENDRE

Les Historiques

HARLEQUIN

Collection : LES HISTORIQUES

Titre original :
STOLEN ENCOUNTERS WITH THE DUCHESS

HARPERCOLLINS FRANCE
83-85, boulevard Vincent-Auriol, 75646 PARIS CEDEX 13
Service Lectrices — Tél. : 01 45 82 47 47

www.harlequin.fr

ISBN 978-2-2803-6990-9 — ISSN 1159-5981

Chapitre 1

Marchant d'un pas qu'il espérait assez vif pour dissiper les vapeurs d'alcool qui lui embrumaient le cerveau, David Tanner Smith, député du comté d'Hazelwick, s'éloignait de l'élégante demeure de Mayfair dans laquelle il avait dîné avec quelques collègues whigs[1] pour regagner son appartement d'Albany.

Ses amis avaient insisté pour qu'il s'attarde encore un peu en leur compagnie. Mais après une journée passée à entendre les objections les plus farfelues que s'obstinaient à soulever les opposants au *Reform Bill* afin d'en retarder le vote, il était las de discuter politique. Et, il lui fallait bien l'admettre, il était plutôt d'humeur maussade.

Ses pas résonnaient de façon lugubre dans les rues obscures tandis qu'il se dirigeait vers son logis désert. Certes, il était ravi que son meilleur ami, Giles Headley, ait trouvé le bonheur en la personne de Lady Margaret. Mais en perdant la compagnie de celui qui avait toujours été son colocataire depuis leurs années d'études à Oxford, il avait vite compris ce que signifiait le mot « solitude ».

Et puisque la seule femme qu'il eût jamais aimée était

1. *Whigs* et *Tories* sont les noms des deux grands partis parlementaires historiques anglais depuis le XVIIe siècle. Aujourd'hui, ces deux partis, au pouvoir en alternance depuis de nombreuses décennies, sont désignés sous le terme de conservateurs et de libéraux. N.D.T.

définitivement hors de portée de l'orphelin de basse extraction qu'il était, il n'avait, contrairement à son ami, aucun espoir de rompre cette solitude par un heureux mariage. Ses origines modestes de fils de fermier, associées au fait qu'il bénéficiait de la protection d'un baronnet et d'une marquise, faisaient de lui un être socialement indéfinissable qu'on ne pouvait à aucun titre intégrer dans la gentry. Sans qu'on puisse tout à fait manquer de prendre en considération sa puissance montante chez les Whigs.

Bref, un vrai mouton à cinq pattes, songea David avec un sourire d'autodérision. Ce qui avait au moins un mérite : les mères de filles à marier ne parvenant pas à décider s'il était un bon parti ne le considéraient pas comme un gibier de choix.

Son sourire s'évanouit quand il se rappela la froideur hostile de son petit appartement d'Albany, désormais orphelin de la présence de son meilleur ami. Quelle piètre union consentirait-il à contracter s'il se sentait trop accablé par la solitude ? Se résignerait-il à épouser la fille grasse et sans charme d'un commerçant spéculant sur la réussite de ses ambitions politiques ? Ou celle, osseuse et méprisante, d'un aristocrate oisif qui, s'ennuyant dans les dorures de sa richesse, passerait volontiers sur l'origine trop modeste du jeune député dans l'espoir d'être invité à la table des puissants ?

Il quittait North Audley Street pour s'engager dans Oxford Street quand le bruit d'une altercation parvint à ses oreilles. Ralentissant le pas, il scruta l'obscurité d'où se détachaient confusément les silhouettes de deux hommes qui s'en prenaient à une femme enveloppée dans un manteau de soirée.

— Lâchez-moi tout de suite ou j'appelle un policier ! cria soudain la femme d'une voix que la frayeur rendait anormalement aiguë.

— Mais vas-y, ma belle. Te gêne pas, ricana l'un des deux hommes en la saisissant par les deux poignets.

Son acolyte, qui la tenait par les épaules, lui intima en baissant le ton :

— Tout ce qu'on t'demande, c'est d'nous donner tes perles, et le reste de tes bijoux. Avant qu'on t'les arrache !

— Et si t'obéis pas assez vite, y s'pourrait bien qu'après on t'emmène au bordel du coin pour prendre un peu de bon temps. Sans compter qu'y paieraient un bon prix pour prendre comme pensionnaire un joli p'tit morceau comme toi.

— Retirez vos sales pattes de moi ! hurla la femme qui se débattait comme une diablesse entre ses deux agresseurs.

Resserrant sa prise sur sa canne, David fonça au pas de course sur le petit groupe.

— Libérez immédiatement cette dame ! hurla-t-il en la brandissant d'un geste menaçant. Sinon, c'est moi qui appelle la maréchaussée. Et j'ai un sifflet.

Un instant impressionnés par la forte carrure du nouvel arrivant, les deux voyous s'immobilisèrent. Mais sous-estimant le danger que représentait un homme dans la force de l'âge et plutôt bien armé, car David était muni d'une canne-épée spécialement conçue pour la défense, ils décidèrent néanmoins d'en finir avec leur victime avant de prendre la poudre d'escampette. Se jetant de nouveau sur leur proie, ils tentèrent de lui arracher collier, boucles d'oreilles et bracelets avant de prendre la fuite.

Tant pis pour eux, se dit David, *je les aurai prévenus !*

Après une journée passée à ronger son frein devant une assemblée d'imbéciles égoïstes et retardataires, administrer une bonne raclée à ces gueux lui paraissait un excellent moyen de prendre un peu d'exercice.

Il se jeta sur eux avec un rugissement et, d'un coup du bout de sa canne asséné sous l'oreille du premier agresseur, il l'envoya brutalement s'assommer contre le mur. Puis, vif comme l'éclair, il délivra un uppercut sous le menton du second qui s'effondra sur le pavé avec un craquement sinistre. Sans doute le bougre venait-il de laisser un os dans l'aventure. Quant à la jeune fille, les jupes relevées à pleines mains pour mieux courir, elle s'enfuyait déjà à toutes jambes sur le trottoir luisant de pluie.

Un peu essoufflé, David la regarda s'éloigner. Ce n'était pas l'envie qui lui manquait de livrer les deux malfrats au poste de police le plus proche mais, pour la sécurité de la victime, il ferait peut-être mieux de la rejoindre. À cette heure de la nuit dans les rues de Londres, une femme seule était en danger. Dans le meilleur des cas, elle risquait d'être abordée par un homme en quête d'une bonne aventure.

— N'ayez pas peur ! cria-t-il en se lançant à sa poursuite. Je ne vous veux aucun mal… Il n'est pas prudent de circuler seule par ici, la nuit. Laissez-moi vous raccompagner jusqu'à chez vous.

La jeune fille lança un coup d'œil par-dessus son épaule et, apparemment peu convaincue, accéléra l'allure. Gênée par l'ampleur de sa jupe et ses bottines à talons, elle aurait été bien en peine de le semer mais elle n'eut pas le temps de s'en rendre compte : avant qu'il n'ait eu le temps de la rattraper, elle trébucha et tomba à genoux avec un petit cri.

David la rejoignit en quelques enjambées et lui tendit la main pour l'aider à se relever. La jeune femme se débattit avec une telle violence que, lorsqu'il voulut l'empêcher de basculer sur le pavé, elle se trouva projetée contre lui. Jurant entre ses dents, il s'efforça de retenir l'inconsciente qui continuait à se débattre.

— Voulez-vous vous calmer ! intima-t-il d'une voix forte. Nous n'allons tout de même pas nous battre dans la rue comme de vulgaires coupe-jarrets. Laissez-moi vous conduire en lieu sûr et, pendant que vous vous remettrez, vous me direz comment vous raccompagner chez vous. Votre famille doit commencer à s'inquiéter…

Aussitôt, la fille cessa miraculeusement de s'agiter.

— Davie, je vous en prie, dit-elle d'une voix douce. Ne pourriez-vous me lâcher ?

La chère voix si familière fit l'effet à David d'une lame de rasoir lui déchirant le cœur. Incrédule, il dévisagea la jeune femme.

— Faith ?

Tournant le visage de l'inconnue vers la lumière du réverbère, il l'étudia avec stupéfaction. C'était bien Faith Wellingford Evers, duchesse d'Ashedon, qu'il serrait convulsivement dans ses bras pour qu'elle ne puisse s'échapper.

Avant qu'il ait pu trouver le moyen d'articuler autre chose, la jeune femme s'était de nouveau réfugiée dans l'ombre.

— Oui, c'est bien moi. J'allais chercher un fiacre à la station la plus proche pour rentrer à mon domicile. Ne pourriez-vous me laisser reprendre tranquillement mon chemin ?

Alors que la réalité de l'identité de la jeune femme se faisait jour dans son cerveau, David fut submergé par une seconde vague d'émotion. L'idée de ce qui aurait pu lui arriver le laissa muet quelques secondes encore.

Ravalant un juron, il referma sa grande main sur le poignet de Faith et l'entraîna avec lui.

— Désolé, duchesse, mais il est hors de question que…

— Faith, Davie. Appelez-moi Faith. Ne puis-je échapper, au moins quelques heures, à mon vénérable statut ?

David savait qu'il ne devait pas se laisser attendrir. Mais qu'une telle familiarité lui fût permise, après tant d'années, lui réchauffait le cœur.

— Comme vous voudrez… Mais je ne puis vous laisser errer seule dans ces rues à la recherche d'un fiacre. Le quartier de Mayfair est un peu moins dangereux que les autres, certes, mais une fois la nuit tombée, aucune rue de Londres n'est vraiment sûre. Surtout pour une femme seule.

— Mais vous aussi, vous étiez seul !

David brandit sa canne-épée.

— Oui mais moi, je suis armé et capable de me défendre. J'avais l'intention de conduire la pauvre fille que je venais de secourir à la taverne la plus proche. Mais puisque c'est vous, il n'en est pas question. Pas dans ce quartier, où tout le monde nous connaît. Vous feriez mieux de m'autoriser à vous accompagner jusqu'à la station de fiacre la plus proche et à vous escorter jusqu'à Berkeley Square.

Résistant à la main qui la poussait en avant, la jeune femme finit par ralentir.

— Êtes-vous certain de ne pas vouloir me laisser continuer mon chemin ?

Devant son geste de dénégation, elle ajouta d'un ton raisonnable qui ne ressemblait pas à l'espiègle Faith de ses souvenirs :

— Je n'avais pas l'intention de me conduire de manière irresponsable, Davie. Et je suis tout à fait navrée de vous avoir impliqué dans une telle affaire. Vous n'aspiriez sans doute qu'à vous retrouver bien au chaud chez vous.

Elle déglutit et, en voyant les larmes perler à ses paupières, il sentit son cœur se serrer. Dire qu'il pouvait encore s'émouvoir devant le chagrin de la jolie Faith !

— Vous êtes navrée, dites-vous ? Eh bien, pas moi. Imaginez le scandale si vous aviez réussi à alerter la ronde de nuit et qu'on ait découvert votre identité ? Il valait bien mieux que ce soit moi, dont la discrétion vous est tout acquise. Si vous ne voulez pas découvrir dès demain ce qu'a à dire la bonne société sur une duchesse errant seule la nuit dans les rues de Mayfair, nous ferions mieux de gagner Ashedon Place au plus vite. Malgré l'heure tardive, il se pourrait encore que quelqu'un vous reconnaisse, de retour de bal, depuis la portière d'un carrosse.

Comme elle résistait toujours, une idée saugrenue, presque informulable, effleura David.

— Faith ? Vous… vous ne pensez tout de même pas que je pourrais vous faire du mal ?

Elle poussa un long et lent soupir qui tordit un peu plus le cœur de David.

— Oh ! David… Vous savez bien que je vous fais parfaitement confiance. Bon, vous avez gagné. Allons trouver un fiacre. Et lâchez-moi, je vous prie. Je n'ai pas l'intention de m'enfuir.

Prise d'un soudain mutisme, elle se mit à marcher à ses côtés. L'énergie qu'elle avait dépensée pour lutter contre ses deux assaillants semblait l'avoir épuisée et elle avançait, les épaules rentrées et la tête basse, comme un animal blessé.

Il dut résister à l'envie de la prendre dans ses bras. Après quelques minutes de marche rapide, ils arrivèrent à une station de fiacre où, par chance, une voiture attendait. Encore incapable de croire tout à fait que c'était bien Faith qui était à ses côtés, sa Faith — ou plutôt la duchesse d'Ashedon, se reprit-il non sans amertume — David l'aida à s'installer sur la banquette, prit place à ses côtés et se pencha vers elle avec sollicitude.

— Vous sentez-vous tout à fait bien ? Êtes-vous sûre qu'ils ne vous ont pas fait de mal ? Et vos genoux ? Vous êtes-vous blessée ?

Si ces gredins lui avaient fait du mal, il les poursuivrait jusqu'en enfer et les réduirait en charpie.

Faith secoua la tête, le regard encore plein d'effroi.

— Non, non… J'ai eu peur, bien sûr, mais j'étais surtout très en colère. Ils m'ont tordu le bras et j'en serai quitte pour quelques bleus. Du reste, je crois qu'ils ont reçu quelques coups de pied bien placés. C'est ma gouvernante qui m'a appris cela…

Elle ponctua ses propos d'un petit rire tremblant et David ne put s'empêcher de lui caresser la joue.

— Grâce en soit rendue à cette sainte femme. Avant que nous arrivions à Berkeley Square, me direz-vous comment vous avez pu vous retrouver seule dans la rue à une heure aussi tardive ?

— Ne pouvez-vous vous contenter de me ramener à bon port ? Dois-je vous raconter ma vie ?

Il étudia le fin profil à la lueur de la lampe à huile qui éclairait l'intérieur du véhicule.

— Je ne voudrais pas être importun. Mais avouez que découvrir la duchesse d'Ashedon dans une telle situation était plutôt inattendu. Si vous vous trouvez en difficulté, je serais heureux de vous aider.

Au grand regret de David, cette remarque fit monter de nouvelles larmes aux yeux de son interlocutrice.

— Ah ! Mon cher Davie… Je vous reconnais bien là. Vous aspirez toujours à ce que tout aille pour le mieux, qu'il s'agisse de la vie de vos amis, du gouvernement ou de la société. Mais cette fois vous ne pouvez rien, je le crains.

Elle paraissait si misérable, si lasse que David dut de nouveau faire appel à tout le respect qu'il éprouvait à son égard pour ne pas la prendre dans ses bras. Rien de nouveau à cela. Il avait brûlé d'embrasser la jeune femme dès la première seconde où il l'avait vue, dix ans plus tôt. Mais, belle-sœur d'un marquis et elle-même descendante d'une souche de bonne noblesse, elle était alors aussi inaccessible qu'aujourd'hui, veuve d'un duc et pair du royaume.

Hélas, cela ne l'avait pas empêché de tomber amoureux d'elle et de l'aimer encore, après toutes ces années.

— Que s'est-il passé ? s'enquit-il d'une voix douce. Qu'est-ce qui vous a bouleversée au point de fuir en pleine nuit ?

Elle restait silencieuse tandis que son visage exprimait le plus profond désespoir. Comme il hésitait, partagé entre le souci de respecter la vie privée de la jeune femme et le besoin de savoir ce qui n'allait pas, elle finit par hausser les épaules.

— Je ferais sans doute mieux de tout vous dire. Mais

ce n'était pas à cause d'un pari stupide, si c'est ce que vous pensez.

— J'en suis bien convaincu. Jeune fille, vous étiez certes espiègle et insouciante, mais en rien une écervelée. Un peu casse-cou, peut-être, ajouta-t-il en souriant.

Faith soupira.

— Vraiment ? J'étais tout cela ? Espiègle et insouciante... Peut-être, en effet. Il y a si longtemps...

La voix morne de sa compagne et son regard éteint accrurent l'inquiétude de David. Bien sûr, ils avaient tous les deux grandi et évolué, chacun de son côté, depuis l'été merveilleux au cours duquel ils s'étaient rencontrés.

Lui était alors âgé d'à peine vingt ans et venait d'entrer au service de Sir Edward Greaves comme secrétaire particulier. Elle, jolie blonde de seize ans, venait passer l'été chez sa cousine, l'épouse de Sir Edward. Mais lors des rares occasions où ils s'étaient croisés depuis le mariage de Faith, les yeux de la jeune femme exprimaient encore cette chaleur et cette joie de vivre qui avaient capturé son cœur la première fois. Ils avaient encore ce malicieux pétillement que, ce soir, David n'y voyait plus.

— Oui, vous étiez insouciante et gaie, Faith. D'où ma surprise quand je vous ai trouvée dans cette rue, seule et désemparée. Que vous est-il arrivé ?

Faith détourna le regard.

— Oh ! rien, soupira-t-elle avec un léger haussement d'épaules. La vie... Et, depuis le décès d'Ashedon — à ce propos, merci pour vos condoléances — les choses ne se sont pas arrangées. Sa mère, la duchesse douairière, n'a cessé de clamer à qui voulait bien l'entendre qu'elle allait être obligée de prendre à sa charge « la pauvre jeune duchesse et ses chers petits garçons » et de veiller à ce que le « malheureux jeune duc » reçoive l'éducation qui convient à son rang et au rôle important qu'il est destiné à jouer dans la société. Il y a un mois, elle a mis ses menaces à exécution et elle est venue s'installer à Ashedon Place. Cela faisait des années qu'elle mourait d'envie de le faire mais Ashedon savait à quel point elle aimait mettre son nez partout et il n'avait jamais autorisé son emménagement. C'était déjà bien assez fastidieux de devoir supporter les commentaires aussi stupides que condescendants de toutes ces dames de la bonne société lors de ces interminables soirées que j'ai fini par haïr. Maintenant, c'est à longueur de journée que je dois subir l'esprit caustique de la duchesse douairière. Et puis, ce soir, comme je l'accompagnais à une soirée à laquelle elle avait absolument tenu à aller, j'ai dû endurer les moqueries de ces dames et mon sang n'a fait qu'un tour… Je savais que la douairière ne serait pas disposée à partir aussi tôt. Et surtout, qu'elle ne prêterait foi à aucune accusation à l'encontre de ses amies les plus chères. Aussi, incapable d'en supporter davantage, j'ai décidé de rentrer seule. Quand vous m'avez retrouvée, je remontais Oxford Street pour essayer de trouver un fiacre.

Elle poussa de nouveau un soupir dont la tristesse étreignit le cœur de David.

— Supporter Ashedon et ses frasques était déjà bien assez difficile. Mais là, c'est plus que je n'en puis endurer.

David était empli de compassion pour la douce âme dont les rêves de jeune fille avaient été foulés aux pieds par la muflerie d'un mari. Il se sentait impuissant. Que pouvait-il faire pour elle, sinon lui apporter son amitié ?

À son grand désespoir, les larmes de Faith commencèrent à couler silencieusement sur ses joues. Elle les essuya d'un geste rageur, retenant ses sanglots.

Soudain, sans crier gare, elle se jeta dans les bras de David, qui se mit à la bercer avec tendresse. Tandis qu'elle s'agrippait aux revers de son habit en pleurant, il l'étreignit passionnément, prêt dans son bonheur à remercier les ruffians qui avaient assailli la jeune femme et lui avaient ainsi donné l'occasion de ces merveilleuses retrouvailles.

Un vieux rêve se réalisait enfin. Oh ! Mieux qu'un rêve, songeait-il en serrant le doux corps contre le sien, le nez enfoui dans les boucles blondes d'où émanait un délicat parfum de lavande. Maintenant il pouvait mourir, car il ne serait jamais plus près du paradis.

Bien sûr, son corps avait d'autres désirs, plus précis, plus brûlants. Mais il les refoula aussitôt. Jamais il n'avait espéré un tel bonheur. Il n'en demandait pas davantage.

Faith se ressaisit enfin, beaucoup trop vite au goût de David, et le repoussa doucement.

— Je suis désolée, murmura-t-elle d'une voix étouffée. Larmoyer ainsi n'est pas dans mes habitudes.

— Ne vous inquiétez pas, Faith. Je suis trop heureux d'avoir pu vous rendre ce service. Après tout, je suis votre ami, n'est-ce pas ?

— Mon ami ? J'en ai si peu, désormais. J'ai essayé d'être aussi prudente que possible, ce soir, je vous assure. Je suppose… je suppose que j'étais simplement trop fatiguée et préoccupée pour m'apercevoir que ces deux hommes me suivaient. Ils ont vraiment surgi de nulle part, comme des démons de la nuit.

À l'idée de ce qui aurait pu arriver, David eut un frisson.

— Par chance, le hasard m'a fait passer par là. Je préfère ne pas penser à ce qui aurait pu advenir.

Faith hocha la tête, très pâle.

— Ils m'ont menacée de m'emmener dans une maison close. Peut-on vraiment traîner une femme dans ce genre d'endroit contre sa volonté ? À moins qu'ils aient dit cela pour me faire peur ?

— C'est déjà arrivé. Avec un peu de laudanum, tout est possible. Et vous vous seriez réveillée enfermée à double tour dans une chambre, livrée à toutes les concupiscences.

— Si ce n'est que j'aurais été séparée de mes fils, je crois qu'il m'aurait été égal d'être enlevée à mon foyer. Cela fait si longtemps que je rêve de quitter Ashedon. Oh !

Pas pour un endroit de perdition, je vous rassure. Juste partir, simplement… Avoir une demeure à moi, avec mes enfants. Mais je n'ai pas le droit de les emmener. C'est au duché qu'ils appartiennent, corps et âme. Quant à Edward, il en est l'héritier. Non que je voie beaucoup mes fils, par ailleurs… Le duc estimait que la compagnie de leur mère risquait de les amollir. Depuis qu'il n'est plus de ce monde, j'essaie de changer cela, mais je dois lutter à tout moment contre l'emprise de la duchesse douairière et les petits espionnages de leur gouvernante et du précepteur.

Elle se redressa fièrement avant d'ajouter d'un ton ferme :

— Tant que je pourrai voir mes enfants, je me sens capable de tout supporter.

— Avez-vous parlé de tout cela à votre famille ? À vos sœurs ? Savent-ils à quel point vous êtes malheureuse ?

Faith eut un petit sourire triste.

— Je… je ne suis plus aussi proche d'eux qu'autrefois. Dès le début de notre mariage, le duc a tout fait pour me dissuader de voir ma famille. Naïve que j'étais, je croyais que c'était pour me garder pour lui seul. Ce qui était vrai, dans un sens. Il faisait toujours en sorte que personne n'interfère avec son autorité. Aussi, au fil des années, nos rapports ont-ils fini par se distendre. À l'image de ce qu'il s'est passé entre vous et moi.

David opina du chef.

— Je suis bien sûr que vos parents le déplorent autant que moi-même. Ne pourriez-vous faire en sorte de renouer des liens ?

— Je suppose que si. Mais ils ne pourront pas faire grand-chose pour m'aider. Et d'ordinaire, cela ne va pas si mal…

Faith s'efforça de sourire, sans plus de succès que la première fois.

— Mais parfois, j'éprouve la sensation de bouillir

intérieurement… J'ai l'impression que je vais exploser si je ne nous sors pas de ce carcan, mes enfants et moi.

— Comme ce soir.

— Oui, comme ce soir.

Il la regarda un moment, les sourcils froncés.

— Pour l'heure, je ne vois pas comment vous aider. Mais j'aimerais que vous me promettiez une chose.

— Laquelle ?

Elle avait incliné la tête sur son épaule en un geste gracieux qui lui était coutumier et, en une fraction de seconde, David fut transporté des années en arrière.

Combien de fois, cet été-là, l'avait-elle regardé ainsi, ses yeux bleus brillant d'une vive intelligence tandis qu'ils discutaient poésie, politique, agriculture ? En ce temps-là, tout enthousiasmait la jeune femme et c'était comme si elle n'avait pu se rassasier des beautés et des curiosités du monde.

De nouveau, la fureur s'empara de David lorsqu'il réalisa combien on avait tué la joie en elle, avec une lente et savante cruauté.

Refoulant sa colère il répliqua, les yeux plantés dans son regard :

— La prochaine fois que vous avez besoin de donner libre cours à votre impatience, je vous en prie, ne vous jetez pas dans la rue, à la merci de n'importe quel malfrat. Faites-moi porter un message et nous nous rencontrerons où vous voudrez pour en discuter. Vous n'êtes plus seule, Faith. Et moi vivant, vous ne le serez jamais. Me le promettez-vous ?

Elle le dévisageait toujours, l'air pensif.

— Pensez-vous vraiment ce que vous dites ?

— Bien sûr. Je ne dis jamais rien que je ne pense.

Elle hocha la tête, un léger sourire dansant sur ses lèvres.

— Oui, c'est vrai. Je me souviens de cela. Et aussi de la loyauté de votre amitié. Très bien, je vous le promets.

David sourit, un peu rassuré.

— Parfait. Nous n'allons pas tarder à arriver à Berkeley Square, ce qui est aussi bien car si votre belle-mère s'est aperçue de votre départ et s'est fait raccompagner chez elle...

Faith haussa les épaules.

— Elle se sera probablement réjouie de ma disparition. Ce n'est pas ma présence qui lui importe mais d'avoir quelqu'un pour écouter ses jérémiades.

— Allons, allons... Ne voyez pas tout en noir. Vous êtes lasse, voilà tout. Demain matin, après un peu de repos, le monde vous apparaîtra sous des couleurs plus gaies.

Faith sourit, mais ses yeux restèrent tristes.

— Vraiment ? Peut-être pour vous, qui avez décidé de remédier aux vices et aux erreurs de notre pauvre monde. Vous voyez que j'ai entendu parler de vos hauts faits ! Oh ! Ne croyez pas qu'on vienne me les narrer de vive voix dans les salons. Il m'a fallu tendre l'oreille, trop heureuse d'avoir de vos nouvelles. La politique n'est pas un sujet de conversation convenable pour nous autres pauvres femmes. Non, on nous laisse dans notre coin discuter chiffons, éducation des enfants et, dans le meilleur des cas, des mérites de tel ou de tel de ces messieurs quant à ses qualités de danseur ou d'amant.

Il fit une petite grimace.

— Il y a pourtant tant de discussions passionnantes susceptibles de vous intéresser ! Comme vous le savez certainement, mon ami Giles Hadley, vicomte de Lyndlington, a récemment épousé Lady Margaret Roberts. Pendant des années, cette chère Margaret a joué le rôle de maîtresse de maison chez son père, Lord Witlow, qui est très versé dans la politique. Non seulement elle s'y entend fort bien, car son père et elle recevaient souvent les esprits les plus fins, mais elle est également fort savante dans les domaines des arts et des sciences. Ce qui donne lieu aux plus intéressantes conversations du monde.

— Oh ! Mais c'est merveilleux ! Et cela semble tellement plus intéressant que ces stupides réceptions auxquelles la duchesse me contraint à participer !

Faith ajouta, une lueur de sa vivacité nouvelle dans le regard :

— Parliez-vous sérieusement, tout à l'heure, en disant que nous pourrions nous rencontrer ?

— N'ai-je pas déjà répondu à cette question ?

— Dans ce cas… accepteriez-vous de me voir demain après-midi ? La duchesse et moi avons coutume de nous promener une heure ou deux à Hyde Park. Mais après ce qu'il s'est passé ce soir, je n'ai pas envie d'endurer le sermon qu'elle ne manquera pas de me délivrer à propos de mon épouvantable inconduite. Où pourrions-nous nous retrouver ? Au salon de thé chez Gunter's, par exemple ? Personne de notre connaissance n'y sera à cette heure-là, aussi ne serons-nous pas dérangés. J'adorerais en savoir davantage sur ce que vous faites au Parlement. Peut-être même y comprendrai-je quelque chose ?

De nouvelles lois devant être adoptées, David était supposé assister tous les jours à des réunions de comités parlementaires. Mais quand Faith le regardait ainsi, il se sentait disposé à accepter n'importe quoi.

— Oui, c'est entendu. Retrouvons-nous là-bas.

Ils arrivaient à destination et le fiacre commençait à ralentir. David ne put refouler un vif désappointement, prêt qu'il était à tourner dans Londres la nuit durant tout en bavardant à bâtons rompus avec Faith.

Mais il fallait se résigner et il sauta du véhicule pour aider sa compagne à en descendre.

— Je vais attendre que vous soyez en lieu sûr, dit-il en se campant sur le trottoir.

— Comme vous voudrez.

Faith fit un pas vers la lourde porte cochère avant de s'arrêter, comme si elle redoutait de regagner le royaume de la vieille et acariâtre douairière. Rebroussant chemin, elle le rejoignit et, se hissant sur la pointe des pieds, déposa un léger baiser sur sa joue.

Inconsciente du tumulte qu'elle venait de déclencher dans le cœur de son compagnon, elle murmura d'une voix douce :

— Merci infiniment, Davie. Pour être venu à ma rescousse et pour beaucoup d'autres choses. Grâce à vous, j'ai de nouveau un lendemain.

Tout comme moi, songea-t-il en la regardant manipuler le heurtoir de bronze et se faufiler entre les deux battants qui s'entrouvraient lentement. Le privilège de servir d'escorte à cette jeune et jolie femme ne durerait probablement qu'un temps et il avait bien l'intention d'en savourer chaque seconde.

Chapitre 2

Sa belle-mère avait pour habitude de quitter ses appartements fort tard et se présentait rarement au déjeuner. Aussi, le lendemain après-midi, après avoir pris soin de laisser à l'attention de la douairière un billet l'informant qu'un engagement l'empêchait de l'accompagner au parc, Faith attendit avec impatience que sa femme de chambre mette la dernière main à sa coiffure.

— Voilà, madame, conclut enfin la petite bonne, le regard brillant de fierté. Comment ne pas faire des merveilles avec ce visage d'ange ?

— Vous me flattez, Mary, répondit Faith d'une voix brève.

Mais connaissant le bon cœur de la jeune domestique, qui cherchait toujours à la dérider, elle lui sourit dans le miroir.

— Cette nouvelle coiffure est ravissante. A-t-elle un nom ?

— « *Trône de la Reine* », annonça fièrement Mary. *Cela vous plaît, madame*[1] ?

— Merci. Je serai certainement la plus élégante de toutes ces dames.

Le cœur plein d'allégresse, Faith descendit dans la

1. En français dans le texte. N.D.T.

cour où attendait le fiacre que le maître d'hôtel avait commandé. Elle brûlait d'impatience à la perspective de revoir David. La compagnie du jeune homme avec qui, dix ans plus tôt, elle était devenue plus intime même qu'avec ses sœurs lui avait tellement manqué ! Ils avaient passé de si beaux moments ensemble tandis qu'elle résidait chez sa cousine, lors d'un séjour prévu pour durer un mois qui s'était finalement prolongé tout un été.

Les conseils avisés de David, ses idées stimulantes et son ardent désir de créer un avenir meilleur pour le peuple de Grande-Bretagne l'avaient inspirée autant qu'exaltée. À dire vrai, quand était venu le temps de regagner la demeure familiale pour se préparer à l'ouverture de la saison, elle s'était même crue un peu entichée de lui.

Trop consciente qu'un orphelin sans titre et sans fortune ne pouvait constituer un parti valable pour la descendante de l'une des plus anciennes familles d'Angleterre, Faith avait néanmoins espéré pouvoir partager avec lui quelques promenades londoniennes. Mais il était resté à Oxford pendant toute la saison. Et pendant ce temps, séduite et flattée par la cour assidue d'un duc, objet d'envie de la pléthore de filles à marier de bonne famille au milieu desquelles elle évoluait, elle avait fini par se laisser convaincre qu'elle était tombée aussi amoureuse de son honorable prétendant que lui-même affirmait l'être.

Comment avait-elle pu ne pas remarquer le regard froid et calculateur du gentilhomme, un regard qui offrait un tel contraste avec les chauds yeux bruns de David, remplis de bienveillance et d'amitié ?

Mais il était bien trop tard maintenant pour le regretter.

S'appuyant d'une main légère sur le poing fermé du valet de pied, Faith monta dans le fiacre et se laissa tomber sur les coussins de cuir avec un soupir. Le regard posé sur les volets fermés des appartements de la duchesse, elle songea avec appréhension aux réprimandes que ne manquerait pas de lui adresser sa belle-mère à son retour pour l'avoir laissée se rendre seule à sa promenade habituelle. Et si Sa Seigneurie apprenait que Faith avait manqué cet important événement pour aller boire un chocolat chaud en compagnie d'un homme d'un rang si considérablement inférieur au sien, elle risquait d'en entendre parler pendant un mois.

Faith redressa les épaules. Il était grand temps de se délivrer de l'influence de sa belle-mère. La douairière n'avait aucun droit de regard sur sa vie quotidienne, pas plus que sur ses revenus. Échappant grâce à son veuvage aux dictats d'un mari, elle était libre d'explorer le vaste monde. Ou, en tout cas, de s'introduire dans des sphères un peu moins bornées que les « bonnes » familles à la fréquentation desquelles son mari l'avait confinée.

Et voir David, bavarder avec lui, échanger des idées sur les actualités de la politique et du monde pourrait l'aider considérablement dans cette libération qu'elle sentait chaque jour devenir un peu plus indispensable. À mesure que le fiacre se rapprochait de sa destination, Faith sentait son excitation grandir.

Quand le véhicule atteignit enfin la place, elle bondit sur le trottoir avant même qu'il ne fût complètement arrêté et s'engouffra en coup de vent dans le salon de thé. Elle repéra immédiatement David, installé dans une alcôve au fond de la salle. Son air appréciateur lorsqu'il la regarda s'avancer vers lui la convainquit qu'elle avait bien fait de mettre sa nouvelle robe de soie grise, si flatteuse pour son teint et sa silhouette.

— Duchesse ! Quelle charmante surprise, s'exclama-t-il en se levant pour la saluer. Vous êtes tout à fait ravissante !

— Comme c'est aimable à vous, monsieur Tanner Smith, de flatter ainsi une mère de famille ! Mais je crains bien, après trois maternités, ne plus avoir la fraîcheur de la jeune fille dont vous avez gardé le souvenir…

— Quelle absurdité ! protesta David en lui présentant son siège. Auriez-vous mis au monde une armée de garçons que votre éclat n'en aurait été que rehaussé. Prendrez-vous du thé ? À moins que vous ne préfériez une glace ?

— Du thé, je vous prie.

Après avoir passé leur commande, David reporta son attention sur sa compagne qu'il scruta d'un œil attentif.

— Vous paraissez tout à fait reposée, aujourd'hui. Aussi fraîche qu'une rose.

Faith rit.

— Je vous remercie. À dire vrai, ce n'était pas l'envie qui m'en manquait… Je veux dire, de mettre au monde toute une ribambelle d'enfants. Mais voyant sa succession assurée, Ashedon semblait… comment dire ? S'être désintéressé de la question.

À moins qu'il n'ait entretenu des maîtresses pendant toutes ces années ! Les conditions de sa disparition laissaient entendre que, dans les derniers temps du moins, il menait une vie de débauche.

— Vous comprenez, reprit-elle en chassant ses idées noires, ayant grandi au sein d'une famille nombreuse, j'espérais être moi-même entourée d'enfants, telle une poule et ses poussins. Hélas, je n'en ai eu que trois et j'ai dû consacrer plus de temps à mes obligations mondaines qu'à eux.

David émit un petit gloussement.

— Rien à voir en effet avec une cour de ferme où les enfants passent leur temps dans les jambes de leurs parents et apprennent sur le tas les travaux agricoles. Vivant dans une telle promiscuité qu'ils dorment tous entassés dans une soupente au-dessus de la salle commune, comme des harengs dans un tonneau. Peut-être auriez-vous dû vous contenter d'être simplement une femme de paysan ?

— Peut-être, en effet.

Elle plongea son regard dans les yeux de son compagnon, ces yeux si bons et si tendres dont elle ne se rappelait que trop bien l'éclat velouté. Soudain, elle y vit brûler une flamme si intense qu'elle ne put retenir un frisson.

Elle fut encore plus surprise de sentir naître en elle, en réponse, une douce chaleur. Soudain, elle se trouva ramenée à la nuit précédente quand, blottie contre la poitrine de David, malgré l'épuisement et la peur, elle s'était sentie merveilleusement vivante.

Le grand jeune homme dégingandé s'était transformé en un homme solidement charpenté et d'une vigueur physique impressionnante, qui n'avait rien de commun avec le type du jeune dandy à la taille de guêpe et aux épaules tombantes alors à la mode. Avec sa stature imposante et son visage aux traits énergiques, il ressemblait davantage à un chevalier des temps féodaux.

Dans ses bras, elle s'était sentie à sa place et en sécurité. Elle aurait même ajouté « aimée » si elle avait encore été la jeune fille romantique de jadis.

Mais bien sûr, ce n'était qu'une illusion née de sa frustration affective et de la nostalgie de leur ancienne amitié.

Pourtant, Faith était certaine de ne pas avoir imaginé le désir qu'elle avait vu briller dans son regard, ni la réponse qu'il avait fait naître en elle. Cela risquait de compliquer singulièrement leurs retrouvailles. Et en même temps, elle ne pouvait s'empêcher d'en éprouver un certain contentement. Savoir qu'il la désirait mettait un baume sur ses plaies et compensait la piètre estime qu'elle avait fini par avoir d'elle-même face au mépris de son mari.

Elle toussota nerveusement. Aussi agréable que fût cette tension sensuelle qui s'était installée entre eux, elle était fort inattendue et Faith était si inexpérimentée dans ce domaine qu'elle se sentit soudain terriblement maladroite.

— Merci d'être venu à notre rendez-vous, dit-elle enfin.

Vous ne pouvez savoir à quel point j'ai été soulagée de ne pas faire mon habituel tour de parc avec la douairière et de ne pas subir sa kyrielle de reproches, au vu et au su de tous les promeneurs.

— Tel est le prix à payer quand on est duchesse. Vous serez toujours au centre de l'attention, quoi que vous fassiez ou que vous disiez.

Faith fronça le nez.

— Oui, et c'est tellement désagréable ! Je me demande comment j'ai pu ne pas m'en aviser avant d'épouser un duc. Moi qui ai toujours détesté attirer l'attention…

Elle ajouta avec un soupir :

— D'autant plus que, Ashedon se donnant un mal de chien pour provoquer le scandale avec ses conquêtes féminines, je ne manquais pas d'observateurs attentifs pour étudier et commenter mes réactions.

David serra les mâchoires et ses yeux étincelèrent de rage.

— Votre mari n'était qu'un sot. Je ne devrais pas le dire, mais tant pis.

Faith eut un petit sourire triste.

— Cela m'est bien égal. J'aurais seulement voulu qu'il m'aime un peu. Mais je ne suis pas venue ici pour me plaindre et jouer les épouses délaissées, parlons plutôt de choses intéressantes. De votre travail, par exemple. J'ai toujours regretté que nous n'ayons pu rester en contact. Mais après mon mariage, et vous, qui étiez à Oxford… J'ai su malgré tout que, grâce au soutien de Sir Edward et de mon cousin Nicky, vous aviez été élu député de la circonscription d'Hazelwick peu de temps après avoir quitté l'université. Je crois avoir aussi entendu parler des exploits des « Diables de Hadley »… De quoi s'agissait-il ?

Il eut un petit rire.

— Ah ! oui… Les Hellions[1] ! Par chance pour un gars de

1. De l'anglais *hell* : « enfer ». N.D.T.

la campagne comme moi, j'ai fait la connaissance de Giles Hadley peu après mon arrivée à Oxford. Vous n'ignorez sans doute pas que, bien que portant le beau titre de vicomte de Lyndlington, il vivait jusqu'à très récemment éloigné de son père, le comte du même nom. Comme il a grandi dans leur manoir, au fin fond du Sussex, il n'a pu établir de relations avec des enfants de son rang. Aussitôt arrivé à Eton, il s'est lié avec d'autres moutons à cinq pattes tels que le fils naturel du vicomte de Chilford et Christopher Lattimar, le fils de Lord Vraux.

— Je connais ce nom-là ! s'exclama joyeusement Faith. Ce Lattimar appartient-il à la nichée des Vraux, tous nés de pères différents ?

David opina.

— Avec de tels antécédents, vous comprenez aisément pourquoi mes nouveaux amis estimaient tous que la société et le gouvernement avaient besoin de quelques réformes. Et que le pouvoir ne devait pas rester entre les mains de ceux dont les seules qualifications pour l'exercer étaient qu'ils se le transmettaient de père en fils.

— Opinion que je vous ai entendu amplement soutenir et développer, affirma Faith en se rappelant les conversations animées qu'ils avaient eues lors de ce fameux été.

— En effet. Quand Giles m'a rencontré par hasard dans un pub d'Oxford, en train de lire mon journal seul dans mon coin, il m'a immédiatement entraîné dans son cercle. D'abord par pure bonté d'âme, sachant qu'étant donné mes origines plébéiennes je n'avais aucune chance d'être invité ailleurs. Ensuite parce que, lorsque nous avons commencé à nous confier ce que nous souhaitions accomplir après l'université, nous avons découvert que nous avions les mêmes buts.

— Et ces buts, aux yeux du pouvoir, étaient assez subversifs pour qu'on vous traite de diables, en déduisit Faith.

— Ils l'étaient, en effet. Mais nous n'avons vraiment

conquis ce titre que lorsque certains professeurs, tous hommes d'église, ont découvert que nous avions l'intention de faire supprimer les sièges réservés au clergé à la Chambre des lords. Seul Lucifer, selon eux, pouvait avoir inspiré une telle entreprise !

Faith se pencha vers lui au-dessus de la délicate petite table en marqueterie.

— Est-ce vraiment la seule raison ? Votre petit groupe n'aurait-il pas gagné ce titre grâce à d'autres exploits trop déplacés pour que vous osiez les mentionner à mes chastes oreilles ?

Le jeune étudiant qu'il était alors avait-il transgressé les lois de la morale en courant les aventures, y compris les plus répréhensibles ? Un léger frisson d'excitation parcourut Faith tandis qu'elle l'observait sous ses cils baissés. Il se dégageait de lui assez de charisme et de virilité pour exciter le désir des femmes autant que des jeunes filles. En avait-il profité, ne pouvant toutes les satisfaire, pour ravager les cœurs de ces dames ?

Elle s'aperçut qu'elle était absurdement jalouse de toutes les femmes qu'il avait pu honorer de ses attentions.

— Ben a servi comme officier dans l'armée des Indes, reprit son interlocuteur en la tirant de ses songeries, il a toujours été une forte tête et un homme de tempérament. Quant à Christopher, il est depuis toujours la coqueluche de ces dames. Giles et moi, de notre côté, n'étions pas assez culottés pour aligner les conquêtes. C'est pourquoi nous avons fini par nous installer tous les deux dans le même logement. Cela nous a bien aidés quand nous sommes entrés en campagne, au moment des élections. Comme vous le savez sans doute, votre beau-frère, le marquis d'Englemere à qui Sir Edward m'avait recommandé, m'a accordé son généreux soutien quand je me suis présenté à la députation. Et je lui en serai éternellement reconnaissant.

— Comment Nicky ou qui que ce soit d'autre aurait-il

pu vous écouter sans être aussitôt convaincu du bien-fondé de vos propos ?

— La nouvelle Chambre s'est réunie en juin, avec une majorité de députés en faveur de notre cause. Nous avons toutes les raisons de croire que notre projet de loi[1] sera voté devant le Parlement au plus tard d'ici la fin de cet automne.

David esquissa une petite grimace avant de reprendre :

— Bien sûr, quelques récalcitrants essaient encore de nous retarder en accumulant les amendements et en nous faisant perdre du temps en arguties inutiles. Pendant les séances, il me prend parfois l'envie de heurter quelques têtes les unes contre les autres, comme l'autre nuit dans la rue. Mais la raison finira par l'emporter, j'en suis certain.

— Si vos amis et vous vous montrez aussi efficaces dans cette affaire que vous-même l'avez été hier soir, assura Faith en réprimant un frisson, je ne doute pas de votre réussite. Ce sera le premier changement notable dans le gouvernement de notre vieux royaume depuis l'époque médiévale. C'est terriblement excitant !

— En effet. J'aime l'idée de pouvoir influer sur le sort d'une nation.

Faith eut une petite moue d'autodérision.

— À dire vrai, je ne pourrai jamais vous admirer que de loin. J'ai déjà bien assez de mal à agir sur le gouvernement de ma propre maison.

— Vous ? Alors que vous êtes la duchesse en titre et la maîtresse des lieux ?

Elle hésita, tentée de poursuivre, tout en étant consciente qu'elle avait tort de se confier à lui sur des sujets aussi intimes. Cela faisait des années qu'elle s'efforçait de transformer la jeune fille démonstrative et confiante qu'elle avait été en une femme sévère et forte qui réglait ses pro-

1. Il s'agit ici du premier des trois projets de loi qui allaient déboucher sur trois *Reform Acts* modifiant profondément le système électoral anglais, en faveur de plus de démocratie. N.D.T.

blèmes toute seule. Mais la chaleur du regard de David et cet inexplicable sentiment de communion qui les avait liés dès le premier jour et avait survécu à tant d'années la poussèrent à aller plus loin.

Depuis combien de temps n'avait-elle pu se confier à quelqu'un qui s'intéressait vraiment à elle, à ses sentiments et à ses aspirations ?

Poussée par une force irrésistible, elle se mit à raconter.

— La gouvernante d'Ashedon Place est dans les lieux depuis l'époque de la mère de mon défunt mari. Et elle est d'une compétence aussi redoutable qu'acharnée. Comme mon époux se pliait à sa tyrannie, je n'avais guère autre chose à faire qu'à présider aux arrangements floraux et à apporter quelques légères modifications aux menus. Non sans quelques grimaces de celle qui les avait établis d'ailleurs. Maintenant que ma belle-mère a réinvesti les lieux, Mrs West et elle se livrent quotidiennement à une bataille rangée dans laquelle je suis souvent prise au piège. Et puis, il y a les garçons…

— Vos fils ? Votre belle-mère s'est-elle également emparée de leur éducation ? La situation doit être fort inconfortable.

Il ajouta, en posant sa main sur celle de Faith comme sans y penser :

— Mais vous êtes leur mère et votre avis doit prévaloir.

Faith se sentit rougir. Il fallait qu'elle retire sa main, évidemment. Mais ce simple contact suscitait en elle un tel flot d'émotions, de gratitude et de soulagement mêlés, et surtout une vague de plaisir sensuel si puissante, qu'elle se sentit paralysée.

— J'essaie, murmura-t-elle. Comme je vous l'ai dit, le duc ne jugeait pas convenable que son épouse s'occupe de l'éducation de ses enfants. D'après lui, c'était le travail de la nurse et des femmes de chambre. J'en étais réduite à rendre visite à mes fils en cachette le soir, sur la pointe des pieds, et à les regarder dormir. Depuis la mort d'Ashedon, j'ai fait en sorte de passer plus de temps avec eux mais c'est un combat quotidien contre Carlisle, le précepteur qu'Ashedon a embauché pour s'occuper de leur instruction. Mon engagement auprès de mes enfants est la première chose que la duchesse douairière a critiquée en venant s'installer chez moi. J'ai tenu bon sur ce point et c'est bien, je crois, la seule et unique fois où j'ai osé tenir tête à ma belle-mère. Depuis, elle prend systématiquement le parti de Carlisle, rendant les choses aussi difficiles que possible.

— Bravo, en tout cas, de lui avoir résisté. Maintenant, vous devez trouver le moyen de mettre ce précepteur à vos ordres.

— Oui, et surtout de tenir mes fils à l'écart de leur oncle, un spécimen du genre masculin pire encore que mon défunt mari, et ce n'est pas peu dire.

Elle fit une petite grimace en se rappelant les mains de Lord Randall qui s'étaient plantées durement sur ses épaules, un soir, tandis qu'il essayait de lui voler un baiser.

— Depuis que sa mère s'est installée chez nous, il se croit autorisé à nous rendre visite quand ça lui chante, en règle générale pour déjeuner ou dîner, la plupart du temps pour emprunter de l'argent à la duchesse douairière. S'il y avait un point sur lequel nous étions d'accord, mon mari et moi, c'était bien sur le fait que son frère n'était qu'un bon à rien, jouisseur et querelleur, tout prêt à dilapider la fortune familiale.

— Il est donc d'autant plus important d'écarter les enfants, en effet. Il y a tellement d'endroits à Londres qu'ils pourraient prendre plaisir à visiter. Le British Museum, la National Gallery, Hyde Park pour faire des promenades à cheval, l'amphithéâtre Ashley et même, pourquoi pas, le Parlement.

David ajouta en haussant un sourcil amusé :

— Après tout, notre jeune duc y siègera peut-être un jour.

— Prêt à le convaincre de rejoindre votre coalition ? plaisanta-t-elle, terriblement heureuse de cette complicité renaissante.

— Il n'est jamais trop tôt pour bien faire.

Souriant, il souleva imperceptiblement la main de sa compagne, comme pour y déposer un baiser. Puis il s'interrompit, prenant soudain conscience de l'audace de son geste.

Il resta muet, le regard posé sur leurs deux mains jointes, puis leva les yeux et, en croisant ceux de Faith, resserra sa pression. En un instant, ce simple geste de réconfort se transforma en une étreinte plus animale, instinctive, tandis qu'une atmosphère électrique s'installait entre eux, aussi palpable qu'un rideau de soie.

Dans ses yeux brillait la même passion qu'elle avait vue plus tôt. La même passion qu'elle sentait croître en elle, sans qu'elle pût rien contrôler. Comme frappée par la foudre, elle ne pouvait que s'agripper à sa main, jouissant de chaque seconde de ce contact presque clandestin.

Lentement, comme si David trouvait infiniment difficile de rompre le contact, comme elle un moment plus tôt, son étreinte se desserra. Son expression ardente laissa place à la gêne et, un instant, elle craignit qu'il n'allât jusqu'à s'excuser.

Ce qui lui serait insupportable, parce qu'elle, elle ne regrettait rien.

Il ouvrit la bouche, hésitant, comme s'il cherchait ses mots. Faith, incapable de parler, les yeux posés sur ses belles lèvres sensuelles, se demandait quelles sensations elle ressentirait si elles venaient se poser sur les siennes.

Il s'éclaircit la gorge.

— Peut-être vous et vos enfants devriez-vous rendre visite à votre sœur, Lady Englemere ? Elle est en ville actuellement pour accompagner son mari qui siège à côté de moi au Parlement. Ne serait-ce pas une bonne chose que vos garçons connaissent un peu mieux leurs cousins ?

Tout en parlant, il gardait les yeux sur leurs mains maintenant séparées, comme s'il regrettait autant qu'elle que la bienséance ait exigé d'interrompre ce tendre contact.

Faith se contraignit à se concentrer sur ce que venait de lui dire son interlocuteur.

— En fait, ils ne se connaissent quasiment pas. Je n'ai pas vu ma sœur depuis la naissance de Colin... Cinq ans... Je ne suis même pas sûre que Sarah ait accompagné son mari à Londres. Et je l'espère pour elle. Je crois que ce que j'ai haï le plus, dans mon rôle de duchesse, c'était d'être tenue de rester dans cette ville bruyante et encombrée, loin d'Ashedon Court, ce domaine perdu au milieu de ses bois et de ses étangs que j'aime tant.

David sourit.

— Je crois me souvenir en effet d'une jeune fille qui préférait porter des culottes de cheval et grimper aux arbres plutôt que paraître dans les bals.

— Oui. Nous adorions grimper sur cet énorme aulne, dans le jardin de ma cousine Joanna. Et je vous lisais des poèmes de Coleridge et de Wordsworth, vous souvenez-vous ? Nous avons également eu de beaux galops dans le parc, à l'aube, avant que Joanna ne parvienne à me convaincre qu'il seyait mieux à mon âge et à mon sexe de monter en amazone. Et accompagnée d'une personne de mon sexe. Mon Dieu, comme nous étions heureux, alors...

— Regardons plutôt vers l'avenir, Faith. N'est-ce pas ce que vous devez à vos fils ?

Faith sourit devant la tendresse et la sollicitude qui brillaient dans le regard de son compagnon.

— Comme vous vous devez à votre pays ?

— Et comme vous vous devez à vous-même. Vous êtes libre, maintenant, Faith. Libre de construire l'avenir que vous voulez pour vos enfants et pour vous-même. Libre de faire vos propres choix.

Gênée par l'intensité de son regard, Faith baissa les yeux. Si elle était libre, vraiment libre, ses choix, quels seraient-ils ? Le désir l'envahit, nu et brutal. Comment David réagirait-il si elle lui avouait que c'était lui qu'elle désirait ? Maintenant ?

Mais bien sûr, elle se garda de le lui dire.

— Je suis plus libre, en effet, mais avec la duchesse douairière sur le dos à chaque heure du jour et l'avenir de mes fils à assurer, je ne serai jamais libérée de mes obligations de duchesse et de mère de famille. Je ne pourrai jamais choisir ce que je veux vraiment. Ou en tout cas, pas avant très longtemps.

Elle le regarda en priant pour qu'il comprenne le double sens de ses paroles. Et ce fut le cas sans doute, car son regard devint opaque, masquant les réponses qu'il aurait pu avoir envie de lui faire.

— Dans ce cas, comme au Parlement, vous pouvez faire quelques compromis avec l'opposition de manière à avancer malgré tout. Trois pas en avant, un pas en arrière... Ce qui me fait penser, d'ailleurs, que je ne puis m'attarder plus longtemps.

Déjà ! Faith réprima à grand-peine un cri de protestation.

— Oui, bien sûr. Une tâche importante vous attend. Comme mes petits problèmes doivent vous paraître mesquins ! Oh ! J'aimerais plus que tout me faire petite souris pour assister à vos débats ! Les changements que vous voulez apporter sont si importants, si significatifs. Cela doit vous paraître ridicule, mais je vous envie.

— Y a-t-il mission plus importante pour chaque femme de ce pays que d'élever correctement ses enfants ? Mais si cela vous tente d'écouter des gens éclairés discuter de ce projet de loi, Lady Lyndlington continue à jouer le rôle d'hôtesse chez son père quand celui-ci reçoit des représentants du monde politique. Je suis certain qu'elle serait ravie de vous inviter à l'une de ces soirées. L'hôte étant marquis, je ne pense pas que la duchesse douairière y trouverait à redire. Dois-je solliciter une invitation pour vous auprès de Lady Lyndlington ?

Sous l'effet de l'émotion, Faith porta la main à sa gorge. Oh ! Passer une soirée en compagnie de gens intelligents qui, sans prêter attention à sa petite personne ignorante, discuteraient à bâtons rompus des sujets les plus brûlants. Où elle pourrait se contenter de rester silencieuse, d'écouter et d'observer à son aise. Échapper pour un soir aux contrariétés quotidiennes qui lui étaient une blessure.

— Ce serait merveilleux ! Mais… y serez-vous, vous aussi ? Ce sera tellement intimidant d'être au milieu de tous ces intellectuels.

— Vous avez rencontré la plupart d'entre eux lors des soirées données pendant la saison. Mais si cela peut vous rassurer, d'ordinaire je fais partie des invités.

— Alors, j'adorerais cela. Êtes-vous certain que Lady Lyndlington ne verra pas d'inconvénient à ce que je m'invite ainsi ? Je l'ai déjà rencontrée, bien sûr, mais je ne puis prétendre être une amie.

— Je suis sûr qu'elle sera ravie. Maintenant, il est temps de vous raccompagner chez vous. Voulez-vous que je vous envoie un billet après avoir parlé à Lady Lyndlington ?

Jetant un coup d'œil à la jolie horloge protégée par son dôme de verre qui trônait sur le comptoir, Faith s'aperçut avec étonnement qu'ils discutaient déjà depuis une heure.

— Oui, et il est temps de regagner mon logis. Il vaut mieux que je sois rentrée avant la douairière. Prête pour un énième interrogatoire.

Elle se remit lentement debout, peu pressée d'interrompre une si agréable entrevue.

— Comment vous remercier ? Non seulement vous

m'avez sauvée deux fois, mais vous vous instituez maintenant organisateur de mes divertissements.

— Je serai ravi de vous satisfaire… Dans tous les domaines.

Le regard de Faith se porta vivement sur le visage de son compagnon et, bien que celui-ci s'empourprât légèrement devant l'évident sous-entendu, il ne fit pas mine de vouloir s'excuser. Il se contenta de soutenir son regard avec un léger sourire avant de se détourner.

De nouveau, les feux du désir s'emparèrent de Faith. Elle imaginait sans peine comment il pourrait lui donner satisfaction.

Elle chercha en vain une réponse adéquate, pour lui faire clairement entendre qu'elle avait saisi l'insinuation. Mais elle avait si peu d'expérience dans le jeu de la séduction qu'elle n'eut pas le temps d'ouvrir la bouche.

— J'espère que vous apprécierez nos petites soirées politiques au moins autant que j'ai apprécié ce moment passé en votre compagnie. Je vous enverrai un billet dès que j'aurai la réponse de notre hôtesse.

Elle se mordit nerveusement les lèvres, contrariée de cette occasion manquée.

— Encore merci, cher David. Nous ne devons plus laisser notre amitié s'éteindre, n'est-ce pas ?

Leur amitié, et peut-être davantage ?

Il lui offrit son bras qu'elle prit avec enthousiasme. Tandis qu'il la conduisait hors de l'élégant établissement, elle prit conscience une fois encore de l'aura virile qui se dégageait de son corps, de l'assurance et de la force qui irradiaient de lui.

Oh oui, le jeune David avait bien grandi et l'homme qu'il était devenu la fascinait autant qu'il l'attirait. Malgré le danger potentiel qu'il pouvait y avoir à céder à cette attraction et les objections inévitables de sa belle-mère, elle brûlait déjà d'impatience de le revoir.

Chapitre 3

Après avoir trouvé un fiacre pour la duchesse, David la regarda disparaître au coin de la rue. Puis il se mit à marcher. Il était supposé retourner aussitôt à la Chambre, mais après avoir revu Faith il se sentait empli d'une telle énergie, d'une telle excitation sensuelle qu'il se savait incapable d'endosser sur-le-champ le rôle du parlementaire froid et raisonnable qu'il était sur la scène politique.

Et il devait bien se l'avouer, il avait envie, tel un collectionneur sortant un objet précieux de son écrin pour le contempler encore et encore, de savourer les instants qu'il venait de passer avec Faith. De se rappeler chaque minute de cette expérience rare d'une parfaite communion de cœur et d'esprit.

Jeune fille, Faith irradiait d'une joie communicative qui attirait tout le monde à elle, comme un feu dans la nuit d'hiver. Il se souvenait de la manière dont elle fixait sur lui son regard lumineux, comme s'il était la personne la plus fascinante de tout l'univers. Se sentir le centre du monde, lui, l'orphelin de modeste origine, aux yeux d'une jeune fille aussi belle et intelligente, lui avait d'emblée chamboulé le cœur.

Et voir combien la vie avait terni ce bel éclat le navrait. Mais si le feu avait bien pâli, il restait encore des braises.

Et David se sentait prêt à saisir toutes les occasions pour raviver la flamme.

Cette brève rencontre lui prouvait que c'était possible. Quand il avait assuré Faith de son soutien et de son amitié indéfectible, et qu'il lui avait offert la possibilité d'une soirée intéressante, inconsciemment elle s'était redressée sur sa chaise, le regard plus vif, le sourire plus chaud, et il avait vu s'allumer dans ses yeux la flamme de l'enthousiasme.

Il avait hâte de voir ce progrès s'affirmer quand elle se trouverait au milieu de ses amis, dont elle goûterait, il en était sûr, l'esprit vif et impertinent.

Pourtant, il n'aurait pas dû lui parler ainsi. Il avait eu tort de lui dire qu'il était prêt à la satisfaire dans tous les domaines. Le désir qu'il avait d'elle l'avait poussé à parler de manière inappropriée. Elle était si belle, la veille au soir, à la lumière du réverbère, blottie dans sa houppelande, sa chevelure dorée brillant comme un halo à la lumière du réverbère et le regard élargi par la peur. Et si charmante aujourd'hui dans cette robe de soie gris pigeon qui soulignait de manière délicieusement suggestive les courbes de son jeune corps épanoui par les maternités et pourtant mince et flexible comme un roseau. Il aurait fallu être de pierre pour ne pas se laisser émouvoir.

Du reste, bien que visiblement déstabilisée par son impertinente remarque, elle ne lui avait opposé aucune rebuffade. Au contraire, elle s'était penchée vers lui, la bouche entrouverte, le regard brillant, et il avait lu dans tout son corps que la passion qu'il éprouvait pour elle était réciproque.

Sans doute pas avec la même intensité, concéda-t-il. Cependant, il ne pouvait s'empêcher d'éprouver une satisfaction toute masculine à se dire que la femme qui avait le plus de prix à ses yeux le trouvait attirant, en tant qu'homme et en tant qu'ami. Ce qui ne simplifiait pas la situation, évidemment. Savoir que Faith serait réceptive à ses caresses rendait bien plus difficile de juguler la faim qu'il avait d'elle.

Parce que rien ne serait jamais possible entre eux. Une aventure amoureuse entre deux personnes de milieux sociaux si éloignés ferait la part trop belle aux commérages, même s'ils y mettaient toute la discrétion possible. Or, si David désirait Faith, il l'aimait encore bien davantage, et de toute son âme. Il n'était pas question de ternir l'honneur de la jeune femme, pas plus que le sien, en faisant d'elle la cible des quolibets des nombreux esprits oisifs qui hantaient les salons huppés. Pas plus qu'il ne voulait donner à la duchesse douairière l'occasion de critiquer sa belle-fille ou de prétendre qu'elle n'était pas assez responsable pour qu'on lui laisse le soin d'élever ses enfants.

Du reste, avec Faith, il ne saurait se contenter d'une simple aventure. La perspective de la posséder tout entière puis de devoir y renoncer lui était tout à fait insupportable. David préférait encore continuer à vivre avec le sentiment de frustration qu'il portait en lui depuis tant d'années. Il se contenterait de rétablir leur ancienne amitié, et, à ce titre, d'enrichir la vie intellectuelle et sociale de la jeune femme autant qu'il était en son pouvoir. Même si elle ne devait jamais être sienne, il voulait qu'elle soit heureuse.

Toujours peu disposé à regagner la Chambre des députés, où il lui faudrait bannir l'image de Faith de sa mémoire pour se concentrer sur d'âpres débats, David envisagea de retourner à Albany pour rédiger un billet à l'intention de Lady Lyndlington. Mais il lui faudrait attendre la réponse avant d'en informer Faith et il ne voulait pas attendre. Pourquoi ne pas rendre visite dès à présent à l'épouse de son ami ? Il était plus que probable qu'il la trouverait à son domicile londonien, dans Upper Brook Street, ou chez son père, à Cavendish Square.

Ragaillardi par la perspective de faire avancer ses

projets, David se précipita vers une station de fiacre et se fit conduire chez la jeune vicomtesse.

Il fut ravi de constater que Lady Lyndlington était chez elle. Mais, objecta le maître d'hôtel avec une politesse compassée, ce n'était pas son jour de réception. Insistant sur son étroite amitié avec le maître de maison, David persuada le domestique de le conduire au Salon bleu où il attendrait tandis que le maître d'hôtel irait solliciter de sa part quelques minutes d'entretien.

David, trop agité pour s'asseoir, se mit à arpenter la petite pièce au décor raffiné. Il était si convaincu que l'épouse de son ami accepterait de prendre la jeune duchesse sous son aile qu'il ne venait s'enquérir, en réalité, que de la date de leur première réception.

— Davie ! Quelle agréable surprise, s'exclama Lady Lyndlington en avançant vers lui pour lui donner ses mains à baiser. J'espère que tout va bien, n'est-ce pas ? Giles… ?

— Non, non, tout va bien, mon amie. Giles se porte à merveille. À l'heure qu'il est, il doit haranguer le Parlement avec l'enthousiasme que vous lui connaissez. Je suis navré de vous avoir inquiétée… Il se trouve que j'ai une faveur à vous demander et, puisque j'étais sorti, plutôt que vous envoyer un billet je me suis dit que je ferais aussi bien de passer chez vous afin de vous la soumettre en personne.

Le regard soucieux de la jeune femme retrouva sa clarté et elle lui indiqua un siège.

— Si c'est en mon pouvoir, c'est comme si c'était fait. Que puis-je faire pour vous ? dit-elle en prenant place en face de lui.

— Il se trouve que, très récemment, je suis tombé, littéralement parlant, sur une vieille amie, Faith Wellingford, que vous devez connaître sous le titre de duchesse d'Ashedon.

— La jeune duchesse ? J'ignorais que vous vous connaissiez !

— C'est une cousine de l'épouse de mon parrain en politique. Nous nous sommes connus il y a plusieurs années de cela, alors que je venais de prendre mon emploi de secrétaire chez Sir Edward. Elle-même passait quelques vacances chez sa cousine. Nous sommes devenus de bons amis, sans être vraiment des proches étant donné les différences de milieu. Depuis son mariage, je l'ai croisée à quelques rares occasions mais nos chemins prenant des directions différentes, nous nous étions plus ou moins perdus de vue. Et en la rencontrant de nouveau par hasard, j'ai été frappé de voir à quel point elle ne semblait pas heureuse.

— Mariée comme elle l'a été à Ashedon pendant dix ans, personnellement, cela ne me surprend pas.

David réprima un sourire.

— Elle voulait savoir ce qui m'occupait en ce moment, aussi lui ai-je parlé du *Reform Bill*. Jadis, nous avions souvent des discussions politiques et elle ne manquait pas de bon sens. Elle paraissait si intéressée que je lui ai demandé si elle aimerait assister à l'un de vos dîners politiques. L'idée l'a enthousiasmée, aussi lui ai-je promis de vous demander une invitation pour elle. Qu'en pensez-vous ?

— Mais bien sûr, avec plaisir. Vous pensez qu'elle ne s'ennuiera pas ?

— C'est une jeune femme pleine d'esprit, qui n'a malheureusement guère eu l'occasion de l'utiliser le temps qu'a duré son union. Je suis certain qu'elle profitera pleinement des débats.

— Dans ce cas, je vais lui envoyer un carton d'invitation. Et à vous également, bien sûr.

— Merci, Maggie. Je vous en serais très reconnaissant.

Aussitôt, l'esprit toujours en mouvement de David se demanda comment transmettre la nouvelle à Faith au plus vite. Lui enverrait-il un billet pour lui demander de la voir ?

Ou se contenterait-il de l'informer par lettre qu'elle allait recevoir une invitation de la vicomtesse ?

Voir la jeune femme était bien sûr ce qu'il souhaitait secrètement, mais…

— Depuis combien de temps l'aimez-vous ?

La voix paisible de Maggie interrompit le cours de ses pensées.

Surpris, il leva les yeux et croisa le regard empli d'une chaude sympathie de la jeune femme. Il songea un instant à nier mais, comme elle venait de répondre favorablement à ce qui pouvait apparaître comme une requête un peu étrange, le faire semblerait à la fois absurde et discourtois.

— Dès la première fois que j'ai posé les yeux sur elle, je pense. Cela se voit tant que cela ?

— Non, à moins que l'on s'en doute un peu…

Son hôtesse ajouta avec un sourire :

— Mis à part le fait que vous paraissez vous soucier sans raison précise du bien-être d'une jeune personne que vous aviez plus ou moins perdue de vue depuis des années, je vous informe, mon ami, que tout votre visage s'illumine dès que vous parlez d'elle. Vos yeux brillent et votre voix vibre comme une corde de violon.

Il soupira.

— C'est exactement pour cela que j'ai évité de revenir siéger à la chambre cet après-midi. Je craignais de ne pouvoir dissimuler mon émotion et la joie de l'avoir revue. J'en parlerai à Giles en privé, mais je ne veux à aucun prix que Ben ou Christopher s'emparent du sujet. Ils m'ont assez harcelé pendant toutes ces années à propos de mon obsession pour l'Inaccessible.

— La connaissent-ils ?

— J'ai bien dû justifier mon refus systématique de participer à toute forme de beuverie fréquentée par des dames de petite vertu. Ou de laisser l'amie de cœur du moment de Christopher de me trouver de la compagnie.

Elle hocha la tête.

— « Mieux vaut être seul que mal accompagné », dit un proverbe français. Et pourquoi chercher votre dame de cœur partout dans Londres si vous l'avez déjà trouvée ?

— On ne saurait mieux dire, s'exclama David, enchanté de se voir si bien compris. Aucune femme ne saurait être comparée à Faith, même si, s'empressa-t-il d'ajouter devant le regard gentiment moqueur de son hôtesse, il existe quelques maisons dans Londres où l'on est merveilleusement reçu.

Il s'empressa de revenir à son sujet.

— L'avoir rencontrée seule par hasard… Je ne sais comment vous dire. C'est comme si les nuages de notre ciel londonien s'étaient soudain écartés pour laisser place au soleil, peignant tout de vives couleurs. Non que j'aie trouvé ma vie terne et ennuyeuse pendant tout ce temps, je vous assure. Mais c'est simplement qu'elle rend les choses… différentes. Plus belles. Plus vraies.

— Je sais. Moi aussi je vivais dans un monde gris et plutôt terne avant de rencontrer Giles.

Il lui adressa un sourire ému.

— Ben et Christopher persistent à dire que, si je le voulais, je pourrais l'oublier et jeter mon dévolu sur une personne plus convenable à mon rang. Mais ce n'est pas parce qu'on sait que l'objet de son désir est inaccessible à jamais qu'on peut s'arrêter de le désirer, n'est-ce pas ?

— Oui, bien sûr. Je suis désolée.

— Ne le soyez pas. Aimer Faith est une vieille douleur à laquelle je suis habitué. Et je savais depuis le début que ce serait un amour impossible. Le fils orphelin d'un fermier ne saurait épouser une fille richement dotée dont les ancêtres ont débarqué sur la terre d'Angleterre avec Guillaume le Conquérant.

— Et pourquoi une fille d'aristocrate, qui n'a eu que le mérite de naître, vaudrait-elle davantage qu'un homme du peuple qui a su s'élever par ses mérites à une position de pouvoir ?

David sourit.

— On croirait entendre Lord Grey[1] et les Amis du peuple. Giles est passé par là.

— J'apprécie les individus pour leur mérite et non pour leur pedigree. Du moins je l'espère. Cependant, vous… vous n'espérez rien d'autre que renouer une amitié, n'est-ce pas ?

Il ne fit pas à la jeune femme l'offense de feindre de ne pas la comprendre.

— Rassurez-vous, Maggie. Je n'ai pas l'intention de porter atteinte à l'honneur de Lady Ashedon, pas plus qu'au mien, en tentant de l'entraîner dans une aventure. Non, hélas, je ne peux rien envisager de plus qu'une amitié.

Lady Lyndlington poussa un soupir.

— Vous devez me prendre pour une horrible snob peu cohérente. Je l'admets bien volontiers, vous valez cent, mille fois plus que son pauvre mari. Les Diables de Hadley font de leur mieux pour rendre notre monde plus équitable mais nous sommes encore loin de vivre dans une société égalitaire, qui réagirait au remariage d'une duchesse avec un homme du peuple autrement que par le scandale et la dérision. Ils ne s'en prendraient pas à vous, bien sûr, car ils jugeraient que vous avez finement joué. Mais envers elle, la pauvre chérie, ils seraient terribles. Pire que des chiens à l'hallali… De son vivant, je n'ai jamais été familière de la maison du duc. Mais comme tout le monde, j'ai entendu parler de ses exploits. Et j'ai assisté ici ou là aux fausses démonstrations de sympathie à l'égard de cette « pauvre petite duchesse ». Elle a assez souffert comme cela. Je ne voudrais en rien être complice de quelque entreprise qui

1. Charles Grey (1764-1845), député whig nommé Premier Ministre en 1830. C'est grâce à lui qu'est voté le *Reform Act* en 1832. Il fera abolir l'esclavage dans l'Empire britannique en 1833. N.D.T.

pût lui nuire et avoir pour conséquence son exclusion de la société.

— Je vous le répète, Maggie. Je ne souhaite que lui donner l'occasion de fréquenter une compagnie plus intéressante et plus épanouissante que celle de ces vieilles familles oisives et incultes qui ressassent toujours les mêmes histoires et qu'elle a fini par haïr.

— J'imagine sans peine les perfides insinuations qu'elle a dû entendre à propos des infidélités de son mari. Promettez-moi seulement de ne pas lui compliquer la vie.

— Je vous le promets bien volontiers. Je souhaite alléger son fardeau et non l'alourdir.

— Dans ce cas, je serai ravie de l'inviter à notre prochain dîner, qui aura lieu ce vendredi. Père et Giles ont décidé de réunir quelques hommes aux opinions moins radicales, dans l'espoir de former une coalition de modérés qui pourront défendre le *Reform Bill* avec plus de souplesse pour mieux le faire accepter. Je lui enverrai un carton, c'est promis. Comme à vous, bien sûr.

— Merci, Maggie. J'apprécie beaucoup votre geste. Je crois que vous aimerez la duchesse et je sais d'avance qu'elle sera ravie de sa soirée.

— Vous aussi, je l'espère.

Elle ajouta en le regardant, l'air inquiète :

— Vous m'avez rendu un fier service, jadis, en me ramenant l'homme que j'aimais. Si j'étais magicienne, j'aimerais pouvoir jeter un sort pour que tout se termine selon vos désirs.

— Aider Faith est la meilleure chose que vous puissiez faire pour moi.

— Je ferai de mon mieux, assura Lady Lyndlington en le raccompagnant jusqu'à la porte où elle lui baisa la joue. Prenez soin de vous également, Davie. Comme je le sais trop bien, les cœurs peuvent se briser plus d'une fois.

— Mais une seule fois pour le même amour, rétorqua David avant de sortir.

Du moins l'espérait-il.

Deux jours plus tard, après avoir reçu dans la matinée un carton d'invitation de la part de Lady Lyndlington pour son dîner du vendredi suivant, Faith commanda un fiacre et alla rendre visite à son aimable hôtesse. Elle avait supporté stoïquement les réprimandes de la douairière à propos de sa défaillance lors leur dernier dîner et de son absence à l'heure de la promenade à Hyde Park le jour suivant et s'était imposé le silence pour ne pas aggraver la situation. Elle pouvait donc se permettre cette escapade. Comment la duchesse douairière pourrait-elle désapprouver que la mère de ses petits-enfants rende visite à la fille d'un marquis ?

Sachant à quel point David savait se montrer persuasif quand il voulait quelque chose, elle tenait à s'assurer par elle-même que Lady Lyndlington souhaitait vraiment l'inclure dans cette petite réunion. Et qu'elle-même se sentait assez à l'aise pour avoir envie d'honorer son invitation.

Ashedon avait entrepris d'isoler Faith dès les premières années de leur mariage et y avait remarquablement réussi. Il était non seulement parvenu à l'éloigner de sa famille mais également à la dissuader de se constituer son propre cercle d'amis. À cette époque, aveuglément amoureuse de son époux et sûre de l'amour qu'il lui vouait en retour, Faith était trop absorbée dans son nouveau rôle de maîtresse de maison, puis de mère de famille, pour prendre conscience du degré de solitude auquel elle était parvenue.

Mais tandis que ses garçons grandissaient et que son mari se livrait à de multiples frasques, elle avait réalisé à quel point elle avait peu d'amis de son âge et de sa classe. Les femmes de la bonne société qu'elle rencontrait dans les diverses manifestations mondaines auxquelles sa position sociale la contraignait d'assister avaient déjà toutes constitué leur petit cercle de relations et paraissaient peu désireuses d'y intégrer de nouveaux arrivants. Et même si elles en avaient manifesté l'intention, la plupart n'appréciaient pas et parfois allaient même jusqu'à mépriser la vie à la campagne, qu'elle-même mettait bien au-dessus des vains amusements de la vie londonienne.

David appréciait Lady Lyndlington, et Faith se fiait à son opinion. Mais le point de vue d'un homme sur une femme pouvait différer de beaucoup de celui que pouvait avoir une femme sur l'une de ses congénères. Une fille de marquis supérieurement intelligente et experte en matière de politique cacherait-elle sous une politesse de surface la pitié teintée de mépris qui rendait si déplaisante sa fréquentation des autres dames du monde ?

Le fiacre s'arrêta enfin et un laquais vint l'aider à descendre. Faith prit une longue inspiration puis s'élança vers la volée d'escaliers qui menait au perron de l'élégante maison d'Upper Brook Street habitée par le jeune vicomte et son épouse. D'une manière ou d'une autre, elle allait avoir la réponse à sa question.

Le maître d'hôtel la fit pénétrer dans une pièce toute en harmonie de bleu et de blanc, aménagée dans le style Adam, fort en vogue au siècle précédent. De hautes bibliothèques se dressaient contre le mur du fond et, reconnaissant sur les rayonnages des pièces de théâtre et des romans qu'elle aimait, Faith sentit ses espoirs se raffermir.

Il se pouvait que Lady Lyndlington et elle aient quelques points en commun, finalement.

La maîtresse de maison entra un instant plus tard, tout en grâce et en sourires.

— Duchesse, comme c'est aimable à vous de me rendre visite ! J'espère seulement que ce n'est pas dans l'intention de vous décommander pour ma petite réunion de vendredi soir ? Je serais si heureuse que nous puissions faire plus ample connaissance ! David — je veux dire Mr Tanner Smith — est comme vous le savez sans doute l'ami le plus intime de mon mari et nous avons la plus grande amitié pour lui. Comme pour ses amis, surtout quand il en parle avec une telle chaleur.

— C'est très gentil de sa part…

— Très certainement. Mais David ne dit jamais que ce qu'il pense. Vous prendrez bien une tasse de thé ?

— Si ce n'est pas inopportun. Je ne voudrais pas vous détourner de vos obligations.

— Absolument pas. Je serai ravie de bavarder un peu avec vous. On vous voit si peu…

Devant tant de spontanéité et de gentillesse, Faith sentit son cœur se réchauffer. D'emblée, elle sut qu'elle pouvait accepter l'invitation à dîner que David avait obtenue pour elle. Son hôtesse était sincère et Faith, certaine d'être bien reçue. Elle n'osait en espérer davantage.

Lady Lyndlington sonna le maître d'hôtel et demanda qu'on leur serve le thé.

— J'ai cru comprendre que vous connaissiez Mr Tanner Smith depuis votre prime jeunesse ? s'enquit-elle tandis qu'elles prenaient place sur le sofa.

— Oui, avant même ma première sortie dans le monde. Je passais l'été chez ma cousine et Mr Tanner Smith travaillait comme secrétaire pour son époux. C'est amusant, ajouta Faith avec un geste vers les rangées de livres qui luisaient doucement dans l'ombre. Parce que c'est précisément dans une bibliothèque que nous nous sommes vraiment parlé pour la première fois. Nous y cherchions tous les deux un livre et cela nous a conduits à une discussion sur les auteurs que nous aimions qui a duré une bonne partie de la soirée. À partir de ce jour-là, nous avons pris l'habitude de nous rencontrer tous les après-midi, après son travail, pour discuter ou faire une promenade à cheval. Je lui lisais de la poésie et lui me parlait de ses lectures de livres d'histoire ou de politique et de ses projets d'avenir. Il voulait devenir député afin de changer le gouvernement de notre pays. Il était déjà si intelligent, si soucieux du bonheur d'autrui et si plein de conviction ! Jamais je n'avais rencontré quelqu'un comme lui.

Lady Lyndlington sourit.

— Il semblerait qu'il n'ait pas beaucoup changé.

Si, d'une certaine manière, songea Faith, tandis que le maître d'hôtel déposait avec cérémonie un plateau chargé d'une théière en argent et de deux tasses en porcelaine sur une petite table devant elles. Le jeune héros romantique était devenu un bel homme sûr de lui et fier d'avoir réalisé ses ambitions.

— C'est vrai, se surprit-elle pourtant à répondre, en prenant la tasse de thé que son hôtesse lui présentait. Naïve comme je l'étais, j'espérais que notre amitié traverserait les années. Mais, après mon mariage, nous ne nous sommes plus vus aussi souvent.

— Oui, bien sûr. Une femme de votre rang, avec une maison à tenir, et des enfants…

Négligeant de corriger ces affirmations, Faith changea de sujet.

— Mr Tanner Smith m'a dit que vous aviez-vous-même tenu la maison de votre père pendant des années et organisé ses dîners politiques. Comme cela devait être intéressant ! Vous avez dû rencontrer des gens passionnants.

Lady Lyndlington rit gaiement.

— Sur ce plan-là, mon mariage n'a rien changé. Je m'occupe toujours des dîners de mon père, comme vous le savez. Mais je mentirais si je prétendais que nous n'abordons pas aussi des sujets de conversation plus légers que l'avenir de notre pays. La soirée ne s'écoule pas sans quelques commérages et de bonnes parties de rire. Pourtant, vous avez raison, ces dîners sont passionnants et très stimulants. Je n'y ai aucun mérite, cela dit, n'ayant eu que la chance d'être la fille de mon père. Je souhaite de tout mon cœur que vous vous plaisiez à notre prochaine réunion.

— J'en suis d'avance convaincue. Je ne ferai rien d'autre qu'écouter de toutes mes oreilles, je le crains, et j'espère que vous ne m'en voudrez pas. Comme dit le proverbe : « Mieux vaut se taire et paraître sotte que d'ouvrir la bouche et de le prouver. » Du moins éviterai-je ainsi de faire étalage de mon ignorance.

— Si vous avez de bonnes oreilles, vous comprendrez vite de quoi il retourne. N'hésitez pas à poser des questions. Votre fraîcheur d'esprit pourra nous être fort utile.

— Il n'y a rien de moins sûr. Jouer les candides n'est pas un rôle aussi facile qu'il y paraît. Mais vous pouvez compter sur mon attention. La politique me passionne depuis toujours. Et que je sois femme n'y change rien. Bien au contraire !

Une lueur de sympathie traversa le chaud regard brun de son hôtesse.

— La discussion prend souvent un tour assez vif. Et c'est tant mieux, car il n'y a ni jeux de cartes, ni chant... Je serais désolée de vous voir vous ennuyer dès le premier soir.

— Je n'ai jamais aimé les jeux de société. Et j'entends bien assez de chansons et de vains bavardages chez les amis de ma belle-mère. Je serai ravie d'écouter des gens intelligents discuter de choses intelligentes.

Faith ajouta avec un haussement d'épaule :

— Vous ne pouvez imaginer comme il est éprouvant d'avoir les oreilles emplies d'insanités à longueur de soirée. Surtout quand on en est l'objet.

Lady Lyndlington fronça les sourcils.

— Les gens du monde n'oseraient tout de même pas manquer de respect à une duchesse !

— Grands dieux, non ! Du moins, pas devant moi.

Était-ce un effet de la compassion qu'elle lisait dans le

regard de son interlocutrice, Faith ne put s'empêcher de poursuivre, non sans amertume :

— Mais j'attrape souvent au vol quelques aimables commentaires, prononcés assez fort pour que je puisse les entendre. J'y apprends par exemple qu'il n'y avait rien d'étonnant à ce que mon mari, une fois que je lui eus donné des héritiers, se soit empressé de négliger la pauvre créature insignifiante que je suis. Sans compter, maintenant que ma belle-mère est revenue s'installer dans son ancienne demeure, le long catalogue de mes défaillances, auquel j'ai droit tous les jours que Dieu fait. Croyez-moi, Milady, si je ne suis pas convaincue d'être tout à fait indigne de la position que j'occupe, c'est que je suis atteinte d'une étonnante surdité.

Lady Lyndlington hocha la tête.

— J'ai eu tant de chance d'avoir eu une famille autour de moi pour me soutenir dans les pires épreuves ! Je suis désolée que vous n'ayez pu bénéficier de ce type de soutien. Et j'aimerais pouvoir vous assurer que notre société n'est pas si mauvaise. Malheureusement, je ne le sais que trop bien, les gens de notre monde ont souvent l'esprit mauvais et la langue cruellement acérée.

Faith fit une petite grimace.

— Ils semblent tous si persuadés que je n'ai ni l'esprit, ni le courage de leur répondre ! En réalité, c'est simplement que je ne le veux pas. N'y a-t-il pas assez de malheur et de cruauté dans le monde sans qu'on vienne en ajouter délibérément ?

Impulsivement, son hôtesse lui prit la main.

— Je partage tout à fait ce point de vue. Et je vous comprends plus que vous ne l'imaginez. Avant de rencontrer Giles, après quelques années de veuvage, j'ai commencé à songer à me remarier. Comme, depuis la disparition de ma mère, je tiens le rôle de maîtresse de maison chez mon père à l'occasion de ses réceptions, j'ai eu bien sûr l'occasion de me constituer une belle collection de soupirants. Malheureusement, ayant épousé en premières noces mon meilleur ami d'enfance, j'étais d'une telle naïveté qu'il ne m'était pas venu à l'idée que certains d'entre eux n'étaient pas tout à fait désintéressés. Les relations de ma famille, ma fortune personnelle et mes espérances avaient pour eux plus d'attrait que les charmes de ma personne.

— Comment est-ce possible ! protesta Faith.

— Ça l'est, vous pouvez m'en croire, rétorqua Lady Lyndlington avec une surprenante amertume. L'un de mes soupirants en particulier, et des plus ardents, caressait des ambitions politiques que le soutien de mon père pouvait grandement favoriser. Il a fini par me convaincre de son amour et je me suis moi-même persuadée que je l'aimais. Nous étions sur le point de convoler quand j'ai découvert qu'il disposait d'un petit *nid d'amour*[1] dans un quartier discret, dans lequel il continuait à recevoir des femmes de toute sorte. J'étais, semble-t-il, la seule dans tout Londres à l'ignorer. J'ai immédiatement rompu notre engagement mais vous n'imaginez pas les ragots derrière les éventails et les ricanements que j'ai dû endurer. Mais vous savez sans doute tout cela. On en a beaucoup parlé, à un moment.

Incapable de croire qu'une femme aussi jolie, aussi intelligente et aussi sûre d'elle ait pu avoir été la victime d'une telle mésaventure, Faith protesta avec ferveur.

— Non, je ne savais rien de tout cela…

— Et puis, un jour, j'ai découvert la manière de répondre aux mauvais esprits sans descendre aussi bas qu'eux. Peu de temps après ma… déconvenue, j'ai surpris un commentaire qui m'a mise dans une telle fureur que j'en suis restée sans voix. Alors, j'ai simplement fait face à l'insolente et l'ai regardée comme si elle était le plus misérable petit vermisseau que la Terre ait jamais porté.

1. En français dans le texte. N.D.T.

Un de ces parasites que je découvre parfois sur mes rosiers et que j'écrase du talon de ma bottine. C'est elle qui a détourné les yeux la première et autant vous dire qu'elle n'a plus jamais joué à ce petit jeu-là avec moi. Ni elle, ni aucune de ses amies. La technique m'avait si bien réussi que je l'ai utilisée à plusieurs reprises pendant cette triste période, avec le même succès.

Elle conclut en tapotant amicalement la main de Faith :

— Je vous la recommande vivement.

Faith eut un faible sourire.

— Fille d'un marquis, vous pouviez vous le permettre. Mais je doute d'impressionner quiconque avec ce fameux regard. Père a dilapidé toute sa fortune avant que j'aie atteint mes dix ans et j'ai grandi sans caresser d'autres ambitions que de grimper sur les arbres les plus hauts du parc et de sauter mieux que quiconque à cheval. Et tout cela vêtue des vieilles culottes d'équitation de mon frère et d'un chandail troué. Mais je vous remercie du conseil. Je suis certaine que, étant donné ma position, comme dirait la duchesse douairière, j'aurai l'occasion de mettre cette méthode en pratique.

Lady Lyndlington rit.

— Pratiquez-la d'abord un peu devant votre miroir. Je l'ai fait. Ça marche très bien.

À l'idée de cette élégante dame s'entraînant seule devant sa psyché à foudroyer ses adversaires du regard, Faith ne put s'empêcher de pouffer.

— Non, je ne vous crois pas !

— Vous avez tort. Je ne dis jamais que la vérité. Je me répétais à haute voix les mots qui m'avaient blessée et je me regardais dans le miroir jusqu'à ce que mon regard atteigne une telle froideur qu'il aurait pu le geler et le faire exploser en mille éclats de verre. Essayez et vous verrez.

Faith reposa sa tasse.

— Je vous promets de le faire. Mais je vous ai assez pris de temps.

Elle se mit sur ses pieds, aussitôt imitée par son hôtesse.

— Alors ? L'examen a-t-il été favorable ? Viendrez-vous dîner vendredi ?

Confuse d'avoir été ainsi devinée, Faith s'empourpra jusqu'aux cheveux.

— Oui, bien sûr. J'en serai ravie.

— Excellent. J'espère que nous deviendrons amies. Les femmes doivent elles aussi faire front ensemble, ne trouvez-vous pas ?

Imprégnée de l'optimisme et de la force qui faisaient vibrer la voix de Lady Lyndlington, Faith se redressa comme une plante revigorée par l'eau et la lumière. Tout au fond d'elle, un faible espoir commençait à prendre lentement vie.

— Cela me plairait beaucoup.

— Parfait. Alors, à vendredi !

Les deux femmes se quittèrent après un bref salut et Faith regagna sa voiture avec un optimisme et une impatience qu'elle n'avait pas éprouvés depuis de longues années.

Et tout cela grâce à son cher David ! Non seulement il lui avait ouvert les portes d'un monde plein d'attrait et stimulant pour son intelligence, mais il lui avait peut-être fait cadeau d'un bien inestimable, pour elle qui avait perdu toute complicité avec ses sœurs : l'amitié d'une femme.

Il ne lui restait plus qu'à se montrer à la hauteur.

Chapitre 4

Ce vendredi soir, David arriva de bonne heure chez Lord Witlow. Agité et heureux à la perspective de revoir Faith, il s'était montré fort distrait à la Chambre cet après-midi-là. Il avait bien vu Giles lui lancer à plusieurs reprises un regard interrogateur, mais il s'était détourné comme si de rien n'était. Pourtant, en arrivant à ce point en avance, il savait qu'il devait s'attendre à un interrogatoire en règle.

Le maître d'hôtel de Lord Witlow le fit entrer dans le Salon bleu non sans lui faire remarquer d'un ton plein de componction que Lord Lyndlington et Milady n'étaient pas encore prêts. Ravalant un sourire devant cette manière détournée de lui faire remarquer ses mauvaises manières, David s'approcha du bar portatif installé dans un angle de la pièce et se servit un verre de porto. Puis, son verre à la main, il se mit à arpenter la pièce pour calmer son impatience.

Comme il s'y attendait, Giles fut le premier à le rejoindre. Remarquant son air mi-curieux, mi-amusé, David se dit que l'heure était venue. Il n'allait pas pouvoir échapper à un feu roulant de questions sur ce soudain regain d'intérêt pour l'Inaccessible. Et comme il avait lui-même pris jadis la liberté de donner quelques conseils de prudence à son ami lorsque celui-ci avait entrepris sa cour auprès de sa future épouse, il était de bonne guerre qu'il accepte ses mises en garde. D'autant plus qu'il savait que tout ce que dirait son ami ne pouvait être que bien intentionné.

— Ainsi, la duchesse d'Ashedon se met à la politique ? s'enquit Giles de but en blanc.

David vida son verre d'un trait et le posa au hasard sur un petit meuble.

— En effet. Imagine-toi que je l'ai rencontrée par hasard il y a une semaine. Quand nous avons fait connaissance, il y a de cela des années, elle manifestait déjà un vif intérêt pour ces questions. Elle n'est pas encore remise de la brutale disparition de son mari et m'a paru plutôt mal en point. J'ai pensé que cette soirée lui changerait les idées.

— D'après de ce que Maggie m'a dit de la personnalité du défunt duc, je doute que la petite duchesse éprouve une bien grande douleur.

— Plutôt du regret de ce qui aurait dû être, concéda David. D'après ce que j'ai compris, une fois sa descendance assurée, le duc a préféré s'entourer de femmes de petite vertu.

Giles alla remplir deux verres de porto et en tendit un à son invité avant de reprendre :

— Depuis ma réconciliation avec mon père, qui m'a contraint à sortir dans le monde plus qu'à mon goût, j'ai entendu pas mal de commérages à ce sujet. D'après ce fêtard de Darrow, le duc aurait trouvé la mort en essayant de... copuler avec sa dernière conquête tout en conduisant lui-même son phaéton. Un pari d'ivrogne, sans aucun doute.

David se figea, le verre à mi-chemin des lèvres. Il était écœuré et navré pour la pauvre Faith.

— Quel sale type !

Après un tel scandale, comme il avait dû être embarrassant et humiliant pour elle de garder la tête haute !

— Elle était bien à plaindre, en effet, d'être affligée d'un pareil époux, approuva Giles d'un ton acerbe. Si tu veux mon avis, c'est un bon débarras.

David se reprit à déambuler nerveusement, son verre

à la main. Giles avait raison. S'approprier tant de beauté, de joie de vivre et d'innocence et les détruire comme un gamin capricieux briserait un jouet, c'était aussi stupide qu'impardonnable. Maintenant, au moins, Faith était libre.

David réprima le frémissement d'excitation qu'il sentait monter en lui. Libre, certes, mais pas pour lui. Maggie le lui avait clairement démontré.

Il émergea des profondeurs de ses réflexions pour s'apercevoir que Giles le regardait, les sourcils froncés.

— Quand Maggie m'a dit il y a deux jours que tu lui avais demandé d'inviter la duchesse, j'ai fait en sorte que Ben et Christopher soient invités ailleurs. À toi de leur apprendre, avant qu'ils ne le découvrent tout seuls, que tu es à nouveau impliqué dans sa vie. Ils ne te taquineront pas là-dessus, j'y veillerai. Mais fais bien attention, Davie. Ne te laisse pas prendre au piège…

— Mais je ne suis nullement pris au piège, protesta David la main sur le cœur, comme pour mieux convaincre son ami, et peut-être lui-même. Si je peux l'aider à reprendre un peu goût à la vie, j'en serai ravi. Voilà tout.

Giles lui décocha un regard pénétrant.

— Vraiment ? Cette jeune femme n'est pas si libre qu'elle en a l'air, vois-tu. C'est une riche veuve, son fils aîné est maintenant duc d'Ashedon et ses trois enfants sont protégés par un conseil de tutelle. Sa famille peut avoir d'autres projets pour elle.

Le visage austère et renfrogné de la duchesse douairière s'imposa à l'esprit de David et un violent instinct de protection s'éveilla en lui.

— Faith a peut-être son mot à dire !

— Du moment que tu n'imagines pas avoir ton rôle à jouer dans cette affaire…

— Je souhaite simplement l'aider en ami. Elle en a déjà si peu…

— Eh bien, en voici justement un autre !

Un homme de haute taille, élégamment vêtu, faisait son entrée dans l'antichambre.

— Mon cher Englemere ! s'exclama Giles en s'avançant, main tendue, vers le nouvel arrivant. Ravi de vous voir. Peut-être parviendrons-nous ce soir à faire avancer notre petite coalition.

— Je l'espère, répliqua le marquis. Si votre charmante épouse participe à la conversation, elle promet d'être animée. Bonsoir, Mr Tanner Smith. Vous enrichirez le débat de votre solide bon sens, je n'en doute pas.

David serra la main d'Englemere.

— Je vous remercie.

Il devait beaucoup au marquis, le meilleur ami de son protecteur, Sir Edward Greaves, qui avait contribué à lui faire obtenir son siège au Parlement. Et, en dehors de son titre, il avait beaucoup d'admiration et de respect pour l'homme lui-même. Lord Englemere savait-il que sa belle-sœur serait présente au dîner ?

La dame en question, annoncée par le maître d'hôtel, fit son apparition sur le seuil.

Un court instant, tandis qu'il détaillait les charmes de la nouvelle venue, David sentit vaciller ses bonnes résolutions. On aurait dit un portrait de Joshua Reynolds qui se serait soudain animé pour sortir de son cadre.

La robe de soie bleu lavande que Faith portait ce soir-là, ornée d'un délicat assemblage de dentelles et de rubans, moulait à la perfection une taille ronde et souple qu'il mourait d'envie d'enserrer de ses deux mains. Les cheveux blonds de la jeune femme, relevés en un délicat arrangement de boucles, donnaient l'envie d'y plonger les doigts pour en libérer la masse souple et lumineuse, comme lorsqu'elle était jeune fille et qu'ils tombaient librement sur ses épaules. Une goutte de diamant brillait à chacune de ses oreilles, et elle ne portait pour tout autre ornement que la chair nacrée de ses épaules nues.

Mi-ange, mi-enchanteresse, elle était l'image même de la séduction. David n'aurait su dire ce qui était le plus douloureux en lui, de la force impuissante de son amour ou de celle de son désir.

Tandis qu'il se contentait de la regarder comme sous l'emprise d'un sortilège, Englemere traversa la pièce et, portant galamment la main de la duchesse à ses lèvres, s'exclama :

— Faith ! Quelle charmante surprise. J'ignorais que vous seriez des nôtres. Cela fait si longtemps… Comment allez-vous ?

Faith se haussa sur la pointe des pieds pour lui baiser la joue.

— Lady Lyndlington a bien voulu m'inviter. Je ne savais pas, moi non plus, que vous seriez ici, Nicky. Je suis si contente de vous voir ! Comment va Sarah ?

— Elle est restée à la maison pour veiller sur notre petite dernière, Elizabeth, qui a souffert d'une grave congestion des poumons cet hiver. Elle nous a fait bien peur, la chère petite. Comme elle avait du mal à se rétablir, j'ai loué une maison près de Highgate Village avec un grand jardin et du bon air. Si vous en avez le loisir, Sarah serait ravie de vous y recevoir.

— Du bon air ! Comme Sarah doit être contente. Et votre petite Lizzie aussi. Je ferai tout mon possible pour aller les voir, Nicky. C'est promis.

Elle conclut en redressant le menton avec un air de défi que David ne lui connaissait pas :

— Nous nous sommes par trop éloignés les uns des autres et je vais m'empresser d'y remédier.

— Vous m'en voyez enchanté, assura Englemere en lui serrant affectueusement les mains. Mais je ne veux pas avoir le monopole de votre présence. Vous connaissez certainement notre hôte, Lord Lyndlington ? Et Mr Tanner Smith, bien sûr.

— Milords…

Faith leur adressa à chacun une gracieuse révérence.

— Duchesse, répondit David en prenant la main qu'elle lui offrait.

Savourant le contact de cette peau douce et parfumée, il retint les doigts de la jeune femme entre les siens aussi longtemps que la bienséance le permettait. Et, à son grand plaisir, elle pressa légèrement les siens tandis qu'il la libérait.

Elle se tourna vers Giles.

— Qui d'autre dois-je m'attendre à rencontrer ce soir, Milord ?

— Lord Coopley, homme d'État et parrain politique de votre hôte, que vous devez connaître. Lord Howlett, autre membre de la coalition Tory menée par Lord Witlow à la Chambre des lords. Deux de mes collègues députés favorables à la réforme, Richard Rowleton et John Percy.

Le visage de Faith s'était progressivement éclairé.

— Je connais en effet tous ces messieurs. Et plus particulièrement Lord Coopley. Il faisait souvent la leçon à mon mari au sujet de sa mauvaise conduite, ce qui avait le don de le contrarier au plus haut point.

Un point en faveur du baron, se dit David. Celui-ci comptait-il sur son âge, ses faits d'arme et sa position pour le protéger de l'ire d'un gentleman d'un rang plus élevé que le sien ? Ou avait-il un courage et des principes trop chevillés au corps pour s'en soucier ? En tout cas, cela ne le rendait que plus sympathique.

Englemere rit.

— Cela ne m'étonne pas de lui. Je suis prêt à parier qu'Ashedon se gardait bien de se rebiffer. Coopley est réputé pour appeler un chat un chat et il est trop intelligent et combatif pour trouver sur son chemin beaucoup d'adversaires prêts à en découdre.

Giles intervint avec un sourire entendu.

— J'en ai fait moi-même l'expérience à plusieurs reprises

à la Chambre quand nous étions en désaccord sur tel ou tel point de l'ordre du jour. Mais ne vous inquiétez pas, duchesse. Lady Lyndlington vous a placée entre son père et Mr Tanner Smith. Vous serez ainsi entourée de bons compagnons de conversation qui ne manqueront pas d'être aux petits soins pour une jolie femme.

— Si je veux tenir ma place dans la discussion, c'est surtout de leur aide que j'aurai besoin, rétorqua Faith en riant.

Elle sourit à David qui lui adressa un petit salut encourageant.

— Je doute que vous ayez besoin d'aide, ma chère, s'empressa d'assurer Giles avec un clin d'œil. Mais Mr Tanner Smith se fera un plaisir de vous l'apporter, j'en suis sûr. Ah ! voici ma femme et mon beau-père, ajouta-t-il le visage illuminé par un sourire. Veuillez m'excuser.

David suivit le regard de Faith. Elle observait avec une nostalgie visible l'empressement avec lequel Giles se précipitait au-devant de son épouse et la gratifiait d'un léger baiser au coin de la bouche. Puis il murmura quelques mots à l'oreille de la jeune femme qui s'empourpra légèrement. Un voile de tristesse assombrit le visage de Faith et David crut voir poindre des larmes dans ses yeux.

— Ils semblent si proches, murmura-t-elle. Comme ce doit être merveilleux, une telle complicité.

— Ils sont amoureux comme au premier jour. Ben, Christopher et moi taquinons souvent Giles à ce sujet.

Le maître d'hôtel annonça les autres invités, et Lord Coopley se précipita sur Faith du plus loin qu'il la vit.

— Comme c'est gentil à vous, ma chère Maggie, de si bien choisir vos invitées ! Voici une autre jeune beauté pour tenir compagnie au vieil homme que je suis.

Faith lui adressa une petite révérence.

— Vous êtes bien aimable, Milord. Mais je suis venue ici davantage pour écouter que pour parler.

— Balivernes, ma chère enfant ! Vous pouvez dire ce

qui vous passera par la tête, belle comme vous êtes, tout le monde vous applaudira. Le monde est ainsi fait, savez-vous ?

Comme Giles et David échangeaient un regard entendu, sachant à quel point le baron pouvait être sans merci pour le pauvre audacieux qui osait s'aventurer à avancer des opinions contraires aux siennes, le vieux gentilhomme ajouta :

— Vous savez bien que j'ai toujours aimé bavarder avec vous, mon enfant. Que ce soit de livres, de musique, de chevaux ou de chasse. J'ai même espéré un instant faire de vous ma femme, avant qu'Ashedon vous ait soufflée sous mon nez. Je vous aurais rendue bien heureuse, je vous assure.

Faith s'empourpra violemment et Lady Lyndlington s'empressa de venir à sa rescousse.

— Puisque nous nous connaissons tous, je suppose que nous pouvons éviter les formalités… Passons à table, voulez-vous ? Lord Coopley, acceptez-vous de me servir de cavalier avant que je ne succombe sous l'assaut de la jalousie ?

Le vieil homme, gloussant de plaisir, s'empara du bras de son hôtesse.

— Naturellement, ma chère Maggie. Vous avez toujours été la première dans mon cœur, vous le savez bien. La fille que je n'ai jamais eue ! Bien que votre cher père et moi regrettions encore que vous n'ayez pas été un garçon. Vous auriez magnifiquement assuré la relève à la Chambre des lords.

— Oh ! Mais je vous ai procuré un merveilleux remplaçant en la personne de mon mari !

Comme, du fait de son rôle de leader pour la promotion de la réforme, Giles était le principal adversaire du baron, sa repartie provoqua le rire de toute l'assemblée.

Coopley agita un doigt menaçant dans sa direction.

— Petite friponne ! Si j'avais pensé qu'il saurait gagner

votre cœur, je l'aurais jeté dans les bras d'une de ces petites actrices dont regorgent les foyers des théâtres !

— Aucune chance, rétorqua Lady Lyndlington. Si j'avais pensé qu'il pouvait se laisser séduire par ce genre de fille, je l'aurais étranglé de mes propres mains !

David lança un coup d'œil inquiet en direction de Faith mais cette allusion aux filles faciles et aux aventures extra-conjugales ne semblait pas l'avoir choquée. Au contraire, elle avait le sourire aux lèvres et ses yeux brillaient. Avant qu'il ait pu intervenir, Lord Witlow s'était approché de la jeune femme et lui prenait le bras.

— Je suis si content que vous ayez pu vous joindre à nous, duchesse, dit-il avec un sourire qui se voulait séduisant quoiqu'un peu édenté. Ma fille m'a dit que vous vous intéressiez au travail que nous faisons en ce moment au Parlement. Aussi, j'espère que vous ne vous ennuierez pas ce soir.

— Oh ! non, Milord. Cela me passionnera, au contraire. Je suis sûre d'apprendre beaucoup de choses. Et, ajouta-t-elle en lançant à David un coup d'œil malicieux, d'être pleinement satisfaite. Dans tous les domaines.

À ces mots qu'il reconnaissait comme les siens, l'excitation qui s'était emparée de David dès le moment où il avait vu Faith s'aiguisa davantage. Il se ressaisit, luttant contre le désir qui lui fouaillait de nouveau les reins.

Tu n'as qu'un seul rôle à jouer dans cette pièce, mon ami, se morigéna-t-il. *Celui de l'ami bienveillant qui s'assure qu'une vieille connaissance passe une bonne soirée grâce à lui.*

— Je l'espère de tout mon cœur, dit le marquis en conduisant Faith vers la salle à manger. Ma chère fille ne vit et ne respire que pour la politique mais elle n'a jamais eu d'amie femme qui partage sa passion. Elle est enchantée d'avoir trouvé cela en vous, mon enfant. Il faudra nous rendre visite plus souvent, même si, comme je m'y attends, votre association avec Mr Tanner Smith vous fera donner la préférence à l'agenda de la réforme. Ma fille étant elle-même mariée à un réformiste, me voilà cerné de tous côtés par l'ennemi.

Faith prit le siège qu'il lui présentait.

— Il est vrai que Mr Tanner Smith et moi avons beaucoup discuté politique. Mais c'était dans notre jeune temps ! Comme vous le savez, le défunt duc n'a jamais manifesté le moindre intérêt pour le gouvernement de notre royaume. Aussi ai-je beaucoup de choses à apprendre.

— Dans ce cas, vous êtes au bon endroit, lança Lord Coopley du haut bout de la table où il siégeait à côté de la maîtresse de maison. Avec nos trois amis ici présents, ajouta-t-il en désignant Giles et ses deux amis réformistes de la Chambre, auxquels s'ajoutent notre hôte et ma modeste personne, vous allez pouvoir entendre toutes les opinions, certaines mieux fondées que les autres…

— Il se pourrait même, Milord, dit Giles en prenant le siège qui lui était dévolu à côté de Lord Coopley, que nous trouvions ce soir quelque compromis auquel vous pourrez adhérer sans peine.

— Sont-ils toujours ainsi à couteaux tirés ? murmura Faith en se penchant vers David qui avait pris place à côté d'elle.

— Toujours. Quoique, maintenant que Giles a épousé la fille de son vieil ami, Coopley met un peu d'eau dans son vin. Jadis, Giles était bien heureux quand il rentrait chez nous sans trop d'égratignures.

Impulsivement, Faith posa la main sur celle de son voisin.

— Je suis si ignorante, dit-elle, sentant son appréhension revenir. Vous m'aiderez, n'est-ce pas ? J'ai si peur de me couvrir de ridicule !

David résista à l'envie de refermer sa main sur la sienne.

— Vous ne serez jamais ridicule. Mais si vous vous sentez perdue, regardez-moi. L'air de rien, j'insérerai une explication dans nos propos. Ne vous inquiétez pas, tout ira bien.

Elle lui adressa un sourire tremblant.

— Merci, Davie. Vous avez toujours été si bon.

Étant donné son rang, le plus élevé parmi la compagnie, Faith était assise à côté du maître de maison. David était étonné et même ému que, contrairement à toutes les règles de l'étiquette, Maggie ait eu la délicate attention de placer quelqu'un comme lui à côté d'une duchesse. Comme il lançait à la jeune vicomtesse un regard interrogateur, elle dit avec un sourire :

— En tant que membre du Parlement, vous avez toujours eu votre place parmi les nôtres. Et puis, le mérite des personnes est fondé sur leurs actes et non sur leur naissance. C'est bien là une théorie que vous défendez, n'est-ce pas ?

Lord Coopley eut un reniflement méprisant.

— Pfff ! Aimable prétexte pour donner à n'importe quel blanc-bec à la langue bien pendue l'occasion d'amuser la galerie. Bien que, je l'admets bien volontiers, Mr Tanner Smith soit un homme de grand talent.

— Plus que certains gentilshommes de haute naissance, remarqua Giles.

Coopley émit un rire qui tenait de l'aboiement.

— Bien plus que ceux dont nous avons parlé tout à l'heure, c'est certain ! Quoi qu'il en soit, dit-il en se tournant vers Faith, nous sommes tous là pour vous servir, mon enfant. Je regrette seulement de ne plus avoir de fils à marier.

David sentit l'aiguillon de la jalousie le transpercer cruellement. Il souhaitait de tout cœur que Faith trouve un compagnon digne d'elle, mais l'idée qu'elle puisse se remarier lui était plus désagréable qu'il ne l'aurait pensé. *Dieu du Ciel, faites que ce ne soit pas tout de suite. Pas avant que…*

Mais quel autre avenir pouvait-il envisager pour elle ? Et pour lui ?

— Mais, protesta Faith, de nouveau empourprée, je n'ai pas encore quitté mon deuil.

— Un deuil qui se justifie fort peu, déclara l'incorrigible baron. Ah ! Voici notre entrée. Voyons, qu'avons-nous là ? Du saumon en gelée avec des baies de genièvre ! Ma chère, j'ai toujours dit que vous et votre père aviez la meilleure table de Londres.

Se tournant vers le valet de pied qui se penchait vers lui, il le pressa :

— Servez-moi copieusement, mon brave. Je vais avoir besoin de force pour soutenir les débats.

La conversation devint vite générale. David, dont l'attention était concentrée sur sa voisine, mangeait peu et parlait moins encore. Aimablement interrogée par son hôte au sujet de ses enfants, Faith, mise en confiance, parla d'eux avec un enthousiasme passionné et alla même jusqu'à demander l'avis du marquis sur quelques points d'éducation.

Enchanté, Lord Witlow s'empressa de lui donner satisfaction.

— La première chose, et la plus urgente, c'est de les emmener le plus souvent possible sur vos terres. Outre les bienfaits du grand air, le jeune duc n'apprendra jamais trop tôt comment s'en occuper et obtenir le meilleur de ses gens. Bien que je regrette qu'il ne se soit jamais intéressé à la politique, je suis fier du travail que mon fils Esterbrook a fait dans notre domaine, qu'il a commencé à diriger dès le plus jeune âge. Outre sa charge de parlementaire, il n'y a rien de plus important pour un gentilhomme que de prendre soin des terres dont il a hérité.

— J'aimerais conduire Edward à Ashedon Court plus souvent mais maintenant que la douairière s'est installée chez nous, ce n'est pas si aisé. Comme son défunt fils, elle préfère de loin séjourner en ville.

Le marquis donna un petit coup sec sur la table de sa longue main osseuse.

— Rien ne vous empêche d'aller là-bas seule avec vos garçons ! Vous n'avez plus à demander l'autorisation à personne et, quand bien même le conseil de tutelle mettrait son nez là-dedans, il ne pourrait qu'approuver ce genre de décision.

— Vraiment ? s'exclama Faith, les yeux brillants. J'adorerais cela. À dire vrai, je ne connais Ashedon Court guère plus que mes fils.

— Il est grand temps d'y remédier.

— Soyez prudente, malgré tout, objecta Coopley depuis l'autre bout de la table. De Liverpool à Manchester et du Derbyshire au Nottinghamshire, les repaires de radicaux foisonnent !

Faith ouvrit de grands yeux étonnés.

— Vraiment ? Mais comment cela se peut-il ?

David s'empressa d'intervenir.

— Ces villes et ces comtés ont fort peu de représentants au Parlement. Cela fait des années qu'il y a des soulèvements à ce sujet.

— Vous voulez dire des émeutes et le saccage d'un bon nombre de propriétés privées, renchérit Coopley. Si Ashedon Court est dans cette zone, je comprends pourquoi votre mari était peu désireux d'y installer sa famille. Même s'il avait des raisons moins sérieuses de vouloir rester à Londres, ajouta-t-il en disant tout haut ce que ses commensaux pensaient tout bas.

Cette fois, Faith, qui semblait s'être accoutumée au manque de tact du baron, rougit à peine.

— Mr Tanner Smith m'a expliqué que les nouvelles cités industrielles du Nord n'existant pas encore au Moyen Âge, quand le royaume a été découpé en districts, et s'étant considérablement développées depuis, il est normal qu'elles aient été les plus ardentes à revendiquer un mode d'élection plus équitable pour les représentants du peuple à la Chambre. À l'inverse, d'anciennes zones qui avaient de nombreux représentants se sont depuis largement dépeuplées. Il paraît juste que la situation soit rééquilibrée.

— Exactement, approuva d'une voix forte l'un des jeunes députés en faveur de la réforme du nom de Rowleton. Dunwich, par exemple, a trente-deux électeurs, Camelford, en Cornouaille, vingt-cinq, Gatton sept, et pourtant tous ces bourgs ont le droit d'élire le même nombre de membres à la Chambre des communes. Ce n'est pas pour rien qu'on les appelle des « bourgs pourris ». Voici une imposture que le *Reform Bill* se propose de corriger.

— Sans doute, mais vous retireriez ainsi des voix à des districts qui les ont toujours eues, répliqua Lord Howlett, tory[1] de la plus belle eau. Je ne vois pas où serait la justice.

En temps normal, David se serait lancé dans la discussion avec son enthousiasme habituel. Mais ce soir, il préférait observer Faith qui, les yeux brillants, les lèvres retroussées dans un sourire enjoué, suivait le débat avec avidité.

Le dîner s'acheva, bien trop tôt à son goût. On apporta les liqueurs et Lady Lyndlington se leva, aussitôt imitée par tous les hommes de l'assemblée.

— Chers amis, Lady Ashedon et moi-même allons vous laisser régler ces détails entre vous. Duchesse, si vous voulez bien ?

— La discussion était passionnante, remarqua Faith en se levant à son tour. Je peux maintenant prétendre en connaître un peu plus long sur ce qui se passe au Parlement.

— Oui, approuva Coopley, et vous pouvez dire de notre part aux oisifs de votre connaissance qu'ils aillent un peu user le fond de leurs culottes de soie sur les bancs de la Chambre des lords. Il s'agit tout de même de voter les décisions les plus importantes depuis quatre cents ans ! Un

1. Membre du Parti conservateur.

vieux croûton comme moi a beaucoup moins de chance de les persuader qu'une jolie femme.

— J'apprécie la confiance que vous placez en moi, Milord. Je ferai mon possible pour réquisitionner tous les pairs du Royaume qui bayent aux corneilles au coin du feu dans les salons que je fréquente.

Faith rayonnait d'une confiance nouvelle. Reconnaissant envers le vieux lord, David se sentait aussi fier qu'un professeur peut l'être de son élève après un examen réussi. Comme il avait bien fait de l'encourager à venir à cette soirée !

Hélas, l'étiquette ne permettait pas qu'il quitte la salle à manger pour suivre les dames dans le petit salon. Pas plus qu'il ne pourrait raccompagner Faith chez elle plus tard sans susciter les pires affabulations.

— Resterez-vous pour le thé, duchesse ? s'enquit leur hôtesse en l'accompagnant dans le hall jouxtant la salle à manger.

— Non, hélas. Il faut que je retourne auprès de mes garçons.

— Dans ce cas, je vais appeler Rains pour faire venir votre voiture.

— C'est la duchesse douairière qui l'utilise ce soir. S'il pouvait envoyer un valet me chercher un fiacre ?

— Naturellement. Mr Tanner Smith, auriez-vous l'obligeance de tenir compagnie à la duchesse en attendant l'arrivée du fiacre ? Je vais chercher son manteau. Je suis sûre que ces gentlemen pourront se passer de vous quelques minutes.

David croisa le regard de Lady Lyndlington qui lui adressa un imperceptible clin d'œil.

— Ce sera un honneur, duchesse.

Il offrit son bras à Faith et ne put retenir un délicieux

frisson quand la main légère se posa sur la manche de son veston.

Tandis qu'il conduisait sa compagne dans les pas de leur hôtesse, il croisa le regard soucieux de Giles, celui, franchement curieux, de Coopley et, enfin, le regard bienveillant du vieux marquis. Mais après un bref salut, les hommes reprirent place autour de la table et se plongèrent de nouveau dans le brouhaha de leur conversation.

— Merci, Maggie, murmura-t-il quelques instants plus tard dans l'oreille de Lady Lyndlington tandis que le maître d'hôtel aidait Faith à enfiler son manteau. Pour le dîner et pour… ceci.

Elle hocha la tête mais son regard était préoccupé. Presque triste.

— Souvenez-vous de votre promesse, mon ami. De l'amitié, rien que de l'amitié.

— De l'amitié, oui, Maggie, répéta-t-il tandis que, à la vue de la gorge ronde de Faith disparaissant sous les plis de l'épais manteau, le désir le faisait vibrer comme une lame.

Le souvenir d'elle pendant le dîner, ses cheveux blonds frôlant sa joue quand il se penchait pour lui parler, son regard bleu l'inondant de lumière, l'envahirent comme une houle puissante.

Le maître d'hôtel alla s'enquérir du fiacre et Maggie se tourna vers son invitée.

— Je suis si contente que vous ayez apprécié cette soirée, duchesse. J'espère que nous vous reverrons souvent. Je sens que nous pourrons faire de grandes choses, toutes les deux.

— J'en serai ravie. Mais je vous en prie, appelez-moi Faith.

— Ce sera un honneur. Vous-même, appelez-moi Maggie, comme le fait notre ami David.

— Votre amitié m'honore tout autant, chère Maggie.

— Dans ce cas, je vous souhaite le bonsoir à tous les deux et je vous dis à bientôt. Mon cher David, n'oubliez pas nos invités. !

Après un dernier échange de saluts et de compliments, Maggie tourna les talons et gravit l'escalier d'un pas vif, les laissant enfin seuls.

De si précieuses minutes ! Comment les utiliser au mieux ?

Faith s'approcha de son compagnon, son joli visage éclairé par un sourire radieux, et il dut faire appel à toute sa volonté pour ne pas la prendre dans ses bras. Il parvint à se ressaisir, mais il était conscient de son mérite. Les quelques centimètres qui les séparaient vibraient d'une insupportable tension sensuelle et son cœur battait si fort que, sûrement, elle ne pouvait que l'entendre.

Lentement, elle tendit la main vers lui et lui caressa la joue.

— Merci pour cette bonne soirée, mon doux ami. Je ne m'étais plus sentie aussi vivante et pleine d'énergie depuis…

Depuis que je vous ai serrée dans mes bras il y a une semaine de cela, acheva-t-il *in petto*, brûlant de nouveau de l'envie de l'enlacer. Mais il avait promis !

— … depuis très, très longtemps, finit-elle dans un souffle.

Elle se hissa sur la pointe des pieds et il eut un instant le fol espoir qu'elle allait de nouveau l'embrasser, comme elle l'avait fait quand il l'avait raccompagnée chez elle l'autre nuit. Mais elle se ravisa et s'écarta lentement.

Ils restèrent ainsi un long moment face à face, les yeux dans les yeux. David dévorait avidement chaque courbe et chaque relief du visage de sa compagne, le doux renflement de ses lèvres, la blancheur liquide de ses dents. Et, une fois de plus, il refoula le désir qui le poussait vers elle.

Alors, avec un petit soupir, Faith inclina la tête et lui offrit sa bouche, comme si elle aussi était incapable de résister à la force qui les poussait l'un vers l'autre.

Dieu sait quelle sottise il aurait commise si le valet de

pied n'était survenu, essoufflé, pour annoncer que le fiacre attendait devant la porte.

La voix de l'homme les surprit tous les deux et ils s'écartèrent vivement l'un de l'autre.

— Votre fiacre, milady, répéta David inutilement, tandis qu'un terrible sentiment de solitude s'abattait sur lui.

— Vous reverrai-je bientôt ? chuchota Faith, formulant la pensée qui le consumait.

Le cerveau de David se mit à fonctionner à toute vitesse.

— Oui, bien sûr... Peut-être pourrais-je... vous escorter quand vous vous rendrez chez votre sœur à Highgate ? Je suppose qu'Englemere ne vient pas en ville tous les jours que Dieu fait. Je pourrais lui apporter les rapports des sessions parlementaires.

— Oui, s'exclama Faith, les yeux brillants d'enthousiasme. Oui, ce serait parfait !

— Vous emmènerez vos enfants, bien sûr. Cela leur permettra de faire la connaissance de leurs cousins.

— Witlow m'a dit que je pouvais les emmener où je voulais, maintenant que je n'ai plus besoin de la permission de leur père. Quand partirons-nous ?

— Arrangez cela avec votre sœur et envoyez-moi un billet. Je serai prêt.

Elle opina énergiquement du chef.

— Entendu. J'ai passé une soirée merveilleuse. Encore merci.

Elle conclut après un coup d'œil au valet de pied qui attendait devant la porte ouverte :

— Au revoir, David. À bientôt !

— À très bientôt !

Faith sourit, se détourna comme pour partir, hésita, revint vers lui et lui serra doucement la main avant de se précipiter vers la porte.

David la regarda disparaître dans la nuit. Puis il porta ses doigts à ses narines pour respirer le doux parfum de lavande que la main de la jeune femme y avait laissé. Il frémissait encore de son contact et la vague de désir qui l'avait submergé un instant plus tôt avait été si puissante qu'il se sentait maintenant comme un navire échoué.

Jamais il n'aurait cru que le fait d'être seul avec Faith pût à ce point déchaîner en lui les passions les plus primitives.

Peut-être n'était-il pas raisonnable de continuer à la voir, au risque de se laisser aller à commettre un geste irréversible. Un acte qui ternirait l'honneur de la jeune duchesse comme le sien et compromettrait à jamais la renaissance de leur ancienne amitié.

Et pourtant, il pouvait fort bien l'accompagner à Highgate. Ils ne seraient pas en tête à tête sur la route. Et, une fois arrivée à destination, Faith passerait le plus clair de son temps avec sa sœur tandis qu'il discuterait avec Englemere des derniers compromis obtenus à la Chambre. Prisonnière du cercle protecteur de sa famille, elle serait en même temps à l'abri des excès de sa passion. Quant à lui, cela lui permettrait de jouir de la présence de l'aimée sans craindre pour lcur réputation à tous les deux.

Et puis, il savait tout au fond de lui qu'il serait incapable de ne plus la voir.

À moins qu'elle ne le lui interdise.

Chapitre 5

Faith continua à bouillonner d'allégresse pendant le bref trajet en fiacre. Elle se sentait pleine d'énergie, vivante comme au début de son mariage, avant de découvrir la nature perverse de son mari et la farce qu'avait été l'amour qu'il prétendait éprouver pour elle. Avoir de nouveau une vie sociale, susciter encouragements et appréciations au lieu des moqueries et de la pitié auxquelles elle s'était accoutumée, c'était une sorte de renaissance.

Et il y avait cette relation renouée avec David, excitante, chaleureuse. Comment un lien si ancien pouvait-il renaître avec une telle immédiateté, une telle vigueur ?

Elle ne pourrait jamais assez le remercier pour cette soirée durant laquelle il avait joué un rôle essentiel en se tenant à son côté et en la réconfortant de sa simple présence silencieuse. Et puis il y avait cette attirance physique qui avait failli les jeter dans les bras l'un de l'autre dans le hall de Lord Witlow. Grâce à lui, Faith se sentait de nouveau séduisante, désirable, aimée. Le désir qu'elle inspirait à David, presque tangible, libérait en elle un instinct de séduction trop longtemps réprimé.

Après des années de vie conjugale sans joie ni satisfaction, à part celles que lui apportaient ses enfants, Faith sentait son corps se réveiller et réclamer son dû. Jamais elle ne pourrait épouser un homme comme David, qui n'avait d'ailleurs peut-être pas à l'esprit de la demander en mariage. Mais avoir du plaisir avec lui, oui, cela, c'était à sa portée.

Mais l'oserait-elle ? Et lui, le voudrait-il ?

Faith n'aurait su le dire. Continuer à le voir reviendrait à s'aventurer dans un labyrinthe plein de dangers et de choix hasardeux. Mais ce serait également la possibilité de s'épanouir enfin, et même de trouver le bonheur. Elle ne se sentait pas encore prête à décider si elle suivrait ce chemin. Pour le moment, elle saisirait chaque occasion de voir David et de jouir de sa présence.

Oui, c'était décidé. Elle allait écrire une lettre à Sarah pour lui annoncer sa venue.

Encore vibrante d'énergie et d'optimisme, Faith gravit d'un pas dansant la volée d'escaliers menant au perron.

Sur le pas de la porte, son élan fut coupé net par le maître d'hôtel qui lui annonça, l'air compassé, que Sa Seigneurie était rentrée de sa soirée et qu'elle apprécierait de boire un verre de vin avec milady dans le Salon bleu.

Telle la Cendrillon des vieux contes de France, Faith, une fois rentrée chez elle, n'était plus que la « pauvre petite duchesse », tout juste bonne à recevoir des réprimandes et à servir de dame de compagnie à la mère de son défunt mari.

Plus maintenant, songea la jeune femme en se dirigeant vers le salon. Elle ne manquerait pas d'égards pour sa belle-mère, mais il n'était plus question de servir de bouc émissaire à la vieille dame. Pas tout à fait certaine que le fameux « regard » de Lady Lyndlington soit assez efficace pour réduire au silence une femme aussi aigrie et imbue d'elle-même que la douairière, Faith avait bien l'intention de quitter la pièce si la conversation tournait au réquisitoire.

Prête à affronter l'hostilité, Faith pénétra dans le Salon bleu avec aux lèvres un sourire qui pouvait paraître assez convaincant.

— Avez-vous apprécié votre soirée à l'opéra ? s'enquit-elle en prenant place dans une chauffeuse en face de la douairière.

Elle accepta le verre de vin que le valet de pied, sur un signe de sa belle-mère, venait de lui servir.

La sexagénaire, encore en tenue de soirée, pinça les lèvres.

— Disons que c'était tolérable. Nous avions le ténor français Gilbert Dupré dans cette œuvre de Beaumarchais. Une histoire de barbier… Parfois, ces Français sont d'un commun ! Et puis, il débute. Mais ce devait être tout de même plus amusant qu'un dîner politique en compagnie du vieux Witlow. Je ne comprends pas que vous ayez pu accepter une telle invitation.

— Je ne me suis pas ennuyée le moins du monde, répliqua vivement Faith. La conversation a porté sur le *Reform Bill* et c'était tout à fait passionnant. Lady Lyndlington est une hôtesse charmante.

— Lyndlington ? Ah, oui ! La fille de Witlow, Lady Margaret, qui avait épousé cette espèce d'original, le Comte de Telbridge ! Il paraît qu'il est mort en lui laissant une jolie petite fortune… Pas étonnant qu'elle ait si vite trouvé un nouveau mari !

C'était bien de la douairière que d'avoir dans sa gibecière une réflexion désagréable sur tout un chacun. Faith s'abstint de tout commentaire.

— Mon beau-frère, Lord Englemere, était également présent. Il m'a invitée à leur rendre visite. Sa cadette sort de maladie. Je vais envoyer un mot à ma sœur pour connaître la date qui leur convient le mieux. Mais ne vous inquiétez pas, s'empressa-t-elle d'ajouter en voyant la douairière lever la main en geste de protestation. Je sais à quel point vous avez horreur de la maladie. Inutile de m'accompagner !

Le visage de la douairière se rasséréna.

— Comme vous voudrez. Cependant il me paraît tout à fait inconsidéré de la part de votre famille de vous faire une telle proposition. Leur maison est un véritable foyer d'infection et vous-même avez trois jeunes enfants à protéger.

— L'enfant est en convalescence, d'après ce que j'ai compris, et je passerai le plus clair de mon temps avec ma sœur.

— Cela me paraît néanmoins fort imprudent. Mais je ne vous ai pas demandé de me rejoindre pour discuter de peccadilles. J'ai à vous apprendre une nouvelle tout à fait excitante qui va nous remonter le moral, au plus bas depuis la mort de notre cher Edward.

La douairière marqua une pause, la voix pleine de sanglots, et se tamponna rapidement les yeux avec son mouchoir de dentelle. Puis elle reprit d'un ton allègre :

— C'en est fini de cette sinistre maison de femmes. Mon cher Randall a consenti à venir habiter avec nous ! Maintenant, nous aurons un gentleman pour nous escorter dans nos soirées.

Le souvenir du regard torve de son beau-frère, de son trop grand sourire d'ivrogne et de ses mains indiscrètes s'imposa au cerveau de Faith. Elle eut un frisson de répulsion.

— Comme c'est… charmant, murmura-t-elle en reposant brutalement son verre sur la table.

— J'attendais de vous un peu plus d'enthousiasme.

— C'est que je suis fatiguée… et surprise.

— Surprise ? Qu'y a-t-il de surprenant à ce qu'un fils vienne s'occuper de sa mère âgée, je vous le demande ?

Faith se mordit la lèvre pour ne pas formuler à haute voix les réponses qui lui venaient à l'esprit. Et en particulier que cette décision arrangeait certainement davantage encore Lord Randall, qui y gagnait le vivre et le couvert. Et qu'il était fort peu probable qu'il se donne la peine de les accompagner dans des soirées qui n'avaient pour lui rien d'excitant puisque, en règle générale, il n'y avait ni filles faciles, ni tables de jeu. Elles se retrouveraient donc toutes seules comme avant avec, en prime, un parasite à la maison.

La désagréable nouvelle prenait maintenant possession de son esprit et évinçait toutes les autres plaisantes perspectives, comme une boule dévastatrice dans un jeu de quilles. Elle n'avait jamais pu convaincre Lady Ashedon mère que son fils cadet était un bon à rien, dissolu et de fort mauvaise réputation. Pas plus que la vieille femme n'avait voulu l'écouter quand elle lui avait révélé qu'il lui avait fait des avances, et ce du vivant même de son époux !

Elle s'entendit répondre sottement :

— Vous trouverez certainement un grand réconfort dans sa présence.

— Pas vous ? lança la douairière, les sourcils froncés. Dieu du ciel, vous vous êtes toujours montrée d'une telle ingratitude ! Tout à l'heure, vous étiez tout excitée à la perspective de revoir votre sœur et vous voilà raide comme la justice, aussi fermée qu'une porte de prison quand je vous annonce que le frère de notre cher disparu vient s'installer ici pour nous soutenir dans notre douleur !

Faith prit une longue inspiration.

— Sans doute cette douleur m'épuise-t-elle car je suis fatiguée, déclara-t-elle froidement. Je vous souhaite une bonne nuit.

Elle salua sa belle-mère d'un bref signe de tête et quitta la pièce, ôtant ainsi à la vieille dame toute possibilité de lui répondre.

Ce fut l'estomac serré qu'elle regagna sa chambre. Supporter sa belle-mère était déjà en soi une véritable épreuve. Mais la perspective de devoir affronter quotidiennement Lord Randall, ça, c'était pire que tout.

Quand Faith atteignit le corridor obscur qui menait à sa chambre, un frisson la parcourut. Elle s'arrêta devant sa porte avec un soupir. Devrait-elle y faire installer un verrou ? L'équiper d'une clé impossible à reproduire ?

Elle s'apprêtait à ouvrir la porte quand, avant même qu'elle ait eu le temps de distinguer sa silhouette dans la pénombre, un relent d'alcool trop familier la prévint de la présence de son beau-frère dans le couloir.

— Tiens, tiens… Ne dirait-on pas ma chère petite belle-sœur ?

Il lui bloqua le passage et l'emprisonna contre le battant, resserrant lentement sur elle l'étau de ses deux bras.

— Mais, ajouta-t-il approchant du sien son visage aux yeux luisants, c'est qu'elle a l'air tout excitée par son bon petit dîner ! À moins que ce ne soit par l'un de ces messieurs, maintenant qu'Edward n'est plus là pour l'empêcher de jeter son jupon par-dessus les moulins.

Outrée par la crudité de l'image, Faith resta coite, le regard posé sur la main de Randall plaquée contre le battant. Au bout d'un moment, il la laissa retomber.

— Que faisiez-vous devant la porte de ma chambre ? s'enquit-elle enfin d'une voix rauque.

— Notre tendre et chère mère ne vous a-t-elle pas appris la nouvelle ? J'habite ici, maintenant. Quand j'ai avoué à Mère mes difficultés financières, elle a insisté pour que je devienne votre invité. Aussi longtemps que je le désire, précisa-t-il en riant. Et puisque la chère vieille est d'accord pour régler les factures, cela risque de durer un bout de temps !

— Vous voulez dire, je suppose, « puisque l'argent du défunt duc et donc de ses enfants paie les factures ». Jamais Edward n'aurait autorisé une chose pareille.

— Exact. Mais il n'est plus là pour s'y opposer, n'est-ce pas ? Et comme vous n'avez jamais été une hypocrite, vous ne me ferez pas croire que vous en éprouvez beaucoup de chagrin. Cela dit, si vous avez besoin d'un peu de réconfort dans votre solitude, je suis tout à fait disposé à payer de ma personne.

Il se pencha sur elle, l'asphyxiant presque de son haleine empuantie par l'odeur de whisky. Elle recula d'un pas.

— Vivre en tête à tête avec deux veuves ne saurait vous divertir bien longtemps. Pourquoi ne pas vous installer chez l'une de vos maîtresses ?

Il frotta son pouce contre ses doigts dans un geste évocateur.

— Pour ça, il faut en avoir les moyens. C'est qu'elles sont gourmandes, les petites. Et justement, je suis plutôt à sec en ce moment.

— Des pertes au jeu, je suppose ? ironisa Faith.

— En ce moment, Dame Fortune ne m'est pas très favorable. Peut-être devriez-vous m'accorder un baiser pour me consoler ?

— Vous n'avez donc aucune décence ? Parler ainsi à la veuve de votre propre frère ! Dans sa maison !

Il haussa les épaules avec un rire grinçant.

— Nous n'avons jamais éprouvé la moindre affection l'un pour l'autre. Et nous étions de fameux fêtards tous les deux. Alors, pourquoi est-ce lui qui a touché le gros lot et moi rien ? Hein ? Et puis, il ne vous apportait certainement pas toutes les satisfactions qu'une jeune femme bien faite est en droit d'attendre de son mari. Alors, si je peux vous rendre service ?

— Vous me dégoûtez !

Il rit.

— Peut-être. Mais je pourrais aussi vous faire passer quelques bons moments. Je suis assez doué pour les plaisirs du lit, vous savez… Caresser ces jolis petits seins, goûter à…

Révoltée, Faith gifla son beau-frère de toutes ses forces.

— Disparaissez de ma vue ! Et désormais, évitez-moi autant que possible si vous ne voulez pas que je fasse un scandale.

Randall tituba un instant sous la force du coup. Puis, tant bien que mal, il finit par retrouver son équilibre.

— Bon sang ! Un vrai chat sauvage. Je ne vous savais pas capable de ça, ma petite. Mais ce n'en sera que plus amusant. J'ai hâte de m'occuper de vous. Peut-être pas ce soir… Mais bientôt. Très bientôt. Et quand vous y aurez goûté, c'est vous qui en redemanderez. Je vous le parie.

— Sachez que je suis armée. J'ai un pistolet et je sais m'en servir.

Repoussant son adversaire, Faith se faufila dans l'entrebâillement de la porte qu'elle referma brutalement sur elle. À son grand soulagement, son agresseur n'essaya pas de forcer le passage.

Pour cette fois.

Elle donna un tour de clé d'une main tremblante. Le rire aigu de Lord Randall résonna dans le corridor.

— Bonne nuit, ma chère sœur, lança-t-il au travers de l'épais panneau de chêne. Si vous avez besoin de moi, vous savez que je ne suis pas loin.

Faith, le cœur battant, s'appuya de tout son poids contre la porte. Essaierait-il vraiment de faire quelque chose ou n'était-ce qu'un jeu, comme le chat s'amuse avec la souris ? Que ferait-elle s'il parvenait à s'introduire chez elle au beau milieu de la nuit, pendant son sommeil ?

Elle le tuerait à la seconde même, sans le moindre regret. À moins qu'il soit le plus rapide…

Mon Dieu ! Pourquoi cela au moment où la vie semblait vouloir lui sourire de nouveau ? Des larmes se pressèrent sous ses paupières, qu'elle chassa d'un revers de main.

Il fallait qu'elle trouve un moyen de se défendre. Elle se trouvait dans une situation bien banale, tout compte fait. La proie d'un aristocrate oisif et dégénéré qui s'imaginait que sa position lui autorisait tous les passe-droits.

Mais plutôt mourir que de céder à un pareil individu.

Chapitre 6

Trois jours plus tard, après avoir apaisé tant bien que mal les lamentations matinales du précepteur des enfants qui déplorait que ses élèves manquent leurs leçons pendant quelques jours, Faith monta dans la salle de classe pour chercher ses fils. La voiture était prête, David arpentait la rue à cheval en les attendant et les garçons étaient tout excités par la perspective du voyage et des retrouvailles avec leurs cousins. Aujourd'hui du moins, elle pouvait chasser de son esprit l'idée que son beau-frère habitait sous son toit. Souci qui ne l'avait pas quittée depuis leur désagréable rencontre, bien qu'il n'eût pas fait de nouvelle tentative pour pénétrer chez elle. Pour autant qu'elle pouvait l'affirmer, il avait été absent ces derniers jours.

Sa chère mère avait dû lui fournir suffisamment de subsides pour qu'il puisse s'offrir les faveurs d'une de ses créatures et passer quelques heures devant les tables de jeu. Dans ce cas, il ne remettrait pas les pieds à Berkeley Square tant qu'il serait en fonds. Et Faith se surprit à souhaiter que la roue de la fortune sourie à ce joueur invétéré.

— Y aura-t-il un étang ? Et des chevaux ? s'enquit Matthew, sept ans, quand elle entra dans la salle de classe.

— Et des chiens ? Et des arbres ? renchérit de sa voix flûtée Colin, cinq ans, échappant des mains de sa nurse, qui s'efforçait de lui faire enfiler sa veste, pour se précipiter sur sa mère.

— Pour l'étang, je l'ignore, répondit Faith en ébouriffant sa touffe de cheveux blonds, mais comme nous sommes à la campagne, il y aura certainement des arbres, des chevaux et des chiens. Et aussi des poneys que les garçons d'écurie vous apprendront à monter pendant que je bavarderai avec tante Sarah. Les aînés seront avec leur précepteur mais les plus jeunes vous feront visiter le domaine.

Edward, les bras croisés, les toisait du haut de ses huit ans.

— Il ne me plaît guère d'être assisté par un simple garçon d'écurie.

— Il ne faut jamais refuser l'aide d'un expert, même s'il s'agit d'un homme du commun, rétorqua Faith. Si nous avions passé davantage de temps à la campagne, Edward, tu serais déjà un cavalier averti, comme tous les garçons de ton âge. Bientôt, je l'espère, nous pourrons nous rendre à Ashedon Court et vous prendrez tous des leçons.

— Je veux grimper dans un arbre, décréta Colin. Quand elle était petite, maman grimpait toujours aux arbres. Je veux être là-haut dans les branches, plus grand que tout le monde.

— Looby ! le tança son aîné, l'œil furibond, Mère est une duchesse. Elle ne grimpe pas aux arbres.

Faith dévisagea son fils, un peu déconcertée.

— Plus maintenant, en tout cas. Mais je sais peut-être encore le faire. Il est vrai que j'en ai escaladé pas mal dans mon jeune temps… Nous en reparlerons, mon garçon. En attendant, en voiture tout le monde. Mary, apportez le reste de leurs affaires, voulez-vous ?

L'excitation générale monta d'un cran supplémentaire et Faith dut aider la nurse à pousser les enfants hors de la pièce. Bien qu'elle ait été déçue d'apprendre par un billet de David qu'il les escorterait sur sa propre monture, elle comprenait qu'il ne veuille pas s'enfermer dans l'étroit habitacle en sa compagnie, avec, en outre, trois enfants au comble de l'agitation. Il précisait dans son petit mot qu'il avancerait au rythme du carrosse, ce qui leur permettrait de deviser agréablement par la portière dont la vitre, par ce temps clément, resterait ouverte.

Mais ils n'auraient aucun contact ! Et, bien qu'elle fût ravie de mener ses fils voir leurs cousins, Faith savait qu'elle ne pourrait jouir d'aucun moment d'intimité avec son ami retrouvé.

Ce qui était sans doute aussi bien, reconnut-elle en descendant les escaliers derrière ses fils, les oreilles déjà brisées par leurs cris suraigus. Elle était encore indécise à propos de la relation passionnée qu'elle sentait croître entre le jeune député et elle. Sans doute serait-il plus sage de se contenter de faire revivre la camaraderie qu'ils avaient partagée quelques années plus tôt.

En vérité, la bonne humeur de David, sa conversation intelligente et sa sympathie la changeaient tellement de ses années d'isolement qu'elle bénissait le ciel d'avoir au moins cela.

— Mary, prenez la main de Colin et empêchez-le donc de sauter dans les flaques, intima-t-elle à la nurse tandis qu'ils arrivaient dans la cour.

Elle ajouta en saisissant Matthew au collet :

— J'aimerais commencer le voyage avec des enfants qui ne soient pas couverts de boue.

Mais, sitôt qu'elle vit David, élégamment campé à côté de son cheval, toute idée de flaque d'eau, de boue et d'enfants bruyants s'évanouit de son esprit.

Il était vêtu d'un costume d'équitation de couleur sombre et chaussé de hautes bottes en cuir fauve, et un simple foulard de soie blanche était noué autour de son cou. Un haut-de-forme en feutre de castor lui couvrait le chef. Sa redingote se tendait sur ses larges épaules, sa culotte d'équitation était coupée avec assez de talent pour suggérer la musculature de ses cuisses sans la souligner. Loin de suivre la mode, qui voulait des vêtements étroits, il aimait visiblement être à son aise. Faith se surprit un instant à le regretter.

Il s'inclina devant elle, souriant, et, tandis qu'il se redressait, elle dut se retenir de balayer l'épaisse mèche de cheveux bruns qui lui barrait le front. Pourtant, elle s'autorisa un instant à se concentrer sur la chaude lumière de son beau regard bleu.

— Même le ciel vous est favorable, duchesse. Étant donné le temps de ces derniers jours, je craignais que nous ne soyons contraints de voyager sous la pluie. Cela aurait rendu toute forme de conversation impossible.

— Alors, je remercie le soleil de bien vouloir briller pour nous ! s'exclama joyeusement Faith. Mais venez donc faire connaissance avec mes enfants. Mr Tanner Smith, je vous présente Colin Evers, Matthew Evers et mon aîné, Edward, duc d'Ashedon. Les garçons, voici Mr Tanner Smith, membre du Parlement pour le comté d'Hazelwick. Il a aimablement accepté de nous accompagner aujourd'hui car il doit discuter politique avec votre oncle Nicholas.

Après que petits et grands messieurs eurent échangé leurs salutations, Edward s'enquit d'une voix nette :

— Vous n'avez pas de titre, Mr Tanner Smith ?

David sourit poliment.

— Non, Votre Grâce.

Edward regarda sa mère.

— Carlisle dit qu'un gentilhomme ne peut voyager qu'avec ses pairs. Pas avec un homme du commun.

Faith fronça les sourcils. Elle n'aimait pas du tout l'esprit des remarques de son fils, ce matin. Elle commençait à craindre que le précepteur de ses enfants, presque plus à cheval sur l'étiquette que la duchesse douairière, ne consacre plus de temps à enseigner à son aîné les privilèges attachés à son rang que ses devoirs.

— Peut-être à l'époque des Tudor, quand il existait encore des chevaliers et des écuyers. Mais nous n'avons pas besoin d'un tel apparat pour nous rendre dans la périphérie de Londres.

Matthew la tira par la manche.

— Pouvons-nous y aller, maintenant, maman ? J'ai hâte de voir les chevaux, et les chiens et les arbres.

— Allez hop ! s'exclama gaiement David, apparemment peu affecté par la remarque d'Edward, en aidant les deux garçonnets à grimper dans le carrosse.

La contrariété de Faith s'évanouit tandis que David se tournait vers elle pour l'aider à monter à son tour. Elle s'abandonna au plaisir de sentir une des mains de son compagnon se poser sur son dos et la retenir tandis qu'elle entreprenait de monter sur le petit marchepied escamotable. Elle faillit feindre de perdre l'équilibre pour le seul plaisir de tomber dans ses bras.

Mais voilà, elle était assise et regrettait déjà la chaleur du grand corps de David contre le sien.

Un peu de tenue, se morigéna-t-elle. *Tu es une honnête mère de famille, Faith. Pas une gamine de seize ans ou une de ces petites actrices !*

L'étroitesse des rues du faubourg et les encombrements de la circulation empêchèrent David de cheminer près de sa portière jusqu'à ce qu'ils atteignent la campagne. Dès que les premières prairies apparurent, les enfants collèrent leur petit nez à la vitre, pressant le jeune homme de mille questions. David leur montra les prés et les bois, les vaches en train de paître, les auberges avec leurs pittoresques enseignes.

Ils furent dépassés par une malle-poste jouant bruyamment de sa corne. Edward lui-même, oubliant l'invisible couronne ducale qu'il semblait porter en permanence depuis la mort de son père, finit par se détendre et par redevenir un petit garçon de huit ans excité par une escapade à la campagne.

Enfin, le carrosse quitta la route principale et emprunta un chemin de pierre au bout duquel se dressait un joli manoir de briques roses. Le chemin devint une allée qui s'étendait gracieusement entre de vieux arbres et, après avoir franchi une jolie rivière, débouchait sur une esplanade gravillonnée.

Faith effleura la manche de David.

— Voulez-vous dire au cocher de s'arrêter avant le pont ? Les garçons ont besoin de se dégourdir les jambes et cela ne me fera pas de mal non plus de marcher.

David obtempéra et la lourde voiture s'arrêta.

— Peut-on aller visiter les écuries, maman ?

— Les chiens sont-ils sortis ?

— Nos cousins nous emmèneront-ils pêcher ?

Les questions fusaient de toutes parts tandis que les enfants jaillissaient du véhicule pour se précipiter sur l'herbe.

— D'abord à la maison, les garçons. Vous devez présenter vos salutations à toute la famille avant de vous ruer dans tous les coins.

Il y eut un soupir collectif et, s'alignant d'un commun accord par ordre de taille, les trois garçons prirent la direction du manoir. Faith ralentit ses mouvements pour mieux sentir la main de David se poser sur sa taille tandis qu'elle mettait pied à terre. Puis ils se mirent à avancer côte à côte.

— Je suis désolée de l'impertinence d'Edward, murmura-t-elle.

David agita la main dans un geste insouciant.

— Ce n'est qu'un enfant. Il ne fait qu'imiter son précepteur, j'imagine.

— Oui, ce doit être l'influence de Carlisle. Cet homme a toujours eu un sens de la grandeur que mon mari, pourtant fort… léger, appréciait beaucoup. J'aimerais tellement que mon garçon ait droit à une véritable enfance avant de devoir tenir son rang ! Et surtout, qu'il n'acquière pas cette morgue imbécile affichée par son père et son oncle.

— Si vous n'appréciez pas ce précepteur, changez-en.

Faith s'arrêta, surprise.

— Puis-je faire cela ? Le conseil des tuteurs m'y autoriserait-il ?

— Il vous suffit de trouver un remplaçant convenable et de le leur faire savoir. S'ils s'y opposent, vous pourrez toujours leur adresser vos excuses et promettre de ne pas outrepasser vos droits à l'avenir. Demander pardon plutôt que la permission, précisa-t-il avec un sourire, telle a toujours été ma devise. Et en attendant, vous vous serez débarrassée d'un importun.

Faith lui sourit, enchantée à la perspective de ne plus rencontrer dans tous les coins de la maison le visage compassé et réprobateur de Carlisle.

— C'est sans doute ce que je ferai. Mais je ne vois pas du tout comment trouver quelqu'un d'autre. Dénicher un bon pédagogue est une affaire délicate...

— Demandez à Englemere, ou à votre sœur. Ils ont certainement l'habitude de ces questions-là.

Tout en discutant, ils avaient gravi les marches du perron et pénétraient dans le hall. Un domestique les accueillit et Faith se débarrassait tout juste de son manteau quand sa sœur Sarah surgit.

— Faith, ma chérie ! Je suis si contente de te voir. Et ces chers enfants ! Mon Dieu, comme ils ont grandi. Venez, mes chéris ! Venez embrasser votre tante Sarah !

Elle s'accroupit, les bras tendus, et les garçons se jetèrent sur elle en piaillant comme de jeunes chiens. Edward lui-même condescendit à se laisser embrasser par leur hôtesse.

Sarah se redressa, entourant toujours de ses bras affectueux les épaules des deux plus petits.

— Mr Tanner Smith, comme c'est aimable à vous

d'avoir bien voulu accompagner ma famille jusqu'ici ! Et d'apporter ces documents à mon époux, lui épargnant ainsi une chevauchée jusqu'à Londres. Nous vous en sommes très reconnaissants.

— Tout le plaisir fut pour moi. Votre fille se porte mieux, je l'espère ?

— Oui, cette semaine les progrès sont remarquables. Mais malgré le beau temps, je crains de ne pouvoir autoriser Lizzie à sortir. J'ai donné congé de leurs leçons aux enfants en votre honneur. Nancy, la cuisinière, a confectionné tout spécialement ses tartes à la confiture. Quand vous aurez pris le thé, les enfants, vous pourrez aller jouer dehors.

— On ira voir les chevaux ? s'enquit Matthew, tout à son idée.

— Les chevaux, les chiens, les canards et les poules. Vous trouverez aussi des cannes à pêche dans la grange. Il y a une mare avec des grenouilles, voyez-vous.

Les yeux d'Edward s'illuminèrent.

— Nous allons pouvoir pêcher ?

— Vous ferez tout ce que vous voudrez. Ce n'est pas si souvent que j'ai la visite de mes neveux, je veux qu'ils soient contents. Et maintenant que vous avez retrouvé le chemin, j'espère vous voir plus souvent.

— Moi aussi, approuva Colin en hochant vigoureusement la tête. J'adore les tartes à la confiture !

— Bien sûr qu'on reviendra, renchérit Matthew. N'est-ce pas, maman ?

Faith rencontra le chaud regard affectueux de sa sœur et rosit de plaisir. Elle était ici chez elle, dans sa famille, chez sa sœur qui avait été davantage une mère pour elle et dont elle connaissait à peine les enfants. Désormais libérée de l'emprise de son mari, elle avait bien l'intention de corriger cette erreur.

— Bien sûr, les enfants. Je vous le promets.

— Je vais vous laisser à vos retrouvailles, annonça

David, bien que je regrette d'avance ces tartes à la confiture. Englemere est-il dans la bibliothèque ?

— Dans son bureau, tout au fond. Wendover va vous montrer le chemin. Et ne vous inquiétez pas. Je vous ferai porter quelques-unes de ces tartelettes pour votre thé, à tous les deux.

— Dieu merci ! Vous êtes un ange, Lady Englemere.

Il salua les deux femmes et s'éloigna sur les talons du maître d'hôtel.

Faith le regarda disparaître. La déception de son départ était compensée par le sentiment croissant de bien-être et de chaleur qu'elle éprouvait depuis qu'ils étaient arrivés dans cette charmante demeure. Un peu comme si, réalisa-t-elle avec surprise, elle était rentrée à la maison.

Jetant un coup d'œil à sa sœur, elle constata que Sarah l'avait observée tandis qu'elle regardait David s'éloigner. Le feu aux joues, elle s'empressa de reporter son attention sur ses fils.

— Montons-nous à la nurserie dire bonjour à vos cousins ?

— Oui, oui ! hurlèrent les garçons en chœur et, riant, Sarah prit les deux plus jeunes par la main.

— Il faut me donner des nouvelles des enfants, dit Faith tandis qu'elle suivait la petite troupe dans l'escalier. Aubrey, Charles et Nicholas étudient ici avec leur précepteur, d'après ce que j'ai compris, puisque vous n'avez pas souhaité les envoyer à Eton. Et Elizabeth est en pleine convalescence.

— Oui, nous avons tenu Lizzie à l'écart de ses frères pendant sa maladie mais, comme je le disais tout à l'heure à Mr Tanner Smith, elle va beaucoup mieux, même si je préfère qu'elle reste confinée encore quelques jours. Charles et Nicholas sont ravis de disposer d'un jour de vacances pour profiter de la visite de leurs cousins mais tu ne verras pas Aubrey, qui est entré à Oxford en septembre dernier.

Faith s'arrêta sur une marche de l'escalier, la main à la gorge.

— Oxford ! Mon Dieu, déjà ? Mais c'est impossible. Il n'a pas encore l'âge !

— Il vient d'avoir dix-sept ans, annonça Sarah avec une fierté teintée de mélancolie. C'est un jeune homme maintenant, qui se prépare à entrer dans le monde des adultes. Il me manque beaucoup. Charles a quinze ans et même le petit Nicholas en a maintenant sept. Mes bébés sont devenus grands !

Faith eut un frisson.

— Mon aîné n'en a que huit et j'en suis bien heureuse.

Ils atteignaient enfin le palier et entrèrent dans la salle d'étude où ils furent aussitôt assaillis par les garçons. Tandis que les deux sœurs procédaient aux présentations des cousins les uns aux autres, Edward s'avança gravement vers Charles, l'aîné des deux fils présents de Sarah.

— As-tu un précepteur ?

— Oui, bien sûr. Bien que Père et Mère lisent souvent avec nous le soir.

L'adolescent s'interrompit, confus.

— Oh ! ajouta-t-il, je suis désolé. Maman m'a dit que vous aviez perdu votre père il y a quelques mois. Il doit beaucoup vous manquer.

Edward haussa les épaules.

— Je ne le connaissais pas beaucoup.

Les yeux de son cousin s'arrondirent.

— Vraiment ? Comme c'est dommage. Je vois le mien tous les jours, excepté les soirs où il doit rester à Londres à cause d'une séance au Parlement. Votre père voyageait énormément, je suppose ?

— Oui, je crois, répondit Edward d'un ton vague.

Le regret, la colère et l'inquiétude traversèrent Faith comme une fulgurante douleur. Combien de temps pourrait-elle encore protéger son fils avant qu'il ne découvre quel genre de voyage avait provoqué la mort de son père ?

Sarah jeta un regard inquiet à Faith et dit vivement :

— Les garçons, j'ai demandé qu'on vous apporte votre thé ici.

— Avec des tartes à la confiture ? interrompit Nicholas.

— Oui, avec des tartes à la confiture.

Elle poursuivit sous les hourras de ses deux fils :

— Après le thé, vous irez montrer l'étang et les écuries à vos cousins. Je suis sûre qu'ils voudront tous faire un tour sur vos poneys.

— Oh ! Tante Sarah. Ce serait tout simplement merveilleux ! s'exclama Matthew, ses beaux yeux bleus brillant de reconnaissance.

Sarah se pencha sur ses deux fils et les embrassa affectueusement.

— Amusez-vous donc bien tous pendant que Faith et moi prenons un peu le temps de discuter tranquillement. Et surtout, n'allez pas vous casser un bras ou une jambe. Il n'y a rien pour vous recoudre, par ici.

— Rien de plus gros qu'un doigt, maman, promit Charles avec un sourire.

Laissant les garçons dans la salle de classe, aux bons soins de la petite bonne affectée à l'étage des enfants, Sarah conduisit Faith dans son petit salon particulier.

— Nous allons prendre notre thé ici, entre femmes, déclara-t-elle en se laissant tomber dans une bergère de satin rose installée près de la fenêtre. Personne ne viendra nous déranger.

Prenant place à son tour sur un délicat fauteuil recouvert de tapisserie au petit point, Faith se pencha vers sa sœur et lui saisit les deux mains.

— Oh ! Sarah ! C'est si bon de te voir ainsi que les enfants. Je regrette tellement d'avoir ainsi laissé filer le temps !

— Moi aussi. Je suis passée chez toi à plusieurs reprises, quand je profitais d'un voyage à Londres de Nicholas pour le Parlement. Il m'a été invariablement répondu que tu n'étais pas disponible. C'était les instructions d'Ashedon, pas les tiennes, bien sûr.

— Pas disponible ? s'exclama Faith dans un cri douloureux. Tu es venue jusqu'à chez moi et on t'a renvoyée ? C'est… c'est tout simplement incroyable. Oh ! Ma chère Sarah, je suis tellement désolée. Ce n'était pas sur mes instructions, tu peux le croire. Jamais je n'aurais été trop occupée pour te recevoir !

Sarah lui étreignit affectueusement les mains.

— C'est bien ce que je me disais. Je t'ai écrit aussi, quelquefois. Sans réponse. Mais je ne t'en voulais pas, j'étais simplement triste et inquiète. Je craignais qu'Ashedon n'exerçât un trop grand contrôle sur ta vie. Je l'ai redouté dès le début. Tu te souviens comme je t'ai mise en garde ?

Faith baissa la tête, les yeux pleins de larmes.

— Il a tout fait pour me couper de ma famille, c'est certain. Cela lui ressemblait bien en effet d'interdire au personnel de m'informer des visites de ma propre famille ! Comme c'est gentil à toi de ne pas m'en avoir tenu grief. Ni de me rappeler avec quelle énergie tu as essayé de me dissuader de l'épouser.

Se redressant sur son siège, Sarah lui adressa un regard plein de compassion.

— Tu étais si amoureuse !

— Je n'étais qu'une petite sotte prête à suivre le premier godelureau venu pour avoir moi aussi mon histoire d'amour.

— Tu n'étais pas sotte, simplement trop jeune. Même moi, qui me méfiais de la pureté des intentions d'Ashedon, j'ai fini par me laisser impressionner par ses démonstrations d'affection. J'espérais de tout mon cœur qu'il était sincère, par amour pour toi. Mais d'après ce qu'on m'avait dit de lui, et par une espèce d'intuition, je soupçonnais que ce n'était pas le cas.

— Il a eu exactement ce qu'il voulait. Une jeune fille si fascinée qu'elle anticipait ses moindres désirs, et trop faible pour lui résister, même après avoir fini par comprendre qui il était vraiment. Quand j'ai compris, après la naissance de notre premier fils, qu'il ne m'avait épousée que pour avoir une bonne reproductrice, bien née et en bonne santé, il était trop tard.

Sarah se pencha de nouveau vers elle pour l'étreindre doucement. Puis, s'emparant de la théière qu'on venait d'apporter, elle en remplit une tasse qu'elle tendit à sa sœur.

— Tu es trop sévère avec toi-même, mon chou. Tu lui as offert naïvement l'amour, la chaleur et la joie de vivre qui irradient naturellement de toi. Tant pis pour lui s'il n'a pas su les apprécier.

Faith but une longue gorgée du chaud breuvage puis reposa sa tasse.

— Bien. Assez pleuré sur le passé. Maintenant, nous nous sommes retrouvées et j'ai bien l'intention que cela ne s'arrête pas là. Je regrette déjà beaucoup que mes garçons n'aient pu connaître Aubrey. Je veux que nos enfants deviennent de vrais amis. Il faudra qu'ils se voient souvent, qu'ils passent leurs vacances ensemble.

Sarah tapa dans ses mains comme une petite fille.

— J'en serai ravie ! Alors, que comptes-tu faire de ta liberté retrouvée, maintenant que tu n'as plus de mari pour te dicter ce que tu dois faire ? Tu... tu n'as pas encore songé à te remarier ?

Voyant venir une discrète enquête sur ses relations avec David, Faith, qui se sentait rougir, détourna le regard.

— Je viens tout juste de sortir d'une union bien mal assortie ! Tu ne veux pas que je me jette de nouveau dans les rets du mariage ? Je doute, du reste, que mes pouvoirs de discernement se soient beaucoup améliorés depuis mes dix-sept ans. Comment être sûre que qu'un homme m'aime pour moi-même et non pour ma fortune ou mon rang ? Et même si je pouvais croire en son affection — en prononçant ces mots, c'était le visage de David qu'elle voyait dans son esprit comme dans son cœur — comment être certaine que cette affection survivrait à la vie de tous les jours ?

Elle conclut en secouant la tête :

— Non, non, je crois qu'il est plus raisonnable pour moi maintenant de me consacrer à l'éducation de mes enfants.

Et l'amour charnel ? murmura une petite voix au fond d'elle qu'elle refoula aussitôt, se sentant peu prête à lui répondre.

— Nicholas m'a dit que tu avais assisté à l'un des dîners politiques de Lord Witlow, reprit Sarah, la ramenant à la réalité. Il paraît que tu t'y es plu. Si ma mémoire est bonne, il y a dix ans tu discutais déjà passionnément de politique avec Mr Tanner Smith. Les six mois qui ont suivi cet été passé chez notre cousine Joanna, précisa-t-elle en riant, c'était à longueur de journée des « Comme le dit Mr Tanner Smith » par-ci, « Comme le pense Mr Tanner Smith » par-là.

Elle conclut avec un regard direct :

— Il semble que vous ayez renoué votre chère amitié.

Faith baissa les paupières.

— Oui… Mais ne me regarde pas comme cela, je t'en prie. Je viens de te dire que je n'ai pas l'intention de me remarier. Sans compter que Mr Tanner Smith, en dépit de ses succès dans la carrière politique, ne serait pas considéré dans notre milieu comme un parti convenable. Mais maintenant, je peux choisir les amis qui me plaisent, n'est-ce pas ? Et c'est d'amitié qu'il s'agit.

— Après toutes ces années d'infortune, tu ne peux m'en vouloir de te souhaiter de connaître le bonheur que je partage depuis bientôt vingt ans avec mon cher Nicholas ? protesta Sarah. Mais, sans parler de grand amour, tant que tu sortiras, que tu te feras des amis et que tu prendras un peu de bon temps, je serai satisfaite.

— Et moi aussi. Surtout si tu ajoutes le plaisir de vous voir, ta famille et toi, aussi souvent que possible. Nous avons été trop longtemps séparés et je réalise maintenant à quel point j'en ai souffert.

Sarah reposa précipitamment sa tasse sur le guéridon.

— En parlant de famille, nous ferions peut-être bien d'aller nous inquiéter de ce que font nos garçons ! Pas de nouvelles, bonnes nouvelles, dit-on. Mais jamais avec les enfants !

Réconfortée par cette affectueuse conversation, Faith bondit sur ses pieds, pleine d'une énergie nouvelle.

— Oui, allons voir les enfants.

Et, se tenant par le bras, les deux sœurs rejoignirent la terrasse avant d'emprunter l'allée menant vers les communs. Elles avaient à peine tourné l'angle du potager entouré de hauts murs qu'elles retrouvèrent les garçons au milieu d'une nuée de chiens frétillant et aboyant à qui mieux mieux. Ils étaient tous là, sauf Colin. Aussitôt sur le qui-vive, Faith fouilla les bosquets du regard. Elle s'apprêtait à lancer l'alarme quand elle l'aperçut, fièrement perché sur l'une des branches basses d'un chêne.

— Maman, regardez ! cria-t-il. J'y suis arrivé ! Charles m'a juste un petit peu aidé. Maintenant, je suis plus grand que tout le monde !

Elle sourit affectueusement à son courageux petit homme.

— Bravo. C'est magnifique.

— Venez-vous me rejoindre, maman ? Il y a assez de place, l'invita-t-il en tapotant la branche à côté de lui.

— Puisque décidément nous faisons ici une sorte de retour aux sources, dit Faith en souriant à sa sœur, pourquoi pas ? C'est une manière comme une autre de retrouver ses racines.

Mais Edward intervint, un pli réprobateur durcissant sa bouche encore si tendre.

— Oh ! Maman, je vous en prie. Ne faites pas la sotte.

Frappée au cœur par ce ton dur et impérieux, Faith dévisagea son fils avec un étonnement attristé. L'expression de mépris du jeune visage, l'autorité implacable de sa voix encore si enfantine convoquèrent dans sa mémoire le souvenir de son défunt père, le précédent duc d'Ashedon, qui avait si totalement méprisé sa femme et qui s'était acharné à tuer en elle toute velléité d'indépendance de corps et d'esprit.

Et son cœur lui fit mal à en crier.

Alors, une soudaine fureur se mit à bouillonner en elle. Et avant même d'avoir conscience de ce qu'elle faisait, elle avança jusqu'à la base du grand chêne, se débarrassa de ses bottines d'un coup de talon et tendit les bras vers les branches les plus basses. Puis, après avoir examiné le tronc d'un œil expert pour repérer les meilleurs appuis, elle assura sa prise, cala ses deux pieds et commença à grimper.

Aussitôt, un concert de clameurs et d'applaudissements s'éleva tandis que Colin riait d'aise et qu'Edward regardait sa mère, les yeux ronds et la bouche béante. Faith atteignit en quelques coups de reins la branche sur laquelle était assis son fils et, se hissant à la force des bras, parvint à prendre place à côté de lui. L'enfant, les yeux brillants de fierté, serra furieusement sa mère dans ses bras.

— Bravo maman, vous y êtes arrivée ! Vous êtes la meilleure maman du monde !

— On dirait que j'ai encore le tour de main ! déclara Faith en rendant son étreinte à son fils.

— On le dirait bien, en effet.

Surprise de reconnaître la voix de David, Faith se retourna pour mieux voir et faillit tomber de son perchoir. En le voyant traverser la pelouse jusqu'au vieux chêne,

Englemere sur les talons, elle rougit jusqu'à la racine des cheveux. Soudain consciente de ses mains souillées de terre et de sa jupe qui, relevée plus que les convenances ne le permettaient, révélait une portion tout à fait indécente de ses mollets, elle restait là, pétrifiée et sans aucune idée de la manière dont elle pourrait se sortir de cette situation grotesque.

— Prise la main dans le sac, ma chère belle-sœur, renchérit Nicholas en rejoignant sa femme qu'il saisit par la taille.

— À croire que tu portes encore tes nattes et tes pantalons d'adolescente, s'exclama Sarah, entre le rire et l'attendrissement.

— Pas tout à fait tout de même, bafouilla Faith, consciente du regard ardent de David, qu'elle sentait remonter de sa cheville jusqu'au pli de son genou, heureusement gainé d'un solide bas de coton blanc.

Le souffle court, la peau parcourue de brûlants frissons, elle ajouta d'une voix mal assurée :

— C'était évidemment beaucoup plus facile de grimper avec des culottes d'équitation. Je… je ne sais pas trop comment je vais pouvoir descendre sans me donner en spectacle.

— Je vais vous aider.

Joignant le geste à la parole, David se plaça sous la branche qui les portait tous les deux, son fils et elle, et tendit les bras.

— Penchez-vous un peu et donnez-moi vos mains. Je vous ferai descendre en un clin d'œil.

Rouvrant les yeux, qu'elle avait fermés sous l'effet de la confusion, Faith s'aperçut que son compagnon était si grand qu'elle n'avait qu'à se pencher pour lui tomber dans les bras. La déposer sur le sol ne serait plus pour lui qu'un jeu d'enfant.

— Laissez-vous simplement glisser, murmura-t-il en

plantant son regard dans le sien. Je vous promets que vous ne vous ferez aucun mal. Je suis là.

— Oui, je sais.

Faith se pencha et lui tendit les mains.

— Allez, je vous tiens. Vous pouvez vous lâcher.

Elle obtempéra, incapable de s'arracher à la contemplation de ce beau et franc visage tendu vers elle, souriant, encourageant. Il resserra son étreinte, l'attira à lui et elle se sentit tomber, tomber... sa chute s'arrêtant enfin contre le torse solide de son compagnon. David amortit sa descente en laissant le corps de Faith glisser tout le long du sien, en un lent et délicieux voyage, jusqu'à ce que ses pieds touchent enfin le sol. Alors, il l'aida à reprendre son équilibre, sans jamais la quitter du regard.

Faith le dévisageait, encore tout étourdie, tandis que les souvenirs revenaient en elle, en vagues intenses et amples à la fois. Il était déjà venu une fois à son secours dans les mêmes circonstances. C'était il y avait des années de cela, chez sa cousine Joanna, dans le jardin envahi par le crépuscule. Elle avait sous-estimé la hauteur de la branche sur laquelle elle s'était perchée et serait tombée lourdement sur le sol si David n'avait pas été là, à l'attendre, les bras tendus.

Il l'avait aidée exactement de la même manière. Puis, tandis que la nuit les enveloppait d'un tourbillon d'étoiles, il l'avait embrassée.

En sentant les bras de David se resserrer autour d'elle, en voyant le bleu de ses yeux s'obscurcir, elle comprit qu'il se souvenait, lui aussi. Le doux babil des voix d'enfants, les jappements des chiens, la présence de sa sœur et de son beau-frère qui les regardaient, tout cela s'évanouit soudain pour ne laisser place qu'à la lente pulsation de leurs deux corps collés l'un à l'autre. Les yeux de David étaient posés sur son visage, sur ses lèvres.

Alors, de toutes les fibres de son être, Faith souhaita

qu'il l'embrasse de nouveau. Même si elle savait que c'était impossible. Qu'ils n'en avaient pas le droit.

Il avait dû arriver à la même conclusion car il se recula soudain et la repoussa doucement, rompant le charme.

— Bienvenue en sécurité sur la terre ferme, dit-il d'une voix rauque.

Sur la terre ferme, sans aucun doute, songea-t-elle, s'efforçant d'apaiser les battements désordonnés de son cœur. Mais en sécurité, elle ne l'aurait pas juré.

Mais David levait déjà la tête vers Colin.

— Et vous, jeune homme ? Prêt à descendre de votre perchoir, vous aussi ?

— M'attraperez-vous au vol, comme vous l'avez fait pour maman ?

— Bien sûr.

— Alors, me voilà !

Et, sur ces mots, sans autre préavis, Colin se laissa tomber de son perchoir.

David le rattrapa aisément. Puis il se mit à le faire tourner autour de lui, de plus en plus vite, tandis que l'enfant poussait des cris de ravissement. Enfin, il le remit sur ses pieds.

— J'adore grimper aux arbres ! s'exclama Colin, titubant un peu sur ses petites jambes. Reviendrons-nous demain matin ?

Faith réprima un sourire. Oh ! Comme elle aurait aimé cela.

— Je crains que Mr Tanner Smith n'ait trop de travail, Colin.

— Mais grimper aux arbres est beaucoup plus amusant !

David rit.

— On voit que tu ne connais pas certains de mes collègues députés. Ils sont très amusants aussi, je t'assure.

— Bon, les enfants, nous rentrons à la maison, déclara Sarah. C'est bientôt l'heure du déjeuner.

Devant le tollé de protestations, elle ajouta :

— Il se pourrait bien que Nancy ait prévu encore quelques douceurs pour le dessert.

Le regard de Matthew s'illumina.

— Encore des tartelettes à la confiture ? Nicholas, je parie que j'arrive avant toi.

Sur ces mots, il s'élança vers l'entrée de la maison, les autres enfants courant derrière lui.

— Avez-vous pu discuter tranquillement avec mon mari ? s'enquit Sarah, reportant son attention sur les deux gentlemen.

David lui adressa un sourire satisfait.

— Nous avons rédigé un compromis qu'Englemere devrait pouvoir faire accepter par ses collègues de la Chambre des lords.

— Excellente nouvelle.

— Nous reprendrons notre réflexion demain matin, à Londres, dit Englemere, l'air satisfait lui aussi. Merci encore de m'avoir apporté la dernière mouture des débats, David. Cela m'a beaucoup avancé.

— Tout le plaisir était pour moi.

Comme David la regardait en disant cela, Faith ne put s'empêcher de rougir, pour la dixième fois de la journée, songea-t-elle.

— Laissez-moi ajouter mes remerciements à ceux de mon beau-frère, Mr Tanner Smith. Cette journée passée avec ma famille est pour moi un bonheur inestimable.

Après le déjeuner, tandis que les hommes s'attardaient dans le fumoir, Faith et sa sœur accompagnèrent les enfants dans la visite du domaine.

Puis, après un thé rapide, quand sonna l'heure du retour, ils se retrouvèrent tous réunis au pied du perron.

Prenant conscience que ces vacances improvisées prenaient fin, Faith se rappela soudain le conseil que lui avait donné David pendant qu'ils cheminaient.

— Nicky, Sarah, puis-je vous demander conseil ? Je ne me suis jamais bien entendue avec le précepteur qu'Ashedon avait engagé pour les enfants. Depuis la mort du duc, il essaie visiblement de prendre de l'ascendant sur Edward, l'incitant à se donner de l'importance. Je suis certaine que la duchesse douairière l'y encourage. Mais je ne puis tolérer cela.

— En effet, ma chère belle-sœur. Vous devez avoir toute confiance dans la personne chargée de l'instruction de vos enfants. Edward a bien le temps d'apprendre les devoirs qui incombent à son rang. Voulez-vous que je fasse des recherches et que je vous envoie les candidatures qui me paraissent convenir ?

— Ce serait merveilleux ! J'aimerais pouvoir donner son congé à l'actuel précepteur au plus vite.

— Faites-le immédiatement, avec deux mois de salaire. Edward n'a quc huit ans. Manqucr quclqucs lcçons lui fera moins de mal que subir plus longtemps une influence pernicieuse.

— Merci. Oh ! Merci…

Ils allaient monter en voiture, après moult embrassades, quand les garçons supplièrent qu'on les autorise à rendre une dernière visite aux chevaux. Après un ultime au revoir et la promesse mille fois répétée de revenir bientôt, Faith et David emboîtèrent le pas aux enfants qui se dirigeaient déjà vers les bâtiments bas derrière les arbres.

— Vous avez un beau cheval, Mr Tanner Smith, remarqua Matthew en flattant l'encolure du joli hongre alezan que David tenait en main. Avez-vous pris des leçons dans un manège de Londres ?

David rit.

— Non. J'ai grandi dans une ferme et ma première monture fut un brave cheval de labour. Je dois avouer que j'ai appris à le monter tout seul.

Colin ralentit l'allure pour mieux entendre.

— Une ferme, Mr Tanner Smith ? s'enquit-il en levant vers lui sa frimousse constellée de taches de rousseur. Avec des arbres, des chevaux et des chiens ?

— Et des champs remplis de vaches, des chèvres, des poules et des cochons.

— Oh ! Comme vous aviez de la chance ! Vous pouviez monter à cheval et pêcher tous les jours que Dieu fait ! renchérit Matthew.

— Je me souviens surtout que cela représentait beaucoup de travail. Il fallait traire les vaches, nourrir les animaux, pousser la charrue dans les champs, etc. J'étais encore très jeune quand, à cause de plusieurs années de sécheresse, ma famille a dû vendre la ferme. Mes parents sont partis en ville pour trouver du travail et ils sont morts dans un accident.

— Oh ! s'exclama Faith, mais je ne savais pas.

Elle avait appris que David était orphelin, bien sûr, mais elle ignorait la tragédie qu'il avait vécue.

— Ce fut un mal pour un bien. Ce drame m'a permis de retourner à la campagne. Une veuve de notre connaissance m'a recueilli chez elle pour l'aider dans sa ferme. La propriété était petite et elle m'a toujours bien traité.

— C'est là que Sir Edward a rencontré Mr Tanner Smith, expliqua Faith. Il a été si favorablement impressionné par ses aptitudes qu'il a subventionné ses études à Oxford et a convaincu votre oncle Nicholas de le parrainer pour son élection à la députation.

Edward qui, jusqu'à présent, feignait ostensiblement de ne pas prendre part à la conversation, se tourna vers David.

— Mais n'avez-vous pas au moins quelque terre ? Mon précepteur dit que tout gentleman doit avoir sa terre.

Avant que Faith n'ait pu réagir, contrariée par cette allusion au sieur Carlisle, David reprit la parole.

— Comme je vous l'ai dit, Ashedon, nous avions perdu nos terres à cause de la sécheresse. Je suis resté sans aucun bien pendant des années. Mais, tout récemment, j'ai enfin pu racheter à Sir Edward la ferme de mes parents.

À ces mots, Matthew fit un saut de cabri.

— Alors, vous aussi, vous avez une ferme ? Allons-nous bientôt la visiter ?

— Avec plaisir, quand l'occasion se présentera, répondit David, visiblement assez fier. Mais elle se trouve au fin fond du comté.

— Avez-vous des chevaux, des arbres et des cochons ? s'enquit Colin.

— Oui, bien sûr. De fait, le cheval que je monte en ce moment vient de mon élevage. Naturellement, comme je dois passer le plus clair de mon temps à Londres, un régisseur s'occupe de mon domaine, que j'agrandis peu à peu.

Edward, tout à son idée, revint à la charge.

— Il est tout de même regrettable que vous n'ayez pas de titre. Mais vous avez des terres, ce n'est pas si mal.

Tout en devisant, ils avaient fini par atteindre les écuries et les garçons firent le tour de tous les box, caressant ici une encolure, embrassant là des naseaux frémissants, s'emplissant les narines de bonnes odeurs et la tête de chauds et vivants souvenirs.

David adressa à Faith un sourire malicieux.

— Je ne sais pas ce que vous en pensez, milady, mais je crois bien que je viens de recevoir l'adoubement de votre fils.

— Je vous en prie, David, ne l'encouragez pas dans ses idées fixes. Pour moi, c'est décidé, je renvoie Carlisle dans ses foyers dès demain matin. Je suis prête à tout pour qu'Edward ne devienne pas une réplique de son père.

Levant les yeux vers la figure intelligente et bonne de son compagnon, elle ajouta dans un souffle :

— J'aimerais faire en sorte qu'il vous ressemble. Attentif à son prochain et plein de compassion pour ses semblables, qu'ils aient ou non des titres et des terres. Diligent dans ses devoirs à l'égard des gens qui travaillent pour lui. Impliqué avec rigueur et honnêteté dans le gouvernement de son pays.

Sous son regard scrutateur, David rougit.

— J'apprécie à leur juste valeur ces beaux compliments, bien que je ne pense pas les mériter. Je suis loin d'être un parangon de vertu, Faith. J'ai assurément autant de défauts que les autres.

D'un geste vif, Faith lui posa la main sur la bouche.

— Alors, je vous en prie, épargnez-m'en le catalogue !

— Carlisle pourrait se montrer désagréable lorsque vous lui ferez connaître son renvoi. Êtes-vous sûre de vouloir régler cela tout de suite ? Peut-être feriez-vous mieux d'attendre qu'Englemere lui ait trouvé un remplaçant ?

— Ce ne serait pas plus facile. Mais rassurez-vous. Je ne suis pas toujours une faible femme. Je peux me montrer dure et même implacable quand je suis dans mon bon droit. Si désagréable que soit notre entretien, le seul fait de savoir qu'ensuite je serai débarrassée de lui me donnera tous les courages.

— Brrr ! Quelle femme ! Vous me faites trembler, la taquina-t-il.

— Je l'espère bien ! Maintenant, avant que les garçons ne reviennent, laissez-moi vous remercier d'avoir bien voulu nous accompagner aujourd'hui.

— Tout le plaisir est pour moi. Vous paraissez si épanouie ici, au sein de votre famille, dans la campagne que vous aimez tant… Et, visiblement vous n'avez pas perdu votre savoir-faire quand il s'agit de grimper aux arbres.

— Si ce n'est que j'ai toujours quelque problème à en redescendre.

Il se rapprocha d'un pas, si près qu'ils se touchaient presque et qu'elle pouvait sentir la chaleur qui émanait de son corps.

— Ah ! La descente… C'est précisément le moment que je préfère.

Le cocher et les garçons d'écurie étaient encore à l'intérieur avec les enfants. Ils étaient commodément dissimulés par l'énorme masse du carrosse… et seuls. Pour l'instant.

— J'ai aussi aimé ce… ce moment-là, dit Faith, la gorge si serrée qu'elle ne put que chuchoter.

La passion qui, toute la journée, avait affleuré dans leurs moindres rapports, dans leurs gestes, dans tous leurs regards, s'embrasa soudain, entraînant Faith dans un élan incontrôlable de tout son corps. Incapable de résister à l'attraction que David exerçait sur elle, elle franchit la distance qui les séparait encore et lui offrit ses lèvres.

Il hésita un instant.

— C'est de la folie, l'entendit-elle murmurer.

Mais, comme elle gémissait de frustration et d'impatience, il prit son visage entre ses mains et se pencha pour l'embrasser.

Le baiser fut d'une grande douceur, les lèvres de David redessinant les siennes avec révérence et infiniment de tendresse. C'était si bon que Faith sentit les larmes lui brûler les paupières. Mais, tandis que ses mains se crispaient sur les revers de la redingote de son compagnon, elle sentit qu'il entrouvrait ses lèvres d'une langue audacieuse.

Leurs langues se rencontrèrent et elle gémit. Le jeu commença, d'abord prudent, puis de plus en plus frénétique. Brûlant d'un désir qui la faisait trembler des pieds à la tête, elle noua ses bras autour du cou de David, s'offrant tout entière à son étreinte.

Ses baisers avaient le goût du cognac qu'il avait bu à la fin du repas, et du cigare de grand cru qu'il avait fumé. Et Faith pensa qu'elle n'aurait jamais assez de ce corps contre le sien, de la caresse de ces paumes tièdes sur ses joues qui contrastaient tellement avec la fièvre de sa bouche.

Mais déjà il reculait d'un pas, la repoussant brusquement pour la tenir à bout de bras alors qu'elle aurait tant voulu se blottir contre lui. Elle était comme figée dans cet instant d'éternité quand une rumeur lui parvint, celle des voix graves des garçons d'écurie en contrepoint avec le contralto de celles des enfants.

David s'éclaircit la gorge.

— Puis-je vous aider à monter en voiture, duchesse ? demanda-t-il d'une voix mal assurée.

Sans croiser son regard, il lui présenta son bras et la conduisit à la portière de la voiture qu'un groom vint ouvrir au petit trot.

Toujours incapable d'émettre un son, Faith regardait fixement son cavalier tandis que le groom prenait sa main et l'aidait à gravir le petit marchepied de bois peint. Et, avant qu'elle n'ait eu le temps de reprendre ses esprits, David prenait les rênes de son cheval des mains de l'autre groom et montait en selle d'un geste souple.

— Je vais chevaucher devant pendant quelque temps, annonça-t-il, couvrant les rires et les plaisanteries des trois fils de Faith. J'ai besoin d'un peu d'exercice.

Il la salua d'un bref signe de tête et, piquant des deux, s'élança dans l'allée au galop de sa monture.

Faith, qui commençait seulement à retrouver son souffle, le regarda s'éloigner sans mot dire. Comme elle aurait aimé elle aussi, vêtue d'une culotte de cheval et d'une simple chemise, sentir le vent de la course dans ses cheveux et le corps puissant de son cheval entre ses cuisses.

David fuyait-il leur baiser ? Elle, du moins, ne le regrettait pas.

Pourtant, ils s'étaient montrés fort imprudents. S'ils avaient été surpris, il leur aurait été difficile de trouver une explication. Et surtout, il était peu probable que le cocher de la famille Ashedon, à qui son maître avait pendant des années fourni maintes fois matière à commérage, se serait privé du plaisir de rapporter dans le quartier des domestiques ce qu'il avait vu.

Pourtant, Faith ne pouvait penser qu'au bonheur qu'elle venait d'éprouver. Et, surtout, elle se demandait déjà quand et où répéter cette délicieuse expérience.

Chapitre 7

Idiot. Idiot. Idiot !

Le mot trois fois répété résonnait dans la tête de David en cadence avec le galop de son cheval. Et pourtant, tandis qu'il déclinait dans sa tête toutes les raisons pour lesquelles il n'aurait pas dû embrasser Faith, il ne parvenait pas à le regretter.

Il ne fallait à aucun prix qu'il réitère ce genre d'erreur. En acceptant son escorte, Faith lui avait accordé sa confiance, s'attendant à ce qu'il les protège, ses enfants et elle, et qu'il la respecte. Et voilà qu'il avait risqué de tout remettre en question parce qu'il avait été incapable de contrôler ses ardeurs. À la faveur de circonstances favorables et avec l'encouragement muet de Faith, il fallait bien l'admettre.

Il lui avait dit qu'il avait les mêmes faiblesses que n'importe quel homme. Il lui était aussi difficile qu'à quiconque de résister à la tentation. Mais pouvait-il se prétendre un homme d'honneur quand il avait risqué de compromettre la réputation d'une femme pour satisfaire de simples plaisirs charnels ?

Pourtant, ce n'était pas le seul plaisir des sens qui l'avait poussé à agir ainsi. Comment aurait-il pu résister à la femme qu'il aimait depuis de si longues années quand elle levait vers lui un visage d'ange et lui offrait une bouche si pleine de promesses ? Il n'aurait pas davantage pu refuser cette invite qu'il n'aurait été capable de s'arrêter de respirer.

Alors, autant apprendre à se passer d'oxygène. Ou décider de ne plus jamais la revoir. Et il ferait bien de s'entraîner tout de suite, se dit-il avec un rire sans joie. La famille d'une veuve aussi riche et aussi haut placée, encore jeune et belle qui plus est, avait évidemment déjà formé des plans pour le futur, comme l'avait suggéré Giles. Tôt ou tard, et peut-être bien avec l'accord de la dame elle-même, celle-ci disparaîtrait de son périmètre aussi soudainement qu'elle était apparue.

David en était parfaitement conscient, et cette idée lui faisait mal. Il disposait d'une occasion aussi fugitive que précieuse de jouir de la compagnie de la femme qu'il aimait. Et il avait bien l'intention d'extirper la moindre parcelle de bonheur de ces moments-là, quel qu'en soit le prix à payer.

Mais pouvait-il se faire confiance ?

Il le faudrait bien.

Sa décision prise, David tourna bride et revint au petit trot vers le carrosse.

Comme il leur était maintenant impossible d'aborder des sujets privés, la gêne qui régnait entre eux s'estompa rapidement. La lumière du jour baissait, ce qui permit à David de montrer aux garçons le paysage qu'ils avaient déjà traversé le matin sous un jour différent. Des lumignons brillaient à la porte des auberges, faisant danser leur flamme sur le pavé, des chariots de marchandises étaient arrêtés au milieu du chemin pour livrer leurs chargements, suscitant de bruyants encombrements, des commerçants fermaient le volet de leur échoppe pour jouir d'un repos bien mérité. De la porte ouverte des tavernes leur parvenait au passage le brouhaha des voix des paysans et des gens de la ville qui s'étaient arrêtés là pour se désaltérer avant de rentrer chez eux.

*
* *

Leur petite caravane finit par atteindre, bien trop vite, les rues paisibles de Berkeley Square.

Tandis que David mettait pied à terre, l'un des grooms courut chercher la bonne des enfants afin qu'elle vienne prendre dans ses bras le petit Colin qui s'était endormi sur les genoux de sa mère.

Jaillissant de la voiture comme un boulet de canon, Matthew vint secouer avec énergie la main de son nouvel ami.

— Merci beaucoup, Mr Tanner Smith, d'avoir bien voulu nous accompagner chez tante Sarah. Vous y retournerez avec nous très bientôt, n'est-ce pas ? Et nous comptons sur vous pour nous faire visiter votre ferme !

— Cela dépendra de votre maman, jeune homme. Mais je le ferai avec plaisir.

Edward descendit à son tour, avec toute la dignité qui convenait à son rang, mais serra avec conviction la main de David.

— Merci, Mr Tanner Smith. Croyez bien que je suis désolé de ce que je vous ai dit ce matin. Vous avez été une escorte parfaite et j'ai bien l'intention d'en informer Carlisle.

David retint un sourire devant le sérieux du petit garçon. Assurément, un précepteur doté d'un peu plus d'humour que ce fameux Carlisle lui ferait le plus grand bien.

— Louable *mea culpa*, Ashedon, et digne d'un véritable gentilhomme.

Puis Faith fut devant lui, le dévisageant de son regard grave. En plongeant dans les grands yeux bleus, David oublia tout sauf les sentiments qu'il éprouvait pour elle. Déjà, il mourait d'envie de la reprendre dans ses bras, de baiser ces lèvres frémissantes, d'enfouir son visage dans sa chevelure parfumée.

Se rappelant la promesse qu'il s'était faite, il serra les dents.

— Ce fut une belle journée, dit-elle enfin. Et qui s'est achevée merveilleusement.

— Merveilleusement, en effet, rétorqua-t-il, heureux de cette allusion franche à leur baiser. Mais cela ne doit pas se reproduire. Vous le savez bien, Faith. C'est beaucoup trop dangereux. Comment pourrais-je prétendre vous protéger si je vous expose aux pires commérages ? N'avez-vous pas assez souffert par la faute d'Ashedon ?

Elle frissonna et il comprit que ses paroles avaient atteint leur but.

— Oui, mais il ne s'agit pas de cela entre nous, David. Cela n'a rien à voir avec les… frasques de mon mari.

Le cœur de David se figea.

— Sans doute. Mais les gens n'y verront pas de différence.

— C'est tellement injuste, murmura-t-elle en baissant les yeux.

— Quoi ? Que votre époux ait pu s'amuser comme il l'entendait et que vous, vous deviez vous montrer prudente ? Assurément. Mais c'est ainsi que va le monde. Et gardez bien à l'esprit que même Ashedon, malgré son rang, a terminé sa vie dans l'infamie à cause de ses turpitudes.

Faith opina avec un évident regret. Soudain, son regard s'élargit.

— Mais… Êtes-vous en train de me dire que vous ne voulez plus me voir ?

Il secoua lentement la tête.

— Je le devrais, probablement, mais je m'en sens incapable. Croyez-moi, Faith. Je ne pourrais tolérer de vous mettre en danger aux yeux du monde. Sans doute serait-il préférable que, désormais, nous nous rencontrions exclusivement chez Lady Lyndlington.

— Mais également ailleurs, en compagnie de mes fils par exemple ? Ils vous apprécient beaucoup, même Edward. Je suis sûre qu'ils seraient enchantés que vous acceptiez de nous accompagner au parc ou dans toute autre activité convenable. J'ai l'intention de sortir beaucoup avec eux, une fois débarrassée de Carlisle.

Devant l'air impénétrable de son interlocuteur, elle ajouta très vite :

— Bien sûr, je sais que vous êtes très occupé. Aussi est-il présomptueux de ma part de…

— Non, pas du tout. J'apprécie beaucoup leur compagnie. Je serai ravi de les voir plus souvent.

— Des sorties familiales… Personne n'y trouvera à redire, n'est-ce pas ? Maintenant que nous nous sommes retrouvés, David, il me serait très pénible de perdre de nouveau votre amitié.

— Oui, des sorties en famille, répéta David. Et de l'amitié. Cela me paraît tout à fait convenable. Je crois que je peux l'accepter sans vous faire courir de risque.

Elle lui adressa ce sourire qui venait de l'intérieur et qui avait toujours eu le don de le réchauffer jusqu'à l'âme, comme s'il se tenait devant un bon feu au cœur de l'hiver.

— Parfait. Dans ce cas, à bientôt chez Lady Lyndlington, n'est-ce pas ? J'ai reçu d'elle un billet ce matin m'invitant à son prochain dîner, en fin de semaine. Y serez-vous ?

David hésita imperceptiblement. Mais pourquoi refuser ? Ce serait absurde.

— Jeudi, je crois ? Oui, j'y serai.

Faith fit la moue.

— Malheureusement, il faut que j'y aille. Les enfants sont certainement déjà dans leur bain et vont dîner aussitôt après. Je ne m'inquiète pas pour eux. Mais la douairière, j'en suis certaine, me guette derrière les carreaux. Encore merci, David, de m'avoir ramenée au sein de ma famille, dont je n'aurais jamais dû m'éloigner.

David détourna le regard.

Comme il aurait aimé qu'il y ait une petite place pour lui dans ce cercle si chaleureux et aimant !

— Au pays des chiens, des chevaux et des arbres, plaisanta-t-il pour détendre l'atmosphère.

Elle eut un rire très doux.

— Oui, surtout des arbres. Peut-être même parviendrons-nous à y faire grimper notre jeune duc ? S'il veut bien cesser de se hausser du col.

— Il est encore si jeune ! Délivrez-le de l'influence de son actuel précepteur et tout ira mieux.

— Je l'espère. Eh bien, encore merci. Et au revoir.

— Au revoir, duchesse.

David s'attarda encore un instant pour la regarder disparaître, puis il se mit en selle et s'éloigna au petit trot.

Pourraient-ils conserver leur amitié, eux qui avaient échoué à le faire au moment du mariage de la jeune femme avec Ashedon ?

Probablement pas. À moins qu'elle n'épouse une personnalité politique ? Ce qui était tout à fait possible. Faith était assez belle et intelligente pour faire une excellente épouse de ministre ou de diplomate.

Mais pourrait-il rester l'ami de Faith sachant qu'elle partageait la couche d'un autre ? Supporterait-il qu'un inconnu goûte la douceur de ses lèvres et la tendre rondeur de ses seins ? À cette pensée, il sentit tout son corps entrer en rébellion.

Incapable de prendre ses distances avec Faith et vivant déjà une véritable torture, il se sentait littéralement pris au piège.

Mais, chuchota soudain une petite voix, *si elle épouse un politicien, pourquoi pas toi ?*

Impossible ! Une duchesse ne saurait épouser un homme du peuple, un homme sans titre ni terres ancestrales, comme le petit duc l'avait fort bien dit.

Quoique… Maintenant, non. Mais plus tard, pourquoi pas ? Après tout, ses fonctions politiques lui avaient déjà procuré des revenus qui lui avaient permis de racheter la ferme de ses parents. De vivre sur un pied qu'il n'aurait jamais envisagé auparavant. Si le parti de la réforme l'emportait, il avait toutes les chances d'accéder à un poste au gouvernement.

Ce qui lui permettrait d'être anobli. Étant donné ses origines, il ne pouvait guère espérer être fait autre chose que chevalier. Mais une duchesse ne pourrait-elle pas épouser un tel homme, du moment qu'il était récompensé pour son mérite ?

Hélas elle serait remariée bien avant qu'il ait pu accéder à ce genre de dignité.

David laissa échapper un juron qui fit sursauter son cheval. Serrant les mâchoires, il accéléra l'allure, fermement décidé à consacrer la soirée à l'étude de ses dossiers. Plus question de perdre du temps à penser à Faith.

Du moins, jusqu'à jeudi prochain !

Épanouie par la journée qu'elle venait de passer avec sa famille et encouragée par le soutien d'Englemere et de David, c'est d'un pas décidé que Faith entra dans l'hôtel particulier de Berkeley Square.

Elle eut la première occasion de faire connaître sa volonté au cours du dîner. Comme la douairière commençait à critiquer sa visite à sa sœur, Faith l'interrompit en objectant qu'étant donné le rang de son beau-frère — après tout, c'était un marquis, n'est-ce pas ? — sa belle-mère ne pouvait imaginer qu'elle ose le contrarier en refusant son invitation. Comme la vieille femme restait interloquée, Faith en profita pour pousser plus loin son avantage.

— Par ailleurs, maintenant que les enfants ont grandi, il est grand temps qu'ils fassent meilleure connaissance de leurs cousins. J'ai donc l'intention de les emmener le plus souvent possible à Brookhollow Lodge. Pensez donc ! Ils ne connaissent même pas l'aîné des enfants de ma sœur, qui est maintenant à Oxford !

Puis, après avoir tranquillement achevé son potage, elle s'enquit d'une voix douce de la manière dont sa belle-mère avait passé sa journée.

L'agréable sentiment de victoire qu'elle avait éprouvé en imposant son point de vue à sa belle-mère atténua grandement l'appréhension qu'éprouvait Faith à la perspective de devoir régler la question du précepteur des enfants.

Elle le convoqua après le dîner dans la bibliothèque et lui expliqua, du même ton agréable mais ferme qu'elle avait utilisé avec la douairière, que bien qu'elle appréciât à leur juste valeur la bonne volonté et le dévouement dont il avait fait preuve, elle souhaitait désormais que ses enfants bénéficient d'une autre forme d'enseignement. Elle veillerait à ce qu'il reçoive deux mois de salaire au moment de son départ, serait heureuse de lui donner une lettre de recommandation et apprécierait qu'il cesse ses fonctions le soir même. En effet, son cousin par alliance, le marquis d'Englemere, allait lui envoyer bientôt un remplaçant qui devrait trouver les lieux vacants. Sur ce, avant même que le désagréable petit homme à la figure en lame de couteau ait pu bégayer une réponse, elle se leva, le salua gracieusement et conclut par un « Ce sera tout » définitif.

Puis elle fit signe au valet de pied qu'il pouvait raccompagner le sieur Carlisle à ses appartements.

La rapidité avec laquelle le jeune serviteur obtempéra révélait à quel point le précepteur était peu apprécié de la domesticité, qu'il ne manquait pas de regarder de fort haut, lui à qui on avait confié l'éducation d'un duc.

Mais c'était fini. Et bien fini !

Sitôt que le pas des deux hommes se fut éloigné dans le corridor, Faith bondit de son fauteuil et se mit à danser une petite gavotte sur le tapis. Si elle n'avait pas craint d'être entendue, elle aurait poussé des cris de joie à rendre jaloux ses enfants.

Après ce petit intermède, elle paracheva les victoires de la soirée en allant rejoindre la duchesse douairière dans son salon. Là, sans s'asseoir, elle déclara tout à trac que l'air de la campagne l'ayant fatiguée, elle ne la rejoindrait pas pour leur habituelle partie de cartes et préférait lire dans la bibliothèque. Elle laissa sa belle-mère stupéfaite, se demandant probablement par quel sortilège son obéissante petite belle-fille s'était métamorphosée en cette virago autoritaire. Sur le chemin de la bibliothèque, elle fit sursauter le maître d'hôtel en lui demandant de lui servir un verre de porto, ce qui lui valut un imperceptible froncement de sourcils, signe, chez le digne homme, d'un profond étonnement. Voire d'une certaine indignation.

Il ne lui restait plus qu'à se sortir de la tête ce qui se passait entre David et elle.

Mais comme c'était au-dessus de ses forces, Faith se laissa tomber dans un fauteuil pour profiter de son livre en dégustant son verre de vin. C'est seulement alors qu'elle commençait à s'assoupir sur les aventures d'Udolphe[1] qu'il lui vint à l'esprit que, puisqu'elle était débarrassée de Carlisle, rien ne l'empêchait d'aller lire une histoire à ses enfants.

Le tintement mélodieux des dix coups de la petite horloge en porcelaine de Saxe posée sur la cheminée la retint. Il était terriblement tard et elle risquait de réveiller les garçons, épuisés par cette journée pleine de découvertes et d'émotions.

Du moins pouvait-elle aller les contempler dans leur sommeil !

Sautant sur ses pieds, elle prit sur un rayonnage un livre

1. Héros des *Mystères d'Udolphe*, roman d'Ann Radcliffe publié en 1794. N.D.T.

de nouvelles adapté à l'âge de ses fils et se dirigea d'un pas toujours allègre vers l'escalier.

Une fois parvenue à l'étage des enfants elle constata que, comme c'était prévisible, ils dormaient déjà à poings fermés. Tandis qu'elle circulait sur la pointe des pieds à travers la vaste chambre, elle prit conscience avec un sentiment de joie intense que c'en était fini pour elle de se glisser subrepticement comme une voleuse chez ses propres enfants. C'était elle, maintenant, qui allait diriger leur éducation. Elle serait totalement impliquée dans leur vie.

Où les emmener pour leur première excursion ? se demanda-t-elle en s'arrêtant devant chaque petit lit, lissant une mèche rebelle sur le front de Matthew, remontant plus loin la couverture de Colin, s'attendrissant devant le visage d'Edward, redevenu enfantin dans le sommeil. Leur plairait-il de visiter le British Museum ou bien la ménagerie de la Tour de Londres ?

La capitale recelait tant de possibilités ! Et les enfants étaient encore très jeunes. Ils avaient tous les quatre des années passionnantes à partager avant qu'elle ne soit obligée, comme Sarah l'avait fait pour son aîné, d'envoyer Edward à Oxford. Puis Matthew. Puis Colin… Elle avait bien l'intention d'en savourer chaque instant. Ainsi pourrait-elle réaliser le vieux rêve sans cesse foulé aux pieds par son mari de faire grandir ses trois garçons dans une famille aimante et unie comme celle qu'elle-même avait connue dans sa propre enfance.

Elle referma la porte de la chambre avec le sentiment que la journée qu'elle venait de vivre n'aurait pu être plus parfaite. Et c'est en chantonnant qu'elle redescendit jusqu'à chez elle. Elle allait ouvrir sa porte quand une voix l'interpella dans la pénombre.

— Bonsoir, sœurette. Vous savez… Si vous trouvez votre lit un peu trop froid, le soir, vous pouvez faire mieux qu'un fils de paysan pour le réchauffer. Je suis tout disposé à vous rendre ce service.

Frissonnant de colère et de dégoût, Faith fit brusquement volte-face pour se trouver nez à nez avec Lord Randall.

— Vous êtes bien aimable, mais ce « fils de paysan », comme vous dites, est un ami de longue date. Pas vous. Bonne nuit, sir.

Elle allait passer le pas de sa porte mais, vif comme un chat, le fils de la douairière se faufila devant elle et, l'attirant dans la pièce, l'emprisonna de ses deux bras contre le mur.

— Peut-être pas tout de suite. Mais je pourrais le devenir. Un ami intime… très intime. Je suis sûr que je suis en mesure de vous apprendre des choses qu'un paysan ne pourrait même pas concevoir.

Elle le regarda bien droit dans les yeux, de petits yeux vairons, sans âme et brillants de luxure.

— Apprises, je suppose, dans les meilleurs bordels de Londres ? Nous nous sommes tout dit, ce me semble. Veuillez retirer vos bras et sortir de ma chambre.

— Comme il vous plaira. Mais pas avant d'avoir pris un petit acompte.

La serrant de plus près encore, il lui leva de force le menton et l'embrassa.

Furieuse, Faith se débattit contre la langue qui, pénétrant entre ses lèvres, forçait le barrage de ses dents. Mais elle avait beau se tourner et se retourner dans la brutale étreinte, l'homme était trop fort pour elle.

Ses efforts ne faisaient qu'attiser sa lubricité. Aussi, changeant de tactique, elle feignit de s'abandonner dans ses bras et baissa la main vers son pantalon. Alors, avec un rire gras, il s'écarta pour lui laisser le champ libre.

C'était plus qu'il n'en fallait. Levant haut son genou, Faith le projeta dans l'entrejambe de son assaillant avec toute la force dont elle était capable.

Il poussa un glapissement et, la relâchant aussitôt, se plia en deux sous l'effet de la douleur.

— Sale petite putain ! cracha-t-il. Tu ne vaux pas mieux que ton bouseux. Après tout, tu n'es jamais que la fille d'un joueur qui a fait banqueroute. Et si tu as pu mettre la main sur un duc, c'est seulement grâce à la dot extravagante qu'a bien voulu te faire Englemere ! Vaut mieux ne pas se demander pourquoi, du reste. La réponse serait édifiante !

— Je ne vaux peut-être pas mieux que mon petit paysan, comme vous dites. Mais je vaux infiniment mieux que vous, qui essayez de séduire la femme de votre frère contre sa volonté. Maintenant, vous avez compris que je sais me défendre. Et pas seulement avec mes genoux. Je vous conseille de ne pas me donner l'occasion de vous montrer que je sais aussi me servir d'un pistolet.

Son beau-frère lui décocha un regard venimeux et, sans demander son reste, détala dans le corridor. Faith claqua la porte sur lui, tourna la clé d'une main tremblante et se laissa tomber sur son lit. Elle espérait bien que les parties intimes de cet horrible individu le feraient souffrir pendant plusieurs semaines !

Mais comment savait-il que David les avait accompagnés jusque chez sa sœur ? Tout à coup, elle se souvint que la chambre que lui avait attribuée sa mère donnait sur la cour et les écuries. Il avait dû assister à leur retour.

Elle se rappela la force de ses mains sur ses épaules, le relent alcoolisé de son souffle et ne put retenir un frisson. Ayant bon nombre de fois lutté avec son frère aîné, Colton, tout juste âgé d'un an de plus qu'elle et aussi déluré qu'un gamin des rues de Londres, elle avait cru pouvoir rivaliser avec un dandy comme Randall. Et pourtant, seule la ruse lui avait permis de vaincre.

La colère de Faith s'apaisa peu à peu, laissant place à l'inquiétude. Apparemment, il n'avait pas l'intention de la laisser tranquille. Mais elle ne se laisserait pas faire et elle ne s'était pas vantée. Elle savait se servir d'un pistolet.

Son regard se posa sur le verrou qu'elle venait de tirer. Résisterait-il à un assaut de Randall, si, sous l'effet de la boisson, celui-ci décidait de revenir à la charge ?

Son beau-frère était un lâche, et, comme tous ses semblables, il préférait s'attaquer aux faibles. Ce soir, elle lui avait montré qu'elle n'était pas une proie aussi facile que les apparences pouvaient le faire croire. Cela suffirait-il pour le dissuader de recommencer ? Ou bien, avec sa muflerie coutumière, espérait-il qu'elle finirait par céder ? La résistance qu'elle lui avait opposée allait-elle accroître sa hargne et sa volonté de lui en imposer d'une manière ou d'une autre ?

Il ne servirait à rien de se plaindre auprès de la duchesse douairière. Elle en déduirait immédiatement que c'était Faith qui lui avait fait des avances. Et si par hasard elle interrogeait Randall, nul doute que ce serait ce qu'il prétendrait.

Peut-être Faith devrait-elle aller s'installer chez sa sœur avec les enfants en attendant de trouver un moyen de chasser Randall de sa demeure ? Mais elle venait tout juste de renouer des liens avec sa famille, et Sarah trouverait étrange de la voir apparaître sans crier gare un beau matin sur le pas de sa porte avec ses trois enfants pour demander l'hospitalité. Faith n'avait jamais su mentir, et la perspective de devoir raconter ce qui s'était passé ce soir était si humiliante qu'elle s'en sentait tout bonnement incapable. Le souvenir des mains moites de son beau-frère sur ses bras, de sa langue dans sa bouche, lui donnait l'impression d'avoir été souillée.

Mais elle n'avait aucun autre endroit où aller.

Il n'était pas question de quitter Berkeley Square. Pas tant qu'elle n'aurait pas atteint un point de non-retour.

Faith eut tout à coup conscience que ses lèvres lui

faisaient mal. Elle les humecta du bout de la langue et sentit le goût métallique du sang, mêlé à celui du cognac et du tabac. Révoltée, au bord de la nausée, elle se précipita sur la cuvette de porcelaine posée sur sa table de toilette et y versa de l'eau froide. Puis elle humecta avec précaution sa bouche meurtrie.

Combien différent avait été le baiser de David ! Tendre, délicat, toute passion maîtrisée, s'autorisant à approfondir son avancée au rythme qu'elle-même lui imposait. Dans ses bras, elle se sentait aimée et à l'abri.

Elle essuya d'un revers de main nerveux les larmes qui coulaient sur ses joues. Pas question que Lord Randall la transforme en victime ! Elle était chez elle, pas lui. C'était à lui de partir.

De cela, elle était certaine, même si elle ne savait pas encore comment elle s'y prendrait.

Chapitre 8

Le jeudi arriva enfin et David, debout devant sa psyché, s'attarda un long moment à nouer sa cravate, soucieux de produire le meilleur effet chez les Lyndlington. Il sourit à son reflet en se rappelant les prédictions de ses camarades d'études. À l'époque, ils lui avaient assuré en riant que, dès qu'il en aurait les moyens, il engagerait un valet de chambre et deviendrait un véritable dandy.

— Eh non mes amis, murmura-t-il pour lui-même. Tout au fond de mon cœur, je suis et resterai fils de fermier jusqu'à la fin de mes jours.

Tout comme Faith resterait duchesse, jusqu'au bout des ongles.

Il mit la dernière touche à son nœud de cravate et revêtit son pardessus en soupirant. Il y avait des états de fait auxquels on ne pouvait rien changer mais rien ne l'empêchait de jouir de la compagnie de la jeune femme à chaque fois qu'il en aurait l'occasion.

Ce qui, évidemment, ne rendrait leur séparation que plus difficile.

Qu'il en soit ainsi, se dit-il en prenant sa canne et son chapeau. Refuse-t-on de boire le vin capiteux qu'on vous propose sous prétexte qu'on n'aurait pas les moyens de se l'offrir ?

Il sortit dans l'air frais du soir et s'éloigna à grands pas sur le trottoir, respirant à pleins poumons. Au diable les longues discussions stériles sur tel ou tel point de détail de la réforme ! Il se réjouissait d'avance de la soirée qu'il allait passer dans la plus délicieuse des compagnies.

Quand il arriva chez Lady et Lord Lyndlington, un peu en avance comme toujours, ce fut encore Giles qui l'accueillit dans le fumoir avec un verre de vin.

— T'ai-je prévenu que ce soir nous serons quasiment en famille ? Il y aura bien sûr le père de Maggie, Lord Witlow, ainsi que la grand-tante, la comtesse douairière de Sayleford. Et les inévitables Ben et Christopher.

David fit la grimace.

— Ces chers vieux ! Leur as-tu dit que je revoyais l'Inaccessible ?

— J'attendais que tu le leur annonces. C'est ton affaire après tout, et je ne veux pas avoir l'air de m'en mêler. Mais tu ferais mieux de les prévenir avant qu'ils ne comprennent d'eux-mêmes de quoi il retourne.

David haussa les épaules.

— Dans ce cas, ils comprendront ce soir. J'espère seulement qu'ils sauront se tenir.

— À mon avis, tu n'as rien à craindre pendant le dîner. Ils sont trop bien élevés. Mais je ne te promets rien pour demain soir, lors de notre habituelle rencontre hebdomadaire à La Plume et le Marteau[1]. Là, ils risquent de se déchaîner. Si j'étais toi, je préparerais quelques réponses.

David eut un sourire contraint.

— Encore faudrait-il que je les aie…

Giles hésita, but une gorgée de vin et reprit :

— Es-tu sûr que revoir la duchesse soit bien raisonnable ?

— Je suis convaincu du contraire, si c'est cela que tu

1. Il existe encore aujourd'hui une « société secrète » dénommée *The Gavel and Quill Society* composée d'étudiants en droit à Harvard. N.D.T.

veux me faire dire. Mais puisque Dame Fortune nous a remis l'un en face de l'autre, je ne vois pas comment je pourrais m'y opposer. D'autant que je sais pouvoir lui être utile.

— Du moment que tu t'en tires sans trop d'égratignures...

— Je lui ai fait don de mon cœur il y a des années. Je n'ai plus rien d'autre à perdre.

— Espérons-le, se contenta de répondre Giles d'un ton énigmatique autant que sincèrement inquiet.

Et il se tut, le maître d'hôtel étant entré dans la pièce pour leur annoncer l'arrivée de deux nouveaux invités, Benedict Tawny et Christopher Lattimer.

David ne manifesta aucune surprise devant l'apparition de ses deux amis de la confrérie des Diables de Hadley. Après que Giles l'eut averti de leur venue, il avait pris la décision de les informer lui-même de la présence de Faith au dîner et de la reprise de leurs relations.

— Ce soir, attendez-vous à un simple dîner entre amis, annonça Giles en tendant un verre de vin à chacun des nouveaux arrivants.

— Pas de politiciens ? s'enquit Ben. Nous prives-tu de l'occasion de demander à Lord Witlow, avec tout le respect que nous lui devons, de presser un peu le mouvement auprès de ses amis de la Chambre des lords pour le vote de la réforme ?

— En effet. Pour une fois, je souhaite que mon beau-père se repose et profite de la soirée. Il y aura d'autres femmes que mon épouse, aussi vous demanderai-je à tous les deux de trouver des sujets de conversation plus divertissants.

— Et parmi ces dames, intervint David, la gorge un peu serrée, il y en a une à laquelle vous ne vous attendez pas. La duchesse d'Ashedon.

Ben et Christopher se tournèrent vers lui, stupéfaits.

— L'Inaccessible ? Mais... comment ? Et pourquoi ? balbutia Ben.

David résuma brièvement les événements qui les avaient conduits à se revoir, la duchesse et lui-même, et leur confia ses décisions pour l'avenir immédiat.

— Elle va arriver d'un moment à l'autre, conclut-il. Je ne voulais pas que vous soyez surpris.

Un petit rire, moqueur mais sans méchanceté, fusa de la bouche de Ben.

— Tu craignais que nous manifestions une surprise déplacée ? Ou que nous fassions quelque commentaire désagréable ?

— En l'appelant l'Inaccessible, par exemple ? renchérit Christopher, excité comme un écolier sur le point de faire une farce.

— Oui. Ou en faisant des allusions douteuses sur les circonstances navrantes de la mort de son époux. Ce dont vous êtes tout à fait capables, rétorqua David, sans se fâcher vraiment car il savait que ses amis ne faisaient que le taquiner.

Ben plissa les yeux. Toujours friand de rumeurs, il s'enquit d'un ton plein de componction :

— Parce qu'elles furent navrantes ?

— Plus tard, grommela David entre ses dents.

Mais Ben était lancé.

— De fait, poursuivit-il, la dame n'est plus si inaccessible, maintenant.

Christopher claqua la langue.

— Une duchesse, même veuve ! Tu peux toujours courir, mon vieux. Elle doit être protégée par une liste de tuteurs aussi longue que d'ici à Westminster !

— Mais qui ne se mêleront de leurs affaires que si David veut épouser sa belle, objecta Ben. Et j'espère bien qu'après l'avoir adorée de loin pendant des années, notre saint homme est prêt à franchir une ou deux étapes un peu plus concrètes.

David leva la main, se contenant pour ne pas donner

libre cours à une colère d'autant plus bouillonnante que Ben était loin d'avoir tort.

— Ne m'attribue pas tes intentions luxurieuses, je te prie. Tous les hommes ne pensent pas qu'à séduire tous les jupons qui passent à leur portée.

— Tu devrais pourtant t'y mettre, rétorqua Ben sans se démonter, tu y gagnerais en amabilité.

Ce fut le moment que le maître d'hôtel choisit pour annoncer l'arrivée des derniers convives. L'épouse de Giles fit son entrée dans la pièce au bras de son père, suivie de sa grand-tante, Lady Sayleford, qui bavardait avec la duchesse d'Ashedon comme avec une vieille amie.

— Je suis impatient d'être présenté à l'Élue, murmura Ben à l'oreille de David tandis que Giles allait prendre le bras de sa femme avant de procéder aux présentations.

— Tu as intérêt à te tenir, lui chuchota furieusement David.

Ben lui décocha un sourire éclatant.

— Oh ! Devant les jolies femmes, tu sais bien que je suis toujours d'une conduite irréprochable.

Saisissant parfaitement le sous-entendu, David étouffa un juron. Ben était un grand amateur de jolies filles, qu'elles fussent de haut rang, roturières ou mêmes filles de cuisine, et elles le lui rendaient bien, répondant à ses manèges comme perdrix se jetant sur le grain.

David, lui, restreignait ses sujets de conversation au domaine politique et ne s'était jamais donné la peine de développer une conversation mondaine. Encore moins pratiquait-il le badinage amoureux, si prisé par les demoiselles. Il s'était parfois joint à ses amis, mais le talent de Ben pour manier une langue fleurie et son art du compliment le faisaient se sentir gauche et stupide comme le fils de fermier qu'il était.

L'idée que Ben pût entreprendre de séduire Faith lui donnait l'envie féroce de saisir son ami à la gorge et de serrer. Très fort. Surpris par l'intensité de sa réaction, il se contraignit à prendre quelques longues inspirations. Il ne pouvait être jaloux de son vieil ami. Ce serait par trop ridicule !

Par chance, Ben n'était pas un parti plus convenable que lui-même pour une duchesse.

Puis, sortant de l'ombre de la large silhouette de la comtesse douairière, Faith lui sourit. Alors, tout souci le quitta et, de tout son être, il répondit à ce merveilleux sourire. Elle était superbe, comme toujours, vêtue ce soir d'une robe de soie gris foncé relevée d'un filet de dentelle argentée qui scintillait sous l'éclat des bougies. Deux minuscules diamants étaient suspendus aux lobes de ses oreilles par un délicat fil d'argent, et un ruban argenté courait dans ses cheveux blonds comme un chemin de lumière. On aurait dit une sculpture de glace d'une merveilleuse et irréelle perfection.

Il n'eut même pas conscience d'avancer et se retrouva devant elle sans savoir comment il était arrivé là. Mais à sa grande contrariété, Ben l'avait devancé.

— Duchesse, murmura son camarade d'une agréable voix de baryton, je suis ravi de faire enfin votre connaissance. Cela fait des années que David chante vos louanges.

Faith lui sourit.

— Mr Tanner Smith m'a également beaucoup parlé de vous, Mr Tawny. Vous avez servi dans l'armée des Indes, n'est-ce pas ?

Au grand soulagement de David, avant que Ben ne pût se lancer dans l'interminable narration de ses habituelles anecdotes, dont certaines étaient fort triviales, la comtesse douairière intervint avec autorité.

— Y allons-nous, Witlow ? Je commence à avoir faim et il n'est pas recommandé de faire attendre une vieille dame. Je me sens capable de rendre l'âme au milieu de votre salon, ce qui ne serait pas du meilleur effet.

Lord Witlow laissa échapper le long grincement de crécelle qui lui tenait lieu de rire.

— Nous y allons, comtesse, nous y allons. Mais je suis prêt à parier que vous nous enterrerez tous.

Et, lui présentant son vieux bras sec comme un sarment de vigne, il conclut :

— Comtesse, je vous en prie… Et vous, duchesse, si vous nous y autorisez ?

— Mais très certainement, Lord Witlow. Nous reprendrons cette intéressante conversation un peu plus tard, Mr Tawny.

Faith prit le bras que lui présentait Giles tandis que Maggie se laissait conduire par David et, Ben et Christopher fermant la marche, ils suivirent le train quelque peu lent et cahotant de la vieille comtesse.

À sa grande satisfaction, David était de nouveau placé à côté de Faith tandis que ses deux compagnons flanquaient Maggie de part et d'autre à l'une des extrémités de la table.

Quand la comtesse eut installé non sans peine son corps rebondi et massif à la place qui lui était destinée à côté de Lord Witlow, elle se pencha vers Faith avec un sourire radieux.

— Ma chère, je suis ravie de voir que vous vous portez comme un charme. Ma nièce m'a dit que vous vous intéressiez à la politique, ce qui n'était pas le cas du défunt duc. Quelle chance que vous puissiez maintenant participer à des réunions un peu plus stimulantes que nos habituelles soirées mondaines. Mais je dois vous prévenir. Entre Maggie et mon neveu, la politique tourne parfois à l'obsession. Si vous l'encouragez, vous risquez de devenir corvéable à merci.

— Mais je ne demande pas mieux ! Lord Coopley a demandé aux dames de la société d'encourager leurs relations à prendre une part active dans ce qui se passe aujourd'hui. Si je peux être utile pendant la campagne électorale, j'en serai ravie.

— J'en prends bonne note, lança leur hôtesse du bout de la table. Je ferai appel à vous en temps utile, n'en doutez pas.

— Vous ne savez pas dans quel engrenage vous mettez le doigt ! gloussa la comtesse douairière. Quand elle s'y met, Maggie pourrait rivaliser avec ces nouvelles machines qu'on appelle des locomotives. Mais si mes souvenirs sont bons, ne débattiez-vous pas déjà de politique avec Mr Tanner Smith, du temps où il était secrétaire de votre cousin, Sir Edward Greaves ?

— Oui, en effet… Mais c'était il y a des lustres ! Je n'étais alors qu'une très jeune fille.

Maggie se mit à rire.

— Tante Lily sait tout sur tout le monde. Et quand ce n'est pas le cas, cela ne dure pas longtemps. Aussi messieurs, lança-t-elle à la cantonade, si vous avez des secrets, prenez garde !

Faith s'empourpra légèrement et David se demanda si elle pensait à leur récent baiser. Voilà un rappel à l'ordre qui tombait à point nommé. Rien en société ne restait secret bien longtemps et cela ne faisait que renforcer son intention de se montrer plus prudent à l'avenir.

La conversation devint générale, mêlant diverses considérations politiques à des souvenirs de Ben sur son séjour dans l'armée des Indes, ce qui conduisit à un débat animé sur les mérites comparés de la vie dans les colonies, en Angleterre et sur le continent. David, quant à lui, se contentait le plus souvent de contempler Faith aussi discrètement que possible. Mais, petit à petit, son plaisir se teinta d'une légère inquiétude.

Bien qu'elle sourît à tous et bavardât avec animation, Faith paraissait préoccupée. Elle ne faisait pas d'effort particulier pour relancer la conversation et quand l'attention se détournait d'elle, son sourire s'évanouissait et elle retombait dans le silence.

Qu'est-ce qui pouvait bien la tracasser ? Certainement pas une rumeur concernant leur comportement chez sa sœur ? Quelque chose d'aussi délicieusement scandaleux n'aurait pas manqué de parvenir aussitôt aux oreilles de Giles, qui l'en aurait informé.

Une querelle d'ordre domestique peut-être ?

— Vous paraissez préoccupée, ce soir, murmura-t-il à la faveur d'un brouhaha général. Carlisle vous aurait-il causé du souci ?

À son grand soulagement, elle lui adressa un sourire épanoui.

— Oh non ! J'allais justement vous en parler. Notre entretien s'est passé à merveille. Je me suis montrée ferme et décidée et il n'a même pas eu le temps de trouver une réponse. Je crois qu'il a été très impressionné par mes airs de duchesse. Vous auriez été fier de moi. Mieux encore, il a quitté la maison hier. Jusqu'à ce que je reçoive les dossiers sélectionnés par Englemere pour trouver quelqu'un qui puisse le remplacer, j'ai mes chers garçons pour moi toute seule.

— Quelle bonne nouvelle. Qu'avez-vous l'intention de faire avec eux ?

— Aujourd'hui, nous avons été à Green Park[1] où nous avons assisté à la traite des vaches. Nous avons même pu rapporter du lait frais. Demain, s'il fait beau, je les emmène à la Tour de Londres.

— Ils vont adorer cela. N'oubliez pas d'animer votre visite en leur racontant des histoires sur les fameux détenus, les échafauds et les nombreuses décapitations.

Elle rit.

1. Le Green Park, le plus sauvage des huit parcs de la capitale, renfermait une ferme où les Londoniens pouvaient acheter leur lait et leur beurre. N.D.T.

— Oui, je sais, plus c'est sanglant, plus cela leur plaît.

Le dîner touchait à sa fin et Maggie se leva.

— Messieurs, comme il s'agit d'une petite réunion familiale, nous ne vous laisserons pas ce soir à votre porto et à vos cigares. Nous irons tous au grand salon pour le thé.

Sur ce, joignant le geste à la parole, elle passa son bras dans celui de son mari tandis que Lord Witlow s'emparait de celui de sa tante, laissant à David le doux plaisir de conduire Faith.

Une fois le thé servi et bu, avec son habituel lot de cheesecake, de fondant au chocolat et d'applepie recouvert d'une épaisse crème à la fleur d'oranger, Lord Witlow déclara avec un sourire :

— Ce soir, nous n'avons prévu aucun divertissement particulier mais Maggie m'a promis de se mettre au piano. Lors de nos habituels dîners politiques, je suis toujours coincé avec de vieux politiciens qui se querellent au sujet d'une élection passée depuis longtemps ou de celle à venir.

Il conclut avec un regard de connivence en direction de Giles et des autres diablotins de son groupe :

— Alors, ce soir, voici ma récompense. De la musique, rien que de la musique !

— Avec plaisir, mon cher père, dit Maggie en se levant pour se mettre au piano. Mais ne vous attendez pas à des merveilles. Je ne suis qu'une piètre musicienne. Quant à vous, messieurs, si vous souhaitez des plaisirs plus raffinés ou plus corsés, il est encore temps de vous rendre au théâtre, à l'opéra… ou dans une maison de jeu.

— Ou bien, ajouta Lady Sayleford en marquant l'arrêt pour ménager son effet… dans une maison tout court.

Maggie la fusilla du regard mais un rire frémissait au coin de ses lèvres.

— Bref, conclut-elle, nous avons été ravis de vous avoir à notre table, mais il ne faut pas vous sentir obligés de rester.

— Ce n'est pas que je n'apprécie pas votre jeu, ma chère

enfant, dit Lady Sayleford, mais mes vieux os aspirent à retrouver le coin de leur cheminée.

— Ben et moi avions prévu de rencontrer quelques partenaires en fin de soirée, annonça Christopher. Des partenaires politiques, précisa-t-il avec un clin d'œil à l'intention de la comtesse douairière.

— Ah ? rétorqua celle-ci. C'est ainsi qu'on les appelle, maintenant ?

— Oh ! Sortez tous avant de me faire rougir d'avoir reçu de tels hôtes, s'exclama Maggie, qui semblait surtout prête à éclater de rire.

— Si cela ne vous paraît pas importun, dit Faith, je resterais bien pour vous écouter, ma chère Maggie. Je ne suis pas musicienne mais mes sœurs avaient coutume de nous jouer du piano le soir. C'est un de mes meilleurs souvenirs de notre vie de famille.

— Nous serions ravis que vous restiez, Faith. Et vous aussi, David.

Les deux jeunes gens et la douairière prirent congé après moult remerciements, et le reste de la compagnie se rapprocha du piano à queue devant lequel la maîtresse de maison était déjà installée. Lord Witlow jeta son dévolu sur un vieux fauteuil à bascule non loin de la cheminée tandis que David, refusant la proposition qui lui était faite de rejoindre Faith sur le sofa, alla s'installer sur une chaise droite près de la fenêtre. Cela lui permettait d'être assez près de l'élue de son cœur tout en s'épargnant la torture de la sentir près de lui sans pouvoir la toucher.

— Je vais commencer par votre morceau favori, papa, déclara Maggie en ouvrant la partition du concerto pour piano nº 1 un de Beethoven.

Au bout de quelques mesures, Faith se pencha en avant.

— Oh ! Mon Dieu… murmura-t-elle.

David se pencha vers elle.

— Qu'y a-t-il ?

— Mais Lady Lyndlington est beaucoup trop modeste. Son jeu est exquis !

— Elle est merveilleuse, n'est-ce pas ? approuva David, enchanté que la petite société dans laquelle il l'avait introduite reçût ses suffrages.

Maggie joua pendant une grande heure tandis que son père battait la mesure de son soulier verni et que Giles, assis sur la banquette à côté d'elle, tournait les pages. De temps en temps, la jeune femme levait les yeux et souriait à son mari. Une fois, alors qu'elle marquait une pause après un passage particulièrement exalté, il chuchota un « bravo » dans son oreille et l'embrassa sur la joue.

David remarqua qu'à mesure que Faith s'immergeait dans la musique, sa tension disparaissait. Tant mieux si la musique avait ce pouvoir sur elle et contribuait ainsi à lui rendre la soirée agréable. Mais il ne pouvait s'empêcher de se demander ce qui était à l'origine de son tourment. Et il était bien décidé à obtenir la réponse.

Maintenant que le précepteur était parti, la duchesse douairière se vengeait-elle sur sa belle-fille d'un renvoi qu'elle n'approuvait pas ? Absorbé par ses réflexions il se remémora l'avertissement de Giles qui lui avait rappelé que la famille de Faith ne manquerait pas de prendre son avenir en main.

Pourtant, malgré les conseils de son ami, il ne pouvait s'empêcher de vouloir aplanir le chemin de la jeune femme, le débarrasser de toutes les embûches que la vie pouvait lui réserver. Ce n'était certainement pas son rôle et encore moins son privilège, mais il était bien décidé à le faire tant que la possibilité de se fréquenter leur serait donnée.

Maggie s'interrompit de nouveau, laissant ses deux mains en suspens au-dessus du piano avant de commencer le deuxième mouvement. Elle regarda son mari, qui lui adressa un sourire si tendre que David sentit une âpre envie lui tordre le cœur. Il dut se retenir de saisir la main de Faith dans la pénombre.

Alors, juste avant que la musique ne reprenne, Faith poussa un soupir. Très long et très doux. Et, au grand ravissement de David, tandis que leurs deux hôtes restaient absorbés dans la contemplation l'un de l'autre et que le père de Maggie somnolait au coin du feu, elle souleva sa main de l'accoudoir du sofa et effleura la sienne. Les yeux toujours fixés sur les musiciens, conscient que tous les deux partageaient un plaisir coupable, il laissa sa main glisser de son accoudoir et noua ses doigts à ceux de sa compagne.

— Ils semblent si heureux, murmura-t-elle.

— Ils le sont. Ils s'entendent bien et forment un couple parfaitement assorti.

— Comme ce doit être merveilleux, une telle union !

— Ils font à coup sûr une excellente publicité pour la vénérable institution du mariage.

Elle opina.

— Ma sœur et son mari, Lord Englemere, aussi.

— Peut-être un jour connaîtrez-vous, vous aussi, ce bonheur. Personne ne le mérite davantage.

Elle le regarda de nouveau, son regard mélancolique se faisant plus attentif, plus brillant.

— Peut-être. Mais… Et si mon désir était plus… immédiat ?

Lui aussi la ressentait, cette pulsation du désir qui battait entre eux à la moindre occasion, les poussant l'un vers l'autre. C'était un peu comme les harmonies de Beethoven qu'ils entendaient en ce moment, songea-t-il. Des notes précises et fortes qui se mêlaient en un tout harmonieux, infiniment plus beau que chaque note isolée.

— Moi aussi, c'est ce que je ressens, chuchota-t-il en resserrant son étreinte. Mais nous n'oserons pas. Nous ne le pouvons pas.

— Oui, je sais.

Elle libéra sa main avec un soupir tandis que le mouvement s'achevait dans un accord triomphant.

Ils applaudirent et Lord Witlow, se réveillant brusquement, se joignit à eux avec enthousiasme. Bien que David ait apprécié ce moment musical plus que tout, ses propres applaudissements résonnaient davantage à ses oreilles comme une protestation devant cette interruption brutale.

La fin du morceau annonçait le terme de cet exceptionnel moment d'intimité avec Faith. Contrairement à un dîner politique, il pouvait quitter la soirée en même temps qu'elle et même lui proposer de la raccompagner sans que personne ne trouve son comportement suspect. Mais il devait résister à la tentation d'une course en fiacre dans l'intimité d'un tête-à-tête.

Une fois leurs invités partis, Giles pourrait emmener son épouse dans la chambre conjugale et lui faire l'amour avec une tendre lenteur. Le charme de la musique ayant intensifié encore davantage le lien qu'il sentait croître et se renforcer un peu plus chaque jour entre Faith et lui, David ne pouvait s'empêcher de rêver à la même chose.

Tandis qu'il regardait Faith assise sur le sofa, l'étoffe de sa robe miroitant doucement à la lumière des bougies, il s'imaginait dénudant ses belles épaules pour poser ses lèvres sur le satin de sa peau, inclinant sa tête en arrière pour lui dérober un de ces enivrants baisers.

Il s'arracha à ces images trompeuses, le cœur battant. Maggie appartenait à Giles commc jamais Faith ne pourrait lui appartenir, se morigéna-t-il furieusement. Ne pouvait-il se faire entrer cela dans la tête une bonne fois pour toutes ?

Elle se leva et il l'imita aussitôt, contraignant son esprit vagabond à se plier au rituel des formules de politesse. Maggie reçut des compliments mérités pour son dîner et sa musique. Quant à Faith, elle serra impulsivement son hôtesse dans ses bras et lui planta un baiser sur la joue.

— C'était absolument merveilleux, Maggie. Je suis

heureuse que nous soyons amies. Quelqu'un peut-il appeler mon carrosse ?

Lady Lyndlington alla sonner un valet tandis que David attendait avec Faith.

— Je voudrais que cette soirée ne se termine jamais, lui confia-t-elle en lui décochant un regard lumineux.

— Moi aussi…

Une pensée traversa soudain le cerveau de David qui ajouta :

— Vous inquiétez-vous des tracas que pourrait vous faire la duchesse douairière à votre retour ? Vous importune-t-elle toujours de ses jérémiades ?

— Non. Maintenant que j'ai arrêté de lui obéir, cela s'est considérablement amélioré. Sitôt qu'elle ouvre la bouche pour émettre une critique, je l'interromps ou je quitte la pièce. Apparemment elle n'a pas encore trouvé de parade ! Si vous saviez comme cela fait du bien de retrouver un peu de pouvoir chez soi !

Son éblouissant sourire s'estompa pourtant quelque peu tandis qu'elle précisait :

— Même si ce n'est pas autant que je le désire, hélas !

David n'eut pas le temps de la questionner sur cette dernière remarque car Maggie venait les rejoindre, son bras passé dans celui de son époux.

— Nous avons fait appeler votre carrosse, Faith. Papa a décidé qu'il était trop fatigué pour rentrer chez lui, aussi le gardons-nous à la maison. David va descendre avec vous, n'est-ce pas ? Souhaitez-vous qu'il vous raccompagne ?

— Non, merci. Cela ne sera pas nécessaire. Notre cocher est un homme sûr et il est accompagné de deux valets armés.

— Dans ce cas, ma chère, je vous souhaite une bonne nuit. Je vais accompagner mon père dans sa chambre car il se fait tard. Quelle bonne soirée nous avons passée !

Vous reviendrez bientôt, n'est-ce pas ? J'ai déjà des idées sur l'aide que vous pourriez nous apporter.

— Je serai ravie de vous être utile.

Maggie l'étreignit affectueusement.

— Parfait. Je savais que je pourrais compter sur vous.

Chaque marche descendue leur paraissait sonner le glas de leur fragile bonheur. Ne voulant pas la quitter sans savoir quand il la reverrait, David proposa :

— Je vais être un peu plus libre, ces temps-ci. Avec ces élections imprévues et le Parlement qu'il a fallu convoquer de nouveau en juin dernier, beaucoup de députés propriétaires terriens n'ont pu rentrer chez eux pour surveiller leur récolte. Il va y avoir des vacances parlementaires pour leur donner le temps de s'occuper de leurs affaires. Si cela vous convient, je pourrais vous emmener faire une promenade à Hyde Park avec les enfants. Le matin conviendrait mieux, pour éviter l'encombrement de voitures et de cavaliers.

Elle leva vers lui un regard reconnaissant.

— Quelle bonne idée ! Les petits seront ravis.

Il sourit, heureux de sa joie d'enfant.

— Nous donnerons-nous rendez-vous à Hyde Park ou préférez-vous que je vienne vous chercher à Berkeley Square ? Je pourrais vous aider à faire le tri dans les candidatures de précepteurs qu'Englemere n'a pas dû manquer de vous envoyer.

De nouveau, une ombre passa dans le regard de la jeune femme.

— En vérité, ce sera inutile. Englemere a déjà fait un premier tri. Il ne me reste qu'à rencontrer les candidats pour faire mon choix… Il serait certainement préférable que nous vous retrouvions au parc, conclut-elle d'un ton sec.

Surpris, David ne put réprimer un fugitif sentiment d'amertume. Faith ne souhaitait pas qu'il se montre chez elle. Craignait-elle que les gens de son monde apprennent qui elle s'abaissait à fréquenter ?

Il repoussa aussitôt cette idée. Il savait que Faith faisait fi de l'opinion de ses semblables. Et encore davantage, maintenant, de celle de la duchesse douairière. Il était plus probable que Faith répugnait à le faire entrer dans le royaume de sa belle-mère, et encore plus à s'exposer à une énième leçon sur la manière dont devait se conduire une duchesse.

— Qu'il en soit fait selon votre désir. Hyde Park Corner, après-demain à 10 heures ?

Faith lui sourit, toute marque d'inquiétude aussitôt effacée de son doux visage. Il avait donc correctement décrypté la raison de son inconfort.

— Comment pourrais-je assez vous remercier ? Vous m'avez fait retrouver ma sœur, m'avez fait connaître des amis merveilleux et maintenant, vous vous souciez encore de nous distraire, mes enfants et moi ! J'aimerais tellement pouvoir vous faire plaisir à mon tour.

Mais vous le faites. En m'autorisant à être là, à vos côtés, tout simplement, pensa David. Mais il garda sa réflexion pour lui, peu soucieux de passer pour plus niais encore aux yeux de Faith.

Aussi se contenta-t-il de dire :

— Vous êtes mon amie. Et c'est déjà beaucoup.

Le sourire de Faith se fit plus tendre.

— Oui, pour nous deux, c'est beaucoup, en effet.

Le maître d'hôtel vint les informer que la voiture de madame la duchesse était devant le perron et aida Faith à revêtir son manteau de soirée.

— Bonne nuit, David. À très bientôt !

— Bonne nuit, Faith. À très vite ! J'ai bien l'intention de tirer quelques sourires au jeune duc. Et même de le faire rire, dussè-je me rouler dans la boue avec lui s'il le faut. Il a besoin de réapprendre à vivre comme un enfant.

— Un respectable membre du gouvernement se roulant

dans la boue avec un gamin de huit ans ? s'exclama Faith en riant. J'ai hâte de voir cela.

Comme le domestique lui tenait la porte grande ouverte, elle adressa un dernier sourire à son compagnon et sortit dans la nuit, laissant David seul avec la perspective de retrouver sa chambre déserte et son lit glacé.

Chapitre 9

Deux jours plus tard, Faith, assise à son secrétaire dans le salon jouxtant sa chambre, passait en revue les candidatures que son beau-frère lui avait fait envoyer. Comment se faire une opinion sur une personne d'après une liste de titres académiques et de postes précédemment occupés ? Mais Faith savait ce qu'elle voulait pour ses enfants : une éducation libre, saine et sans préjugés. Tout particulièrement pour Edward.

De fait, elle aurait eu bien besoin de David pour l'aider à faire son choix.

Il avait paru offensé par son refus. Encore une injustice à mettre sur le compte de son méprisable beau-frère ! Ignorant à quel moment Randall pouvait apparaître, Faith n'osait même pas inviter David dans sa propre demeure. La seule idée qu'il puisse tomber nez à nez avec un pareil individu la rendait littéralement malade.

Elle annota un dernier dossier, rassembla les documents en un paquet bien net puis se frotta machinalement les mains. Elle dormait très mal ces derniers temps, s'imaginant sans cesse entendre des pas dans le corridor et une main tourner la poignée de sa porte, qu'elle fermait soigneusement à clé tous les soirs et bloquait avec une chaise pour faire bonne mesure.

Pourtant, son imprévisible beau-frère semblait avoir

pris un congé prolongé de la demeure familiale. La veille au dîner, la douairière s'était plainte qu'il ne se soit pas présenté pour les accompagner chez des amis proches comme il s'y était engagé. Pourvu que cela dure !

La pendule de la cheminée sonna 9 heures et son cœur se dilata de joie. Il était temps de se préparer pour leur escapade au parc… où elle reverrait David. Les garçons étaient aussi impatients qu'elle de profiter de nouveau de la compagnie du jeune homme.

Faith prit sa pelisse et ses gants et monta à l'étage des enfants, qui l'attendaient de pied ferme. Ils dévalèrent l'escalier avec force cris et rires et, dès que la voiture se fut ébranlée, l'assaillirent de questions.

— Chacun son tour ! protesta-t-elle en riant.

— Mr Tanner Smith a dit l'autre jour qu'il nous ferait de nouveau monter à cheval. Va-t-il amener des poneys au parc, maman ? s'enquit Edward.

— Non, aujourd'hui, on marche.

Comme la déception marquait le visage de l'enfant, Faith s'empressa d'ajouter :

— Il y aura des étangs avec des canards, et la cuisinière m'a donné du pain sec pour eux.

— Y aura-t-il aussi des vaches, maman ? demanda Matthew à son tour.

— Ni vache, ni lait frais. Mais nous trouverons certainement un salon de thé pour boire quelque chose de chaud avant de rentrer.

Elle rit de plaisir en entendant le hourrah des enfants.

Colin revint à la charge.

— Il y a des arbres dans ce parc, n'est-ce pas, maman ?

Faith sourit, sentant venir la question suivante.

— Oui, bien sûr. Comme dans tous les parcs, n'est-ce pas ?

— Alors, nous pourrons les escalader ?

Un flot de colère l'envahit. Cela faisait des années que

leur ancien précepteur s'occupait des enfants et ils n'étaient même pas sortis du jardin !

— Oui, il y a des arbres, bien sûr. Mais pas d'escalade aujourd'hui. Il y a aussi des allées et des pelouses. Vous pourrez courir et jouer à la balle. Nous sommes bientôt arrivés aux grilles.

Les enfants collèrent leur visage aux portières, avides d'explorer leur nouveau territoire. Quand le carrosse passa sous l'arche de Hyde Park Corner, elle tendit le cou, cherchant David du regard.

Le véhicule ralentit et se mit à longer l'allée à faible allure. Enfin, il s'arrêta. Se penchant par-dessus la tête de ses enfants, Faith aperçut David qui avait fait signe au cocher et elle sentit son cœur faire un bond dans sa poitrine.

Sa lassitude, le fardeau de ses responsabilités concernant l'éducation de ses enfants, ses disputes avec la duchesse douairière et même la menace que représentait Lord Randall, tout s'évanouit d'un seul coup, chassé par le flot de joie et d'impatience qui la submergeait à la perspective de passer la matinée avec les quatre hommes qui mettaient de la joie et de la lumière dans sa vie. Ses fils et David.

Quel bonheur ce serait d'avoir tous les jours ce compagnon bon et intelligent à ses côtés ! Elle repoussa cette idée avec un soupir. Il fallait profiter de l'instant présent sans s'inquiéter du lendemain. Les responsabilités de David, et sans doute l'ennui qu'il finirait par éprouver en compagnie d'une brave mère de famille, sans talent particulier et flanquée de trois enfants turbulents, mettraient fin bien trop vite à cette aventure.

Elle avait bien l'intention de profiter de la moindre once de joie de cette belle journée.

Le cocher aida Faith à mettre pied à terre. Les garçons avaient déjà bondi hors du véhicule et se précipitaient sur David pour le saluer. Émue et fière, Faith vit Edward arrêter ses frères d'une main autoritaire et saluer David selon les règles, avant de leur faire signe de l'imiter.

Matthew se précipita sur son grand camarade comme un chien fou et le tira par la manche.

— Maman dit qu'aujourd'hui nous ne ferons que nous promener. Mais ne pourrons-nous pas faire aussi un petit peu de poney ?

— Nous allons jusqu'à la Serpentine pour nourrir les canards, intervint Faith, qui savait ce que coûtait la location de poneys dans le parc et ne voulait pas que David se sente obligé d'engager cette dépense.

— Excellente idée, duchesse, approuva David en la saluant. Je suis ravi de vous voir tous de nouveau.

— Nous également, Mr Tanner Smith.

Quand il se redressa, leurs yeux se rencontrèrent et Faith laissa son sourire tremblant et l'intensité de son regard révéler l'impatience et la joie que cette rencontre lui procurait.

Il parut comprendre ce message muet car il la dévisagea avec la même intensité et, une fraction de seconde, Faith crut qu'il allait lui prendre la main pour y déposer un baiser.

Mais il se contenta de hocher la tête et se tourna vers Matthew qui, de nouveau, tirait sur sa manche.

— Alors, jeune homme, allons-nous voir ces canards ? et pour ce qui est des poneys, je me demande si nous n'aurions pas le temps, ensuite, d'aller jusqu'à l'Astley's Amphitheatre…[1]

Il n'eut pas le temps de finir sa phrase qu'il fut interrompu par un cri de pure joie.

— Splendide ! s'écria Edward les yeux ronds. C'est là que les écuyers font leurs tours sur le dos de leur cheval, n'est-ce pas ?

Faith tenta de s'interposer.

1. Lieu ouvert à Hyde Park en 1773 présentant des exercices de manège et des acrobaties équestres. N.D.T.

— Comme c'est aimable à vous de nous faire ce cadeau, Mr Tanner Smith. Mais ce n'est pas nécessaire. Les billets doivent être horriblement dispendieux.

David, tiré en avant par Matthew et Colin, lui lança par-dessus son épaule :

— Je ne suis plus un orphelin désargenté, duchesse. Et je n'ai pas le bonheur d'avoir des enfants.

Faith sentit ses joues se colorer.

— Je ne voulais pas dire…

Il rit doucement et elle se sentit soulagée. Elle ne l'avait pas vexé.

— Ne vous inquiétez pas. Je peux parfaitement faire cette dépense et, qui plus est, cela me ferait très plaisir.

— Dans ce cas, nous acceptons avec joie.

— Avez-vous déjà été là-bas, maman ? demanda Edward.

— Votre tantc Sarah m'y a conduite une fois, à l'époque où le défunt Mr Astley y exerçait encore. Ils donnaient *La Bataille de Waterloo*. Je m'en souviens très bien. Ce fut un spectacle magnifique.

— Une bataille ? s'écria Matthew. Avec des canons et des combats à cheval ? Oh ! Que j'aurais aimé y être !

— Je crains qu'ils ne donnent pas les scènes de bataille l'après-midi, objecta David. Mais il y a des acrobates et des écuyers qui font des quantités de tours sur leur monture.

— Alors dépêchons-nous d'aller nourrir les canards avec les croûtons de Mary, décréta Colin, pragmatique.

Et il pressa le pas en direction de la rivière dont on voyait les méandres verdâtres serpenter à l'horizon brumeux du parc.

Quelques minutes plus tard, ils étaient arrivés sur les rives de la Serpentine. Faith sortit les morceaux de pain de son réticule et ce fut à celui qui attirerait le plus de volatiles à lui.

Edward, qui avait distribué sa provision de pain entre ses canards avec une rigoureuse équité, commença à s'ennuyer. Quand l'un des canards, contrarié dans ses tentatives répétées pour s'emparer des derniers morceaux de pain de Colin, s'avança en se dandinant vers lui, Edward s'empara d'une branche et le repoussa sans ménagement. Puis, excité par les battements d'ailes et les cris de l'animal, il se mit à le frapper.

Avant que Faith ait pu intervenir, David l'avait retenu d'un geste ferme.

— Non, Ashedon, cela ne se fait pas. Les animaux sont sur cette terre pour notre bonheur et nous devons les respecter.

Edward haussa les épaules.

— Mais ce n'est qu'un canard !

— Toute créature, si petite soit-elle, a son importance. Seuls les hommes médiocres et au cœur dur traitent avec cruauté ceux qu'ils croient leurs inférieurs. Un homme de haut rang, comme vous le serez un jour, a le devoir de protéger les plus faibles.

— Comme vous au Parlement ? s'enquit Edward, soudain intéressé. Oncle Edward dit que votre *Reform Bill* a pour but d'accorder à tous le droit de participer au gouvernement du pays.

— C'est exact. Ne préférez-vous pas vous-même que vos parents et votre nurse vous demandent ce que vous désirez, pourvu que ce soit raisonnable, plutôt que de vous imposer ce qu'ils croient être bon pour vous ?

Comme l'enfant opinait, il poursuivit :

— Si la plupart des gens acceptent volontiers d'obéir aux lois de leur pays, pourvu qu'elles soient justes, ils apprécient davantage d'avoir leur mot à dire quand il s'agit de les voter. Bien, maintenant que vos provisions de pain sont terminées, allons-nous voir ces chevaux ?

Matthew poussa un hurlement de joie.

— Waouh ! Allez, Colin, le premier qui arrive au carrosse !

Plutôt que de courir avec ses frères, Edward préféra marcher à côté des adultes, calquant son maintien sur celui de David. Faith sourit. Son aîné paraissait encore plus impressionné par son nouvel ami que lors de leur première excursion. Mais comment aurait-il pu en être autrement ? Son propre père ne s'était quasiment pas donné la peine de l'éduquer, et encore moins de lui enseigner les valeurs que tout honnête homme devrait inculquer à son fils.

Faith haussa imperceptiblement les épaules. Sans doute parce qu'il ne les possédait pas lui-même ! Comme elle aurait aimé que ses enfants grandissent auprès d'un homme comme David.

— Viendrez-vous chez Astley dans notre voiture, Mr Tanner Smith ? demanda Edward de sa petite voix polie.

— Merci, Ashedon. Si votre maman n'y voit pas d'inconvénient, ce sera avec plaisir. Mais, poursuivit David en se tournant vers Faith, pourquoi ne pas renvoyer ensuite votre équipage chez vous ? Inutile de faire attendre le cocher pendant que nous sommes au spectacle, n'est-ce pas ?

— Comme vous voudrez. Je vais donner à John des instructions dans ce sens.

Faith aurait bien voulu prendre le bras de David pendant qu'ils marchaient. Mais pour rien au monde elle n'aurait voulu choquer son fils.

Bien sûr, les garçons étaient un bon prétexte pour passer un peu de temps ensemble, mais elle aurait tout donné pour avoir l'occasion de profiter ne serait-ce que de quelques minutes en tête à tête avec lui. N'importe quoi aurait fait l'affaire, une haie bien fournie, une cabane de jardinier, un pavillon d'aisance, tout endroit qui lui eût permis de se jeter dans ses bras et de mendier un autre baiser.

Mais naturellement, un lieu comme Hyde Park n'était fait que d'allées parfaitement rectilignes et de buissons impeccablement taillés. Et quand ils auraient atteint l'amphithéâtre, ils seraient littéralement submergés par les regards des curieux.

Après avoir asséné un « non » inutilement véhément à David qui lui demandait si quelque chose n'allait pas, elle dut se contenter du plaisir beaucoup moins satisfaisant de s'appuyer sur son bras tandis qu'il l'aidait à monter en voiture.

Le court trajet jusque chez Astley fut un intermède doux-amer. Elle fit asseoir les enfants sur le siège de devant et put ainsi s'installer à côté de David. Mais essayer de garder la distance convenable entre eux quand tout son corps réclamait de se blottir contre celui de son compagnon tenait de la torture, d'autant plus que les cahots les rejetaient sans cesse l'un contre l'autre. Chaque contact, leurs mains qui se frôlaient à peine, leurs épaules appuyées l'une contre l'autre, leurs cuisses qui se touchaient, suffisaient à déclencher des étincelles crépitantes qui éveillaient dans son corps de brûlants désirs.

Un regard de côté à son compagnon, à sa mâchoire ombrée d'une barbe naissante, à ses longues mains fines posées devant lui suffisait à créer une tension sensuelle que Faith craignait de ne plus parvenir à dissimuler.

Pourtant, elle aurait préféré se consumer tout entière que de n'avoir pas vécu l'instant de leur baiser.

Quand ils arrivèrent enfin à destination, entre soulagement et frustration, elle laissa le groom l'aider à descendre tandis que David allait acheter des billets.

Assez de ces pensées frivoles, se morigéna-t-elle. *Tu es ici dans l'intérêt de tes enfants. Veille à ce qu'ils en tirent tout le plaisir escompté.*

Ce qui n'exigea aucun effort particulier car, sitôt qu'ils furent assis sur les gradins garnis de coussins de velours et que le spectacle eut commencé, ils furent totalement absorbés, dévorant des yeux, bouche bée, les différents tableaux. Il y eut d'abord des cavaliers debout sur leur monture au galop. Puis une écuyère vêtue d'un tutu léger, dressée sur les pointes sur la croupe de sa jolie jument blanche qui exécutait un cercle parfait tout autour de la piste. Enfin deux autres qui, toujours debout et guidant leur monture grâce à un simple ruban passé dans la bouche du cheval, franchissaient une enfilade d'obstacles et traversaient un cerceau enflammé.

Puis ce fut le directeur en personne, Andrew Duclow, qui brilla dans son fameux numéro intitulé « Le messager de Saint-Pétersbourg ». Debout, les pieds posés chacun sur la croupe d'un cheval, il filait comme le vent tandis que des cavaliers portant les drapeaux d'Angleterre et de Russie tournaient dans le sens opposé à une vitesse folle.

Les enfants rirent à gorge déployée avec le reste des spectateurs devant les pitreries des clowns acrobates et hurlèrent leur joie quand arriva le rodéo final au cours duquel une troupe de cavaliers fit irruption sur la piste et entama un galop d'honneur sous le déchaînement des cuivres et des cymbales.

— Ils vont en parler pendant des semaines, déclara Faith, enchantée, tandis qu'ils quittaient l'amphithéâtre au milieu de la cohue. Quant à vous, ils vous portaient déjà aux nues depuis notre visite à Brookhollow Lodge. Mais maintenant… Il est heureux que vous ayez vos obligations au Parlement, sinon vous seriez assailli de demandes tous les jours.

— Il me serait difficile de trouver mieux qu'Astley's.

Faith lui sourit, les yeux dans les yeux.

— Pour eux, sans doute… En ce qui me concerne, j'ai préféré de loin notre séjour à Brookhollow. Et plus particulièrement ce moment de tête-à-tête aux écuries…

Ses paroles allumèrent dans le regard de son interlocuteur une telle flamme qu'elle aurait pu s'y consumer tout entière. Elle lui répondit d'un regard plein de promesses et de regret mêlés.

La chaleur du regard de David s'intensifia davantage et il murmura rien que pour elle, dans un brouhaha qui aurait de toute façon couvert les trompettes du jugement dernier :

— Qui nous empêche de recommencer ?

Et, comme pour souligner ses paroles, il porta la main de Faith à ses lèvres et la baisa tendrement.

Faith reçut comme une douce pluie les vibrations qui irradièrent lentement dans son corps. Elle ne rêvait plus que de se retrouver seule avec lui, de le délivrer de ses vêtements et de goûter du bout de la langue à la tiédeur de sa peau… De…

Choquée par l'audace de ses propres pensées, les joues en feu, elle tenta de se ressaisir. Mais, déjà, David libérait sa main et portait son regard ailleurs.

— Pourtant, conclut-il d'une voix brève, je crains que nous ne devions nous contenter de ce que nous avons.

Il la désirait, elle en était certaine. Mais le décider à passer à l'acte ne serait pas chose facile. Elle-même y était-elle vraiment décidée, malgré la force de son émoi ?

Faith laissa échapper un soupir et reporta son attention sur ses enfants qui, à quelques pas devant eux, avaient déjà atteint la sortie.

À quoi songeait-elle donc ? Elle était une mère de famille, pas une de ces demi-mondaines alignant leurs amants comme des perles sur un collier.

Parfois, ne put-elle s'empêcher de penser dans le secret de son cœur, elle aurait pourtant bien voulu posséder quelques-uns de leurs talents.

Tandis qu'ils regagnaient la grille où les attendait leur carrosse, David s'arrêta devant un éventaire ambulant qui vendait des tourtes à la viande toutes chaudes et de la limonade. Il en offrit aux enfants et à leur mère, qui les dévorèrent à belles dents. Puis, une fois entassés dans la voiture, les trois garçons discutèrent à bâtons rompus sur le bon temps qu'ils avaient eu, sur les extraordinaires performances des écuyers et sur la beauté de leurs chevaux. Matthew décréta avec le sérieux de son âge que sa décision était prise de devenir un grand cavalier. Il ouvrirait son propre cirque et, devant le regard soudain rempli de larmes de son cadet, lui accorda qu'il pourrait travailler avec lui. Mais pas Edward, qui allait devoir assumer la charge d'être duc. Ce qui n'était « pas drôle » conclut-il avec une grimace comique.

Débordés par l'exubérance des enfants, les adultes avaient renoncé depuis longtemps à toute forme de conversation privée. Aussi, quand ses fils furent montés chez eux, Faith s'attarda-t-elle un instant dans la cour.

— Merci, une fois encore, pour cette merveilleuse journée.

David sourit.

— Heureux que vous l'ayez appréciée. Vous, tout comme les enfants. Personne ne mérite plus que vous de recevoir un peu de bonheur.

— Pas plus qu'une autre ! protesta-t-elle en riant.

— À mes yeux, si. Parce que vous êtes l'image même du dévouement maternel et, quand vous êtes heureuse, de la joie de vivre.

Elle ne méritait pas pareils compliments, elle le savait. Mais Faith buvait les paroles de son compagnon comme on respire l'air pur des montagnes. Elle avait besoin de la confiance qu'il avait en elle pour retrouver sa propre estime, mise à mal par son déplorable mariage.

Le maître d'hôtel attendait toujours en haut du perron, tenant la porte ostensiblement ouverte. Elle détestait l'idée de quitter David, mais il le fallait.

— Il faut que je rentre. Encore merci pour tout.

Il lui saisit la main qu'il porta à ses lèvres tandis que leurs regards exprimaient tout ce qu'ils ne pouvaient pas se dire. La bouche de Faith frémit, comme effleurée par un invisible baiser.

Puis il la poussa doucement vers les marches.

— Bonne fin d'après-midi, duchesse. Et merci pour cette belle journée.

— Faites-moi savoir quand vous aurez une autre matinée de libre, n'est-ce pas ? supplia-t-elle encore, comme pour retenir la magie de l'instant.

— Oui, naturellement. Mais soyez bien sûre que Lady Lyndlington n'oubliera pas de vous enrôler dans ses projets. Nous nous reverrons à cette occasion, ou lors de l'un de ses prochains dîners.

— Très bientôt, je l'espère.

— Oui, très bientôt.

Il la salua d'un élégant geste de son chapeau et, lui tournant le dos, elle se décida à monter les escaliers. C'est alors qu'elle aperçut du coin de l'œil le léger mouvement de l'un des rideaux de la fenêtre du salon. Soudain prise d'un frisson, elle reconnut Lord Randall. Il avait assisté à toute la scène.

Chapitre 10

Le cœur battant, Faith se hâta de traverser le hall et de gravir l'escalier menant au premier palier, puis, de là, celui menant à l'étage des enfants. Là au moins son beau-frère n'oserait pas la suivre. Elle s'arrêta un instant devant la porte de la salle de classe, le souffle court mais soulagée d'avoir évité la confrontation qu'elle redoutait.

Peut-être la douairière était-elle dans le salon avec son beau-frère ? À moins qu'il n'ait pas voulu l'accoster tout de suite, car il aurait eu le temps de l'intercepter. Faith ne pouvait que se réjouir d'avoir différé leur rencontre. Et, surtout, d'avoir été ainsi prévenue du retour de Randall.

Pour combien de temps, telle était la question. Avec un peu de chance il se contenterait de soutirer de l'argent à sa mère et repartirait le dépenser dans des lieux infâmes. Mais Faith devrait se montrer vigilante, au cas où il envisagerait de prolonger son séjour.

À l'idée de devoir rester sur ses gardes dans sa propre maison, une rage froide la submergea. Il lui fallait absolument remédier à cette situation.

Malheureusement elle n'en avait pas encore trouvé le moyen. Quand elle avait demandé à la douairière qui était l'homme de loi qui détenait les documents établissant les modalités du conseil de tutelle des garçons et quel était le détail de leur revenu, celle-ci lui avait adressé un regard vide. Puis s'était ensuivi un véritable interrogatoire sur ce qui motivait une telle question.

Si seulement elle avait prêté davantage attention à la lecture du testament ! Mais à ce moment-là, Faith était à ce point choquée et humiliée par les circonstances de la mort de son mari qu'elle ne pensait plus qu'au regard des autres et au déshonneur qui risquait de retomber sur ses enfants.

Englemere devait savoir, lui. Lors du mariage de Faith avec le duc, c'était lui qui l'avait conduite à l'autel à la place de son père décédé et, à ce titre, il avait été consulté lors de l'établissement de son contrat de mariage. Malheureusement, étant donné les importantes réformes qui devaient être votées instamment au Parlement, son beau-frère était très pris par ses travaux à la Chambre des lords. En outre, il ne manquerait pas de s'étonner qu'elle lui pose des questions pour lesquelles elle n'avait manifesté aucun intérêt pendant toutes ces années.

Or il paraissait tout aussi impossible à Faith de leur confier, à Sarah et à lui, les raisons sordides qui motivaient sa curiosité.

Peut-être pourrait-elle faire une investigation dans les papiers d'Ashedon ? Mais étant donné le manque d'intérêt notoire du duc pour ses propres affaires, ses recherches avaient toutes les chances de se révéler infructueuses.

Alors pourquoi ne pas tout simplement demander au maître d'hôtel ? Le visage de Faith s'éclaira. Il trouverait sans doute la requête étrange, mais les maîtres d'hôtel savaient beaucoup de choses, c'était bien connu. Il pourrait certainement lui donner le nom de l'homme de loi de la famille.

Rassérénée, Faith, toujours immobile sur le palier, imagina l'entrevue avec l'avoué. Le digne homme, qui ne l'avait jamais vue, ne devrait pas s'étonner de sa demande, surtout si elle lui confiait ses inquiétudes, sincères au demeurant, concernant les mesures prises pour assurer l'avenir de ses fils. Elle pouvait également dire que son époux craignait déjà de son vivant que son frère cadet n'essayât de détourner les revenus de leur domaine. Désireuse de respecter ses vœux et de protéger les intérêts de ses trois enfants, elle avait besoin de savoir simplement de quels fonds Lord Randall pouvait disposer, à quel moment elle devait alerter le conseil de tutelle et quelles dépenses elle-même devait justifier.

Elle décida de passer le reste de l'après-midi avec les garçons. Bien sûr, elle devrait bien finir par s'habiller et descendre pour le dîner mais, avec un peu de chance, Lord Randall serait sorti. Si la douairière parvenait à convaincre son fils chéri de rester pour le repas, elle ne parlerait qu'avec lui. Faith pourrait rester silencieuse dans son coin, sans avoir besoin de justifier de son peu d'envie de converser avec ce répugnant personnage.

Par bonheur, elle avait laissé le livre de contes dans la salle de classe et n'aurait pas besoin de redescendre le chercher dans la bibliothèque.

Soulagée, Faith ouvrit la porte et pénétra dans la vaste pièce ensoleillée.

À son grand ravissement, les garçons l'accueillirent avec des cris de surprise et de joie qui devinrent encore plus exubérants quand elle leur apprit qu'elle resterait avec eux jusqu'à l'heure du dîner. La cuisinière leur ferait monter leur thé à cinq heures et ils le prendraient tous ensemble.

Même Edward daigna sourire à l'annonce de la bonne nouvelle, ses beaux yeux bleus brillant de plaisir malgré tous ses efforts pour conserver l'impassibilité propre au gentleman qu'il était. Elle les rassembla autour de la grande table et commença sa lecture.

*
* *

Le soulagement que Faith éprouva quand, pénétrant dans la salle à manger ce soir-là, elle s'aperçut de l'absence de son beau-frère lui démontra qu'elle redoutait de le rencontrer encore plus qu'elle ne l'imaginait. Elle supporta avec une bonne humeur inhabituelle l'esprit caustique de la duchesse douairière qui ne manqua pas de critiquer abondamment l'absence de sa belle-fille ce matin-là et le fait que les enfants n'avaient plus de leçons. Sans compter que Faith avait passé l'après-midi enfermée avec eux au lieu de venir lui tenir compagnie.

Contrairement à ses habitudes, la douairière, qui était gourmande et aimait accorder toute son attention aux bons petits plats qu'elle commandait aux cuisines, poursuivit ses jérémiades tout au long du repas. Elle regrettait le manque de dévouement de son cher fils qui était sorti alors qu'elle lui avait demandé de les accompagner en soirée. Quelle ingratitude, n'est-ce pas, pour un garçon nourri et logé aussi complaisamment ? Puis, paraissant soudain prendre conscience que le portrait qu'elle faisait de son cher Randall ne cadrait pas avec celui, plus flatteur, qu'elle avait coutume de dépeindre, elle vira de bord.

Bien sûr, le cher enfant était très occupé, n'est-ce pas ? Un gentleman de son rang, doté d'un tel charme et d'une telle intelligence, était très demandé. Il fréquentait le meilleur monde où il pouvait trouver les divertissements les plus recherchés. On ne pouvait lui reprocher de les préférer à la compagnie de deux veuves confinées dans leur chagrin.

Se mordant les lèvres pour ne pas rire, Faith éprouva un soudain élan de sympathie pour la pauvre femme qui n'avait plus d'avenir et, en dehors de l'amour qu'elle portait à son dégénéré de fils et de ses soirées mondaines insipides, quasiment pas de présent. Comme il devait être douloureux de savoir, car la vieille dame avait ses moments de lucidité, que son fils adoré ne venait la voir que pour lui soutirer de l'argent !

Jamais Faith ne se trouverait dans pareille situation, elle s'en fit la promesse solennelle. D'où l'importance de choisir le précepteur adéquat pour donner à ses fils un esprit ouvert et généreux. La deuxième étape serait de leur consacrer le plus de temps possible pour qu'ils apprennent à mieux connaître leur mère et à nouer avec elle un rapport de confiance et de respect.

Pour la première fois depuis que les deux femmes s'étaient rencontrées, Faith ne vit pas sa belle-mère comme une aristocrate pleine de morgue toujours prête à l'humilier en public mais comme une vieille femme solitaire et mal aimée.

Peut-être était-ce sa nouvelle confiance en elle et cette impression de renaissance qui donnaient à Faith un regard nouveau sur les choses et sur les gens. Plus jamais elle ne redouterait les remarques acerbes de sa belle-mère. Mais elle n'accorderait pas pour autant plus de temps que nécessaire à une femme qui n'avait jamais fait preuve de la moindre affection à son égard. Pas plus qu'elle ne tolèrerait désormais la moindre ingérence de sa part dans l'éducation de ses garçons. Mais elle se le promit : elle ferait en sorte que le temps qu'elles devaient passer ensemble soit le plus agréable possible.

Forte de cette résolution, elle se laissa entraîner à un raout donné par l'une des vieilles relations de sa belle-mère, la marquise douairière de Hargrave. À la grande contrariété de Faith, la fille de cette femme, Lady Mary, jolie poupée de porcelaine à la voix douce qui ne manquait jamais une occasion d'humilier ses semblables, figurait parmi les invités.

— Ma chère duchesse ! s'exclama cette harpie en jupons du plus loin qu'elle l'aperçut.

Et, se précipitant sur elle, elle enfonça ses petites griffes acérées dans l'avant-bras de Faith pour l'entraîner vers le cercle de ses amies.

— Comment allez-vous, ma chère ? Vous paraissez particulièrement mal en point, ce soir. Vous n'êtes pas malade, j'espère ? Bien sûr, le choc qu'a dû vous faire la mort si brutale de ce pauvre Ashedon… et surtout de cette horrible manière !

Quelques semaines auparavant, Faith se serait recroquevillée dans sa coquille et n'aurait répondu que par monosyllabes. Mais elle s'avisa soudain que les piques de Lady Mary faisaient toujours allusion à Ashedon et à ses fréquentations féminines. Aurait-elle fait partie de celles-ci, pour être ensuite rejetée ? Comme cela avait dû être blessant d'être supplantée par des femmes de condition inférieure ! Et de devoir admettre qu'une femme comme Faith, qu'elle considérait comme stupide et insignifiante, avait donné trois beaux enfants à son mari.

— Vraiment ? Comme c'est curieux ! Je me sens pourtant en grande forme. Figurez-vous que les enfants et moi avons passé la matinée au parc. L'air y était tout à fait délicieux. Quant à ce pauvre Ashedon, vous savez aussi bien que moi que cela faisait un certain temps que nos rapports s'étaient pour le moins distendus.

Mrs Pierce-Compton, l'une des amies de Lady Mary, s'exclama :

— Vous avez emmené vos enfants à Hyde Park vous-même ! Mais pourquoi ? Il est vrai que vous avez renvoyé votre précepteur…

Sa voix resta un instant suspendue, puis elle ajouta avec un petit ricanement, les yeux réduits à une mince fente :

— Pensiez-vous qu'il avait de mauvaises fréquentations, lui aussi ? Et qu'il finirait sa vie dans un fiacre ?

Le sang de Faith ne fit qu'un tour. Plantant son regard dans celui de son interlocutrice, elle la dévisagea sans sourire. Après une longue minute, Mrs Pierce-Compton baissa les yeux et bafouilla :

— Ce… Ce n'était qu'une plaisanterie, duchesse.

Faith lui tourna le dos sans un mot et s'éloigna du petit groupe pétrifié. Ce ne fut qu'une fois qu'elle eut gagné la pièce voisine et qu'elle se fut emparée d'un verre de vin blanc sur le plateau qu'un domestique lui présentait qu'elle s'aperçut que, inconsciemment, elle avait appliqué la fameuse technique de Lady Lyndlington.

Elle ne put retenir un sourire.

Vous aviez raison, ma chère amie. C'est très efficace. Et Dieu que cela fait du bien !

Elle venait de vivre le meilleur moment qu'elle eût passé en société depuis longtemps.

Décidément, c'était un jour béni. Faith s'était enfin débarrassée de l'ascendant que sa belle-mère exerçait sur elle depuis son mariage et voilà que, maintenant, elle savait comment neutraliser ses ennemis. Elle se sentit d'humeur joyeuse et pleine d'allant et éprouva la soudaine envie de partir à la conquête du monde.

Merci, David et Maggie, de m'avoir aidée à regagner mon assurance.

À son grand amusement, après sa petite passe d'armes avec Mrs Pierce-Compton, les quelques autres langues de vipère de la compagnie l'évitèrent du mieux qu'elles purent, peu désireuses de se voir traiter de la même manière. Faith parvint même à avoir une conversation éclairée avec son hôte, Lord Hargrave, à propos de la prochaine réforme de la législation.

Elle passa un bien meilleur moment qu'elle n'aurait osé l'espérer. Et si le bruit de la nouvelle considération qu'elle venait de gagner ce soir arrivait aux oreilles de cette bonne société qu'elle était obligée de fréquenter, ce serait un jour véritablement béni des dieux.

Sinon, elle en serait quitte pour recommencer auprès

de ses prochains détracteurs. Ce genre de petites victoires pouvait lui coûter un bon nombre d'invitations prestigieuses, mais elle s'en souciait comme d'une guigne. Et en plus, c'était tout à fait amusant !

Sa résolution de se montrer agréable avec sa belle-mère fut mise à rude épreuve durant le trajet du retour. La vieille dame commença par réprimander sa belle-fille à propos de son comportement discourtois à l'égard de Lady Mary.

— Vous vous rendez compte, ma chère, la fille de notre hôtesse, une marquise !

Puis elle revint sur le comportement ingrat de son fils, si cruellement désagréable avec elle. Il n'avait même pas daigné paraître à l'un des raouts les plus importants de l'année. Il fallut à Faith toute sa maîtrise d'elle-même pour ne pas rétorquer à la douairière que, si elle voulait voir plus souvent son digne rejeton, il lui suffisait de ne pas le gaver d'argent. Il reviendrait lui manger dans la main comme un petit chien à chaque fois que ses poches seraient vides.

Mais l'assurance que Faith venait de reconquérir fut désagréablement remise en question quand le carrosse s'arrêta devant le perron de Berkeley Square. À peine eut-elle mis le pied dans le hall qu'elle se sentit prise d'une terrible appréhension, s'attendant à rencontrer Lord Randall au détour de chaque corridor. Dans la pénombre des escaliers. Devant la porte de sa chambre, en train de faire le guet.

À moins qu'il ne soit fourré dans le lit de quelque fille de joie, souhaita-t-elle de tout son cœur en verrouillant soigneusement sa porte avant de bloquer la poignée avec une chaise.

Elle s'endormit avec un sourire en songeant à ses enfants, à leurs cris de joie devant le spectacle des chevaux et des acrobates d'Astley's. Et au bel homme, gentil, courtois et serviable qui leur avait offert ce cadeau et qu'elle ne savait comment séduire.

Faith fut réveillée par une sensation de lumière derrière ses paupières. L'aube, déjà ? se demanda-elle confusément. Elle eut la sensation d'une présence dans la chambre. Se réveillant tout à fait, elle s'assit et vit Lord Randall debout au pied de son lit, une bougie à la main.

— Comment êtes-vous entré ?

Il rit et, posant son bougeoir sur une commode, s'approcha d'elle.

— Si vous ne voulez pas qu'on entre chez vous, ma chère petite sœur, il vous faut également condamner l'entrée de service.

Faith étouffa un juron. Elle avait expliqué aux domestiques qu'elle bloquait sa porte avec une chaise pour qu'elle ne soit pas ouverte par les courants d'air venus du hall, ce qui était à peu près plausible. Mais en faire autant avec la porte par où passait la femme de chambre pour faire son service, surveiller le feu et apporter le café le matin, pouvait éveiller la curiosité.

— Jamais il ne me serait venu à l'idée que vous passeriez par là. Vous êtes donc tombé bien bas ?

La bouche veule de Randall s'étira en un lent sourire.

— Pas de grands mots, je vous prie. Mettez cela sur le compte de vos irrésistibles attraits.

— Sortez !

— Et moi qui espérais que vous me demanderiez de rester !

— Vous ne comprenez donc pas ? s'exclama Faith exaspérée. Je vous ai pourtant dit que j'étais armée. C'est assez clair, n'est-ce pas ? Jamais je ne céderai à vos avances et je suis lasse de ce petit jeu.

Fouillant dans le tiroir de sa table de nuit, elle en sortit le petit pistolet à crosse de nacre auquel elle avait déjà fait allusion.

— Je préférerais ne pas déranger toute la maisonnée, et encore moins leur faire peur, mais si vous me touchez je vous préviens que je n'hésiterai pas à tirer. Je dirai ensuite pourquoi j'ai dû en arriver là.

Son visiteur importun s'approcha encore.

— Oh ! Je ne pense pas que vous le ferez, douce petite sœur. Non, non… Vous n'utiliserez pas ce pistolet, pas plus que vous n'appellerez. Parce que si vous le faites, je dirai que c'est vous qui m'avez invité. Et qui vous croira si vous prétendez le contraire, à votre avis ? Pas ma mère, en tout cas.

Il laissa échapper un rire aigu et poursuivit :

— Ne me dites pas que vous comptez sur le petit politicien de bas étage qui passe son temps à renifler le bas de votre jupe ? Si vous lui avez déjà laissé prendre quelques libertés avec vous, il sera tout prêt à croire que vous faites la même chose avec les autres.

Faith se figea, prise d'une soudaine panique. N'était-ce pas elle qui avait incité David à l'embrasser ? Pourtant, il lui avait dit qu'elle représentait à ses yeux la pureté même. Si Randall prétendait qu'elle l'avait attiré dans sa chambre, qui croirait-il ?

À la pensée qu'elle pourrait perdre l'estime de l'homme auquel elle tenait le plus au monde, Faith fut envahie d'un grand froid.

Randall tira profit de sa distraction pour se pencher sur elle et lui emprisonner les poignets. Puis, d'un geste brusque, il lui arracha le pistolet des mains.

— Il me semble que vous pouvez vous passer de ceci, ma chère. Il est grand temps de passer aux choses sérieuses… Je suis certain que mon frère, qui avait d'excellentes fréquentations, vous a appris quelques petits tours… Où le vice va-t-il se nicher, n'est-ce pas ? En tout cas, autant que ce soit moi qui en profite. Il vaut mieux que cela reste en famille.

Écœurée jusqu'à la nausée, Faith fixait l'arme d'un regard hypnotisé. Elle n'osait se débattre de peur de faire partir le pistolet par erreur.

— La … la seule chose que je vais vous montrer, parvint-elle enfin à articuler d'une voix rauque, c'est la porte.

Le visage du bellâtre se durcit et ses yeux lancèrent une lueur mauvaise.

— Je n'en suis pas du tout convaincu. Vous m'avez mis hors jeu pendant plusieurs jours avec votre coup mal placé et j'ai du retard à rattraper. Alors ma petite, vous allez vous servir de ces chers petits genoux pour vous agenouiller devant moi et embrasser cet endroit que vous avez si cruellement maltraité.

Il fit courir les doigts de sa main libre sur les lèvres de Faith qui se retint pour ne pas le mordre. Mais, comme il introduisait ses doigts dans sa bouche, elle le repoussa brutalement et arracha son poignet à son étreinte. Puis, d'un coup de pied, elle lança le pistolet hors d'atteinte de son agresseur.

— Jamais je ne me laisserai faire, Randall. Votre comportement est indigne d'un homme bien né.

Il eut un rire aigu.

— On voit que vous connaissez mal le monde, ma petite. Un homme de mon rang peut tout se permettre. Je suis persuadé, au contraire, que vous allez m'obéir bien gentiment. Imaginez que j'aille voir ce conseil de tutelle qui s'occupe de vos enfants. Vous voyez d'ici le tableau, n'est-ce pas ? Le brave oncle très inquiet pour ses chers neveux et qui, après moult hésitations, ne peut faire autrement que de révéler que sa belle-sœur emmène ses enfants lors de ses rendez-vous avec son amant ! Un amant sorti d'on ne sait où et prêt à tout pour tirer quelque avantage d'une liaison avec une duchesse. J'imagine facilement la tête de ces respectables personnages. Comment laisser trois innocents de la plus haute naissance à la garde d'une mère indigne qui n'hésite pas à traîner son titre dans la boue pour satisfaire ses instincts les plus vils ? Du reste, ne suffirait-il pas que je leur révèle que cette honorable mère de famille complote avec les gens du peuple pour qu'elle soit déclarée irresponsable ?

Stupéfaite par tant de ruse et de vilenie, Faith, le désespoir au cœur, restait muette. Elle savait que la douairière, et la plupart des gens du monde qu'elles fréquentaient toutes les deux, désapprouveraient totalement son amitié avec David. Lord Randall se montrerait-il assez persuasif pour convaincre le conseil de tutelle de ses fils de sa mauvaise conduite ? Le fait de fréquenter des gens d'un rang inférieur suffirait-il à la déconsidérer au point qu'on lui retire ses enfants ?

Hélas, Randall ne manquerait pas de témoins pour confirmer que c'était bien en compagnie de David qu'elle et ses fils avaient été à Astley's.

— Oui ma chère sœur, pensez-y bien. Aux yeux des tuteurs de vos fils et à ceux du monde, quelle parole pèse le plus lourd ? Celle du fils et frère d'un duc, appartenant au meilleur rang de la société, ou celle d'une épouse sotte et effacée qui n'a jamais réussi à tenir le rang qui lui était échu ?

Il la reprit par les poignets et posa de force l'une des mains de Faith sur son sexe en érection.

Furieuse et révulsée, elle se débattit comme un chat en colère.

— Là, là... Inutile de vous débattre. Voyez dans quel état vous m'avez mis. Mais vous n'êtes pas en état de batifoler, je le vois bien. Allons, vous êtes une femme intelligente, vous comprendrez vite où sont vos intérêts. La prochaine fois, je suis sûr de vous trouver douce comme un agneau.

Se penchant sur elle, Randall lui administra un baiser

brutal puis, sans se presser, il gagna la porte. Là, se retournant avec un sourire aimable, il lui souhaita une bonne nuit du même ton affable que s'il était venu bavarder quelques instants. Et, ôtant la chaise inutile de dessous la poignée, il quitta la chambre.

Faith, tremblant de colère, se frotta énergiquement les lèvres. Les pensées tourbillonnaient dans sa tête. Elle ne se souvenait pas du nom des tuteurs, certes, mais il lui paraissait peu vraisemblable que des hommes dignes de confiance puissent la considérer comme une mère indigne du seul fait qu'elle avait dans ses relations un membre de la Chambre des communes. Surtout s'il s'agissait d'un ami de sa famille.

Mais si Randall prétendait que cet homme était son amant et qu'elle emmenait ses enfants à leurs rendez-vous, cela pouvait lui être très dommageable, en effet.

Le cerveau en feu, elle tourna et retourna les mêmes idées, allant jusqu'à se rappeler ces deux jeunes servantes qu'ils avaient eues un temps à leur service et qui avaient été renvoyées par le maître d'hôtel pour mauvaise conduite. Bien que les deux jeunes filles n'aient fait aucune tentative pour attirer Ashedon dans leur lit, c'était elles qui avaient dû payer les pots cassés.

Lord Randall étant l'accusateur, il y avait fort à parier que les tuteurs, qui ne la connaissaient pas et étaient issus du même milieu que son beau-frère, seraient enclins à le croire, lui. Ils ne se donneraient probablement même pas la peine d'écouter la défense de Faith. Les torts étaient toujours du côté de la femme et il était notoire qu'un gentleman ne ferait jamais de propositions à une dame si celle-ci n'avait pas fait le premier pas.

Sa sœur Sarah ne croirait pas les allégations de Randall, bien sûr. Mais elle n'avait aucun pouvoir. Et Englemere ? Quelle position adopterait-il ?

Et David ? Surtout David ! Après tout, Faith avait

bel et bien essayé de le séduire. L'accusation de Randall l'indignerait-elle au point qu'il se refuserait à croire ses dénégations ?

Pis encore, réalisa-t-elle soudain. Son beau-frère venait de retirer tout son sens à la démarche qu'elle voulait faire auprès des tuteurs pour s'informer de ses droits auprès de ses enfants. Si, maintenant, elle l'accusait de vouloir détourner leurs revenus, il prétendrait tout bonnement que c'était pour le discréditer parce qu'il avait refusé ses avances.

Si Sarah ne pouvait pas l'aider, si ni Englemere ni David ne voulaient accorder foi à ses paroles, comment pourrait-elle tenir tête à Randall et garder ses enfants ?

Désespérée, Faith étouffa un sanglot. S'exhortant au calme elle prit une longue inspiration, et une autre encore.

Elle ne céderait pas à la panique.

Elle avait supporté neuf années de mariage avec un homme qui l'avait utilisée sans scrupules puis méprisée. Et, après que la mort de cet homme l'avait délivrée de lui, elle avait fait le vœu de ne plus jamais être utilisée ni manipulée par personne. Elle ne laisserait pas Ashedon briser cette promesse.

Et encore moins détruire sa vie.

Elle ne dormirait plus cette nuit. Autant consacrer les heures qui la séparaient encore de l'aube à élaborer un plan pour prendre ce triste individu à son propre piège.

Chapitre 11

Deux jours plus tard, dans l'après-midi, David sautait de son fiacre devant la maison de ville de Giles et Maggie. Ils avaient organisé une rencontre entre députés influents des deux Chambres et des membres particulièrement représentatifs de la société. Le but de cette rencontre, à l'initiative de Lord Coopley, était d'engager ces différentes personnalités à encourager leurs pairs à assister aux différentes réunions et au vote décisif qui allait bientôt avoir lieu sur le *Reform Bill*.

Bien qu'exalté par la perspective de voir leurs efforts aboutir enfin, David ne se cachait pas qu'il était surtout impatient de revoir Faith.

C'était déraisonnable et ce serait probablement, tôt ou tard, source de tourments, mais dès qu'il échappait à la concentration qu'exigeait sa tâche de député, son esprit revenait à elle. Dans ses rêves, il devait bien l'avouer, elle avait pris la place de toutes ses stratégies concernant la réforme du gouvernement.

C'était surtout dans ces moments flous entre la veille et le sommeil que son esprit et ses sens étaient envahis par des images de la jeune femme. Il cherchait sans cesse derrière ses paupières closes la nuance exacte du bleu de ses yeux, du blond de ses cheveux. Il caressait du regard la ligne de ses épaules, sentait de nouveau le contour de ses joues dans la paume de ses mains, la douceur ferme de ses seins contre son torse.

Et, le matin, il se réveillait brûlant de désir et de tendresse mêlés pour s'apercevoir que tout cela, les images, les sensations, le goût, n'étaient qu'une illusion. La surprise et le désappointement le rappelaient brutalement à la réalité, ne lui laissant plus que le sentiment d'un grand vide.

À la brutale lumière du jour, grâce à la maîtrise de lui-même dont il avait toujours su faire preuve, il parvenait à juguler sa déception et sa colère. Mais dans son état de demi-sommeil, l'idée qu'il n'avait pas le droit de demander à cette femme de partager sa vie ne faisait qu'attiser sa volonté de la faire sienne.

Tel Sisyphe poussant son rocher, il lui fallait chaque jour se battre contre lui-même pour accepter les lois injustes d'un monde dont il n'avait que le droit de frôler les limites.

Voilà pourquoi cet après-midi lui était si précieux. Dans un salon rempli d'invités, il pourrait voir Faith et lui parler à loisir. Exposé aux regards de nombreux témoins, il lui serait plus facile de brider son envie croissante d'envoyer ses principes par-dessus bord et de tenter de la conquérir.

Pas comme amante. Comme épouse.

Il n'avait pas besoin du monde, cela dit, pour calmer ses ardeurs. Il avait parfaitement conscience qu'épouser Faith serait un acte égoïste qui ne ferait qu'humilier la jeune femme et la rabaisser aux yeux de ceux de son rang. Parce qu'il savait pertinemment qu'aussi sûrement que la terre était ronde, malgré la place qu'il s'était acquise sur la pyramide du pouvoir, aux yeux de la gentry il n'était rien. Ou, dans le meilleur des cas, qu'il demeurait tout en bas de l'échelle.

David tendit sa canne et son chapeau au maître d'hôtel et gravit les escaliers jusqu'au salon d'où émergeait un brouhaha de voix. Planté sur le seuil de la vaste salle, il attendit qu'on l'annonce, parcourant la foule d'un regard impatient à la recherche du seul visage qu'il voulait voir.

Faith était là, devisant avec Maggie devant la cheminée. Comme attirée par un aimant, elle leva les yeux. Dès que leurs regards se rencontrèrent, David éprouva l'habituelle vibration qui les reliait toujours comme un fil invisible. Mais il remarqua aussi qu'elle paraissait lasse et préoccupée. Il le voyait à l'ombre mauve qui cernait ses beaux yeux, aux rides imperceptibles qui marquaient son front et que seul pouvait remarquer quelqu'un qui avait si longtemps contemplé ce visage.

Ce qui perturbait la jeune femme depuis leur belle journée au cirque ne paraissait pas avoir trouvé de solution.

La décision de David fut vite prise. Il saurait ce qui n'allait pas. Pour cela, il lui fallait trouver le temps de s'entretenir en privé avec Faith au cours de l'après-midi.

Il se plia aux politesses d'usage et alla saluer son hôtesse et son hôte puis les membres du Parlement les plus âgés avant de revenir, telle l'aiguille de la boussole toujours attirée vers le nord, auprès de la seule personne qui comptait vraiment.

— Ravi que vous ayez pu venir, duchesse.

Le regard bleu pervenche pétilla gaiement.

— Enchantée de vous revoir, Mr Tanner Smith. J'espérais bien que vous seriez ici.

Il sourit.

— Tout le plaisir est pour moi. Vous ajoutez le charme et la beauté à une réunion qui, sans vous, se serait révélée fort ennuyeuse.

Elle rosit sous le compliment.

— À dire vrai, j'espère en apprendre assez aujourd'hui pour parler de ce projet de loi sans dire de bêtises. Ainsi, lors de mes prochaines soirées, je pourrai convaincre tous ces messieurs de voter cette nouvelle loi. Imaginez-vous cela ? ajouta-t-elle en riant. Tous ces gentlemen issus des plus vieilles familles d'Angleterre se prononçant en faveur d'une loi qui donne quasiment le droit de vote à leur palefrenier !

Il rit aussi, mourant d'envie de baiser cette jolie bouche rose.

— Lord Lyndlington et Lord Coopley étaient justement en train de me dire, poursuivit-elle, inconsciente de son émoi, que selon eux, le projet de loi serait lu devant les deux chambres dans la quinzaine. Il devrait sûrement passer devant les Communes.

Il acquiesça.

— Je le pense aussi. Ce qui veut dire qu'il sera présenté aux Lords juste après. Tout ce que vous pourrez faire pour favoriser un vote aussi important sera très apprécié.

— Je vous promets de faire mon possible. J'ai déjà pu toucher un mot de tout cela avec mon hôte, Lord Hargrave, il y a deux jours… Si vous saviez ! J'ai passé tellement de soirées le nez dans ma coupe de champagne ou ma tasse de thé, à supporter des conservations insipides ou malveillantes ! Le pauvre homme a dû être sidéré de voir que je pouvais avoir de la conversation.

— S'il vous connaît, même juste un peu, il ne peut penser cela.

— D'ordinaire, je ne parle pas avec les hommes. Ni avec grand-monde, du reste, de peur de devoir supporter ensuite les remontrances de la duchesse douairière sur ce que j'aurais dû dire ou ne pas dire, et à qui j'aurais dû adresser la parole ou pas. Sans compter les sarcasmes de feu mon mari qui était persuadé que les femmes n'ont pas leur mot à dire.

— Vous devez vous sentir merveilleusement libre depuis…

Il n'acheva pas sa phrase, de peur de la choquer.

Le regard de Faith s'assombrit et elle détourna la tête un instant.

— Je vous dois des remerciements, dit-elle enfin.

Devant son regard surpris, elle expliqua :

— Encouragée par Lady Lyndlington et vous-même lors de cette même soirée, j'ai réussi à rabattre le caquet d'une impertinente. Et à en dissuader du même coup quelques autres de m'importuner.

À ce souvenir, son ébauche de sourire se transforma en un rire léger, délicieusement cristallin.

David la dévorait des yeux, réjoui jusqu'à l'âme. Le rire de Faith était comme un rayon de soleil dans un ciel maussade : un véritable enchantement.

— Figurez-vous, continuait Faith, inconsciente du charme qu'elle exerçait sur son interlocuteur, qu'après que j'ai désarmé la plus virulente d'entre elles, ces dames avaient l'air de me craindre comme la peste. La douairière a eu beau me prévenir qu'avec un tel comportement je ne serais plus invitée nulle part, je suis hélas persuadée du contraire. Les dames de la société seront certainement curieuses de voir de leurs propres yeux la métamorphose inattendue de la douce petite Faith Wellingford en vraie duchesse.

— Mais vous êtes une vraie duchesse, Faith. À mon grand dam, ajouta-t-il dans un souffle.

Une soudaine gravité remplaça la gaieté dans le regard de la jeune femme.

— Je préférerais ne pas l'être, soupira-t-elle, les sourcils froncés. C'est une telle responsabilité. Il y a mon rang à tenir… et surtout, mes fils. Il faut qu'Edward bénéficie de la meilleure éducation possible pour assumer son rôle quand il en aura l'âge. Mais je ne veux pas qu'il affiche cette morgue imbécile qui était la caractéristique de mon défunt mari. Et de son frère, ajouta-t-elle en baissant les yeux.

Inquiet de l'expression angoissée de son visage, David aurait voulu l'interroger davantage mais Giles appelait ses invités à prendre place, et Maggie les poussait vers les sièges disposés en demi-cercle devant une petite estrade où les responsables politiques allaient prendre la parole. David parvint à s'asseoir près de la duchesse mais il lui fallait maintenant patienter jusqu'au moment des rafraîchissements, qui seraient servis dans la salle voisine.

Au bout de deux longues heures occupées par plusieurs harangues et un feu roulant de questions et de réponses, le moment vint enfin de se retrouver dans le grand salon. Bondissant sur ses pieds, David s'empara d'autorité du bras de sa compagne et l'aida à traverser la foule.

— Voilà un grand nombre d'informations délivrées en un temps relativement court. Un peu d'air nous fera du bien. Que diriez-vous d'une promenade dans le jardin après votre thé ? Vous aurez eu le temps de digérer tout cela et vous pourrez me poser toutes les questions qui vous passeront par la tête.

Bien que l'invitation ait été formulée de sorte que les éventuels témoins n'y voient qu'une invitation courtoise, David vit dans le regard brillant de Faith qu'elle avait compris qu'il cherchait un peu d'intimité. Et, à son vif soulagement, elle acquiesça aussitôt.

— Sage proposition. J'ai certainement besoin de vos lumières sur tout cela.

Impatient de la retrouver enfin en tête à tête et de lui faire dire ce qui la tracassait, David avala promptement sa tasse de thé, un Lapsang Souchong pourtant excellent, engloutit en trois bouchées une tranche de cake à l'orange dont il ne sentit pas le goût et rongea son frein tandis que Faith dégustait tranquillement le sien avec des airs délicats de petite chatte gourmande. Il piétinait littéralement quand, enfin, elle lui annonça qu'elle était prête pour leur petite promenade.

En traversant les salons pour sortir par l'une des portes-fenêtres, il croisa le regard interrogateur de Maggie.

N'oubliez pas votre promesse, mon cher, semblait-il lui intimer.

David fut aussitôt envahi par un flot de sentiments contradictoires. Bien sûr, il avait promis de ne pas tenter de séduire la jeune duchesse. Encore moins de lui demander sa main. Mais si l'honneur lui commandait de ne provoquer aucun trouble dans la vie de Faith, les impératifs de l'amour n'en étaient pas moins brûlants. Ils étaient faits l'un pour l'autre, il en était certain, et lui demander, à lui, de passer outre cette évidence était bien cruel.

Avait-il eu tort de faire cette promesse ? Serait-il capable de la tenir ?

Sitôt qu'ils furent à l'abri d'une haie de lilas, il en vint à ce qui le préoccupait.

— Je ne voudrais pas paraître indiscret, mais je n'ai pu m'empêcher de remarquer que vous paraissiez anxieuse, depuis quelque temps. Auriez-vous des soucis ?

La flamme sombre qui traversa fugitivement le regard de son interlocutrice, puis sa brusque pâleur, lui révélèrent qu'il avait vu juste. Il n'en fut que plus déterminé à savoir de quoi il retournait.

— Non, non, rien, en vérité. Enfin, c'est-à-dire qu'il y a bien quelque chose. Mais ce n'est pas grave. Je devrais pouvoir régler cela toute seule, ajouta Faith précipitamment, alors que l'expression soucieuse de son regard contredisait la fermeté de son ton.

Tout en parlant, elle frottait machinalement son poignet droit à l'endroit où la manche de son spencer rencontrait le haut de son gant de dentelle. Quand elle retira ses doigts, David aperçut une marque bleuâtre sur la fine peau blanche. Une marque qui ressemblait terriblement à… une ecchymose.

Sans même se demander s'il outrepassait les convenances, David se saisit du fin poignet, repoussa le gant et la manche et révéla en pleine lumière une contusion d'un bleu sombre qui l'encerclait complètement.

La surprise et l'indignation balayèrent toute prudence.

— Grands dieux, Faith, mais que vous est-il arrivé ?

Pâle comme une morte, Faith essaya de le rassurer, les lèvres tremblantes. Mais les mots lui manquèrent.

— Ce n'est rien… Je… Oh ! Je… je suppose que, maintenant, je ne peux plus nier.

Un rideau de larmes voila son regard. Elle le balaya d'un geste rageur.

— Non, en effet !

Il essuya tendrement du pouce une larme solitaire qui descendait lentement le long de la joue de Faith.

— Me voilà plus inquiet que jamais. Vous allez me dire que je ne peux rien faire mais je puis au moins vous écouter. Parfois, partager ses soucis les fait paraître moins lourds.

Elle secoua la tête.

— Et voici mon cher Davie, toujours prêt à prendre sur lui toute la peine du monde !

— Non, pas celle du monde entier. Seulement la vôtre. Pour le moment tout du moins.

— Et je vous en remercie. Je ne vous dirai jamais assez combien vos encouragements m'ont fait du bien et m'ont permis de me rappeler la personne sûre d'elle, efficace et joyeuse que j'étais… il y a bien longtemps. Cette Faith que j'aimerais redevenir.

— Eh bien, si tout ce que j'ai obtenu c'est que vous gardiez vos problèmes pour vous seule, je ne suis pas fier de moi.

Effleurant délicatement l'ecchymose qui meurtrissait le poignet de sa compagne, il reprit :

— Et n'essayez pas de me faire croire que vous vous êtes heurtée contre un meuble. Il faut y aller fort pour provoquer un bleu pareil. Notre duchesse douairière se mettrait-elle à devenir violente ?

— La… la douairière ? répéta Faith, étonnée… Oh non, bien sûr que non.

— Un domestique, alors ? Mais j'imagine mal ce digne maître d'hôtel entraperçu l'autre jour…

— Mon Dieu, non, rien de tel !

Faith se tut, la bouche serrée, le regard au loin, débattant visiblement avec elle-même de ce qu'elle pouvait dire.

— Parlez, Faith, je vous en prie. Comment pourrais-je retourner au milieu de tous ces gens en faisant comme si de rien n'était alors que je suis certain, maintenant, que quelqu'un vous fait du mal ? Est-il nécessaire que vous quittiez Londres avec les enfants ? Dois-je vous accompagner séance tenante chez votre sœur ?

— Non ! s'écria-t-elle, visiblement apeurée. Il est absolument essentiel que vous ne preniez aucune initiative… Je… je n'aurais pas dû accepter cette promenade.

Il avait dû sursauter devant tant de virulence car elle ajouta d'un ton pressant, le saisissant par le bras :

— Pardonnez-moi, David. Je ne voulais pas vous blesser. Si je le pouvais, c'est à vous plus qu'à tout autre que je demanderais de m'aider. Mais… en l'occurrence, cela m'est impossible.

Piqué au vif par ce manque de confiance, David retira son bras. Il aurait dû opiner du chef, saluer son interlocutrice et la reconduire au salon. Mais il en fut incapable.

— Avant que je vous délivre de mon inopportune présence, pourrais-je au moins savoir pourquoi mon aide est aussi malvenue ?

De nouveau, les yeux de Faith se remplirent de larmes.

— Oh David ! Vous savez très bien que je ne pense pas cela de vous… Je vais tout vous dire. Mais auparavant, vous devez me promettre de ne rien faire pour m'aider.

David retint un soupir. Encore une promesse qu'il ne pourrait pas tenir.

— Disons que… si je juge que mon intervention ne

ferait qu'aggraver les choses, alors seulement je vous promets de ne pas intervenir.

S'emparant de son bras, Faith l'attira plus loin sous le couvert des arbres.

— Je vous ai parlé de ce premier soir où j'ai rencontré mon beau-frère, Lord Randall. Peu de temps après, la douairière l'a invité à s'installer chez nous. Elle espérait le voir plus souvent, mais en réalité il ne refait surface que lorsqu'il a besoin d'argent. Malheureusement, à l'occasion d'une de ces rares visites il a commencé à se montrer très entreprenant à mon égard.

David bondit.

— La sale brute ! Le goujat ! Cela ne m'étonne pas de lui, avec la réputation dont il jouit dans tout Londres... Mais s'en prendre à sa propre belle-sœur ! Une jeune veuve !

— C'est tout Lord Randall, en effet. Ne voyant jamais plus loin que son propre plaisir.

— Eh bien ! Je jure qu'il le paiera cher, articula David entre ses dents. S'il ose passer encore une seule fois la porte de Berkeley Square, il a toutes les chances de la franchir dans l'autre sens avec un coup de pied aux fesses !

— Mais c'est précisément ce que je ne veux pas que vous fassiez ! s'écria Faith. Vous ne devez avoir aucun contact avec lui. Ni confrontation, ni lutte, rien ! Il a commencé à jouer avec moi. À moins qu'il ait réellement cru que je manquais à ce point de compagnie masculine que j'étais prête à me jeter dans ses bras. Mais quand il a vu que je campais sur mes positions, il a changé de stratégie. Il... il nous a vus ensemble, vous, moi et mes fils, de retour de notre visite chez Sarah. Puis quelques jours plus tard de Hyde Park. Il m'a menacée, si je ne cède pas à ses avances, d'aller dire au conseil de tutelle des enfants que j'ai une liaison avec vous et que je suis dépravée au point de les emmener à nos rendez-vous.

— Mais c'est absurde. Vous connaissant, personne de sensé ne pourrait croire de telles fariboles.

— Mais les tuteurs ne me connaissent pas du tout. Pas personnellement. Ils ne savent de moi que ce qu'on murmure dans le monde à mon sujet. Que je n'ai jamais su tenir mon rang, qu'Ashedon n'avait aucune estime pour moi et que la manière dont il est mort a à jamais entaché notre nom. Ils peuvent se laisser persuader que j'ai voulu me venger en déshonorant mon rang et mes fils par une conduite immorale. J'aurais pour ce faire choisi tout exprès un homme issu du peuple et emmené mes fils pour qu'ils soient les témoins de mon forfait. Si vous prenez ma défense, cela ne fera que les convaincre que Randall a dit vrai.

David resta un moment silencieux, réfléchissant à ce qu'il venait d'entendre, tandis qu'ils arpentaient les allées du même pas fébrile.

— Vous n'allez tout de même pas céder à son chantage et vous sacrifier pour être sûre de garder vos fils ?

— Bien sûr que non ! Je le tuerais plutôt, comme je l'en ai menacé. Ou je me tuerais moi-même. Mais je dispose d'un peu de temps pour trouver une solution. Maintenant qu'il a prononcé son ultimatum, il s'imagine que ce n'est qu'une question de patience et que je finirai par comprendre que je n'ai pas le choix. Il ne reviendra pas tout de suite à la charge. D'abord parce qu'il me l'a dit. Ensuite parce qu'il ne vient à Berkeley Square que lorsqu'il est à court d'argent. Il aime ce jeu du chat et de la souris et le prolongera aussi longtemps que possible, juste pour le plaisir.

— Si je m'occupe de lui, il ne goûtera plus ce genre d'amusement, je vous le garantis.

— Je vous l'ai déjà dit, David, vous battre n'est pas une solution. N'allez pas vous salir les mains ou ternir votre réputation pour un tel individu. Non, je trouverai un autre plan d'action. Mais je vous l'assure, il ne me chassera pas de chez moi. Et je ne me rendrai pas à lui.

David s'arrêta net et, se tournant vers sa compagne, plongea son regard dans le sien.

— J'applaudis cette belle déclaration, ma belle amie. Mais comment vous y prendrez-vous, pouvez-vous me le dire ?

Il baissa les yeux sur son poignet meurtri et fut traversé par un nouvel éclair de colère.

— Vous n'imaginez tout de même pas que vous êtes assez forte pour lui résister, ajouta-t-il, crachant presque.

Elle soupira.

— Non, bien sûr. Si nous en venions encore aux mains, il serait le plus fort. Je dois donc trouver un autre moyen.

D'après l'expression qu'elle lut dans les yeux de David, sa réponse était bien faible, en effet. Et, s'il s'était écouté, il serait déjà parti provoquer son beau-frère en duel. Elle lui saisit les deux mains.

— Je vous en prie, David, promettez-moi que vous ne vous en prendrez pas à Lord Randall. Ne le poursuivez pas de votre vindicte, ne le provoquez sous aucun prétexte. Cela ne ferait que confirmer aux yeux de tous qu'il y a bien quelque chose entre nous. Randall serait trop content ! Un grand nombre de gens peuvent témoigner que nous passons du temps ensemble, à Hyde Park, ici, chez les Lyndlington. Et rien de ce que vous direz ne vaudra jamais la parole mensongère d'un individu comme Randall. Parce qu'il est un lord.

David donna un coup de pied dans un tas de gravillons qui allèrent s'éparpiller dans l'allée.

— Mais enfin ! Personne ne voit donc ce que vaut cet individu ? Ce menteur, ce débauché sans foi ni loi !

— Si, tout le monde le sait. Mais il est fils de duc et, dans notre milieu, c'est tout ce qui compte, rétorqua Faith avec amertume. Il nous faut rentrer mais, d'abord, vous devez me donner votre parole, David. Sinon, je ne dormirai plus du tout. Et… et je crains de ne plus pouvoir prendre le risque de sortir de nouveau avec vous et les garçons, même pour aller chez ma sœur. Je suis bien désolée de devoir faire ce sacrifice pour un pareil individu. Mais pour le moment, il est préférable que nous ne nous rencontrions qu'en société.

Faith paraissait à la fois si misérable et si furieuse en prononçant ces mots que David dut prendre sur lui pour ne pas lui saisir la main et l'emmener chez lui, en sécurité, dans son appartement d'Albany. Mais elle avait raison, au moins en partie. Il ne pouvait pas intervenir en personne, au risque de donner à Lord Randall des armes supplémentaires pour la menacer.

Elle risquait bel et bien de perdre ses fils.

Cette idée le frappa comme une gifle.

Faith n'y résisterait pas. Elle qui ne vivait que pour ses enfants ne pourrait supporter qu'on les confie à quelqu'un d'autre.

Non, ce n'était pas possible. Il ne ferait rien qui puisse mener à un pareil résultat.

Pour l'heure, il apaiserait les inquiétudes de la jeune femme par une promesse, décida-t-il, tandis que son cerveau échafaudait plusieurs scénarios. Une promesse très soigneusement formulée.

— Très bien, Faith. Je vous promets que je n'affronterai pas personnellement Lord Randall. Tout au plus aurai-je une petite explication avec lui.

Par chance, elle était trop émue pour penser à analyser les termes qu'il avait employés. Elle lui sourit, visiblement soulagée.

— Merci, David. Merci infiniment.

— Mais je veux que vous me fassiez une promesse en retour.

— Laquelle ? s'enquit-elle, de nouveau rembrunie.

— Si Lord Randall revient vous agresser dans votre chambre, je veux que vous hurliez à en faire sauter le toit. Criez d'abord, vous réfléchirez aux conséquences après. Si vous ne vous en sentez pas capable, partez dès aujourd'hui chez Sarah. Je ne suis peut-être rien aux yeux de votre monde, mais son mari est marquis. Lui, on devrait l'écouter.

Faith lui serra affectueusement la main.

— Votre opinion est la seule chose qui compte pour moi, David. Savoir que vous me faites confiance me donne le courage de me battre. Je n'irai pas chez Sarah. Du moins, pas si je peux faire autrement. Mais je vous promets que si Randall revient à l'attaque, je réveillerai la maisonnée par mes hurlements. Rentrons, maintenant.

Ils rebroussèrent chemin d'un pas lent. David avait fait tout ce qu'il avait pu. Il n'aspirait plus qu'à se retrouver seul afin d'élaborer une stratégie pour protéger Faith de son beau-frère. Pourtant, il allait devoir trouver en lui assez de patience pour deviser tranquillement au sein de cette noble assemblée le reste de l'après-midi.

Mais la prochaine fois qu'il reverrait la jeune femme, ce problème serait réglé.

Son plan était fait.

Chapitre 12

Il dut ronger son frein pendant toute la fin de la réunion chez Lord Lyndlington. Et, pour la première fois depuis qu'ils se connaissaient, c'est avec soulagement qu'il laissa Faith et Maggie autour d'une dernière tasse de thé pour rentrer chez lui.

— Gardez-la avec vous aussi longtemps que possible, murmura-t-il à l'oreille de son hôtesse tandis qu'il l'embrassait sur la joue. Je ne peux rien vous expliquer pour le moment, ajouta-t-il très vite quand elle leva la tête, les sourcils froncés, mais, surtout, ne lui posez aucune question.

Elle lui pressa gentiment le bras.

— Mais naturellement.

Il se tourna vers Faith.

— Duchesse, je compte sur vous pour porter la bonne parole autour de vous cette semaine et encourager vos amis à assister aux débats du Parlement.

— Chose promise, chose due, Mr Tanner Smith. Merci encore d'avoir pris le temps de cette petite promenade à l'air frais pour m'expliquer certains points encore obscurs.

— Ce fut un plaisir.

Elle lui sourit.

— Vos électeurs d'Hazelwick doivent avoir une grande estime pour vous, qui êtes si dévoué et tenez toujours vos promesses.

David, interceptant le regard perplexe de Maggie, s'inclina galamment.

— En effet, mesdames. Je tiens toujours parole.

Et, sur ces mots énigmatiques, après avoir informé Giles qu'il avait une course à faire avant de retourner au Parlement pour la soirée, il sortit.

Sachant déjà où il avait l'intention de se rendre, David décida de marcher un peu pour réfléchir aux derniers événements et s'assurer de la validité de son plan d'action.

Il n'éprouvait que dégoût pour un homme assez vil pour tenter d'attirer une femme dans son lit par la force. Que la femme en question soit sa jeune belle-sœur, récemment endeuillée par la mort de son époux, rendait le fait plus méprisable encore.

Et qu'il s'agisse en outre de sa chère Faith éveillait en lui des pulsions de meurtre.

Rien ne lui ferait davantage plaisir que d'affronter Evers en combat singulier pour qu'il ait en face de lui un adversaire à sa mesure. Mais il avait promis à Faith de ne pas intervenir directement. C'était frustrant, bien sûr, et il lui faudrait pour compenser une bonne séance de son sport favori, la boxe anglaise, avec un adversaire assez coriace pour pouvoir donner libre cours à sa hargne.

Faith avait raison. Son beau-frère était assez fourbe pour accuser David de l'avoir agressé pour le dissuader de révéler leur relation. Dans l'intérêt de la jeune femme, il était préférable qu'on ne puisse remonter jusqu'à lui. Mais outre le Parlement, il y avait certains endroits dans Londres où il était connu, ses compétences, respectées, et où il trouverait exactement l'assistance dont il avait besoin.

En certaines occasions, songea-t-il avec un rire amer, il n'était pas mauvais d'avoir des relations dans ce que les gens du monde appelaient les « bas-fonds ».

*
* *

Par chance, car il aurait eu du mal à expliquer ensuite à Giles ce qui l'avait à ce point retardé au Parlement, il trouva Mr Hines dans son officine.

— Mr Tanner Smith ! Heureux de vous revoir, dit l'homme en lui montrant une chaise après l'avoir gratifié d'une solide poignée de main. Tout se passe comme vous voulez, au Parlement ? Il paraît que vous allez enfin révolutionner notre bonne vieille Angleterre ?

— Je l'espère bien !

— Puisque j'ai le plaisir de votre visite, quelques nouvelles de notre dernière affaire... Nous avons retrouvé l'homme qui avait été payé pour tirer sur Lady Roberts, devenue Lady Lyndlington depuis son mariage. Les deux familles étant intervenues auprès du juge pour qu'il se montre clément, l'individu a été envoyé au bagne au lieu d'être pendu. Mais peut-être le savez-vous déjà.

— Oui, mais je vous remercie. Et je vous renouvelle mes félicitations pour la rapidité avec laquelle cette mésaventure a été éclaircie.

Hines opina du chef, acceptant sans façon le compliment qui lui était dû. En effet c'était un fin limier, aussi tenace qu'un fox-terrier.

— Toujours content d'être utile à quelqu'un qui n'a jamais rechigné à nous rendre service. Alors, quel bon vent vous amène ?

— Une affaire délicate. Et qui demandera une grande discrétion. Je préfère vous dire tout de suite que cela concerne un homme de haut rang, qui pourrait nous causer beaucoup de tort à tous les deux si l'affaire n'était pas menée proprement.

— Donc, conclut rondement Hines, il y a une femme là-dedans. Une jolie dame qu'un homme de la haute se permet d'importuner, comme le fils de ce comte dans l'affaire Lyndlington ?

David ne put s'empêcher de sourire devant le discours direct du bonhomme.

— En quelque sorte. J'aurais de loin préféré m'en occuper moi-même. Mais, si cela remonte jusqu'à moi, l'individu en question se vengera sur la dame. Aussi ai-je besoin d'un ou deux de vos… employés pour s'occuper de cette affaire.

Hines hocha gravement la tête.

— Ça fait des siècles que ces messieurs de la haute se jouent des lois. Je ne suis pas mécontent de contribuer à ce que, de temps en temps, ils trouvent à qui parler. Surtout si c'est pour sauver l'honneur d'une femme. Je sais que vous respectez trop la justice pour me demander d'intervenir si votre cause n'était pas respectable. Venons-en au fait. De quel type de… euh… d'intervention avez-vous besoin, exactement ?

David expliqua ce qu'il avait à l'esprit, interrompu de temps à autre par une suggestion de Hines. En moins d'une demi-heure, ils avaient établi un scénario qui les satisfaisait tous les deux par sa sécurité et son efficacité. Et qui avait en outre l'avantage de pouvoir être mis en œuvre rapidement. Peut-être le soir même.

David remercia le mystérieux mais très efficace Mr Hines et prit congé, le laissant mettre la touche finale à leur plan, avec la consigne de le prévenir dès qu'il comptait passer à l'action. Confiant que son « associé » réglerait le problème Randall Evers avec autant d'aisance que lui-même aurait brisé entre ses doigts l'une des branchettes du camélia dans le jardin des Lyndlington cet après-midi, il regagna l'enceinte du Parlement avec l'agréable sentiment d'avoir fait son devoir. Il se sentait plus calme et résolu que jamais.

Il était plus de 22 heures quand les membres du comité parlementaire purent enfin quitter la salle de réunion. Les

Diables de Hadley, qui s'asseyaient toujours ensemble, étaient sur le point de se lever quand un huissier apporta à David un message qui le satisfit grandement.

Le très efficace et très dévoué Hines avait de nouveau montré son savoir-faire.

— Alors, allons-nous à La Plume et le Marteau, comme d'habitude ? suggéra Ben Tawny, interrompant les réflexions de David.

Faisant jouer les muscles fatigués de ses épaules sous sa veste, le jeune homme ajouta :

— Après toutes ces heures passées sur ces paperasses, je ne dirais pas non à un bon rôti agrémenté d'une pinte de bière.

— Avant d'aller rejoindre quelque réconfort d'un tout autre genre ? le taquina Christopher avec un sourire entendu.

— Évidemment ! Et si vous voulez vous joindre à moi, les amis, vous êtes les bienvenus. David, je compte au moins sur toi pour le dîner ? Hélas, je n'ose plus espérer que les festivités qui s'ensuivront aient ton suffrage…

Un rire moqueur autant qu'amical fusa de la bouche de Ben.

— Certainement pas. Notre saint homme retournera ensuite bien gentiment dans son petit appartement désert pour s'agenouiller devant le portrait de l'Inaccessible. Puis, après quelques moments d'adoration muette, il se consolera de sa solitude en se penchant sur quelque vieux grimoire en compagnie duquel il passera la moitié de la nuit.

— Pour une raison que j'ignore, notre cher ami est encore plus insupportable depuis qu'il revoit sa belle, observa Christopher, sentencieux.

— Cela dit, depuis que j'ai vu la *dilecta*[1] de près, je comprends mieux l'admiration qu'il lui voue depuis tant d'années… Tu sais pourtant, mon cher David, que tu n'as

1. Terme emprunté à la langue italienne par les écrivains romantiques pour désigner l'élue, la femme aimée. N.D.T.

rien à attendre de cette histoire. Ne serait-il pas temps pour toi de revenir à la réalité ? De porter ton choix sur une beauté plus accessible ?

— Et vous, harceleurs de tous les diables, intervint Giles, ne serait-il pas temps que vous cessiez de l'importuner avec vos plaisanteries ?

Mais David, très calme, se contenta de hausser les épaules.

— Désolé les amis, mais je ne peux pas non plus me joindre à vous pour le dîner. Et pas seulement parce que vous manquez singulièrement de conversation...

— Tout de même, insista Ben, c'est par amitié pour toi que j'ai renoncé à poursuivre la Ravissante de mes assiduités. Tu me dois bien quelque chose ? Parce qu'en vérité, elle est absolument adorable. Et après toutes ces sinistres années passées au côté d'Ashedon, elle aurait bien droit à une agréable récréation.

Prenant un air avantageux, il conclut :

— N'étais-je pas tout indiqué pour cela ? Un charme indéniable, célibataire, excellente éducation...

À bout de patience, David décocha une bourrade à son vieux camarade qui s'esquiva en riant.

— Paix, mon ami ! N'essaie pas ton redoutable uppercut sur moi, je te prie.

David, qui avait les nerfs à rude épreuve depuis quelque temps, se ressaisit.

— Je vous ai dit vrai, les amis. J'ai une besogne urgente à terminer.

— Urgente, dis-tu ? insista Giles. Es-tu sûr que les Diables de Hadley ne seraient pas appropriés pour t'aider à en venir à bout ?

— Non, pas maintenant. Pas encore. Si les circonstances prennent un autre tour, je vous le ferai savoir.

— Dans ce cas, conclut son ami, nous ne pouvons que te souhaiter tout le succès dans ton entreprise.

Ben renchérit.

— Si David n'a pas besoin de nous, moi je suis prêt à passer à table. Viens, Christopher, allons commander notre dîner.

Les deux jeunes gens sortirent d'un pas gaillard. Giles s'attarda, attendant qu'ils ne soient plus à portée d'oreille.

— Tu as été sur les nerfs toute la journée, David. Es-tu certain de ne pas avoir besoin d'un coup de main ?

— Merci, Giles, mon vieil ami. Mais avec un peu de chance, ce soir tout devrait être réglé.

— Je l'espère pour toi, s'exclama Giles en lui tapant affectueusement sur l'épaule. Tu m'as assez souvent rendu service pour que je te rende la pareille. Alors, n'hésite pas !

David sourit.

— Si tu veux mon avis, c'est moi qui te suis encore redevable. Et pour longtemps ! Si tu ne m'avais pas abordé dans cette taverne d'Oxford il y a des années, je serais sans doute en train de moisir dans un cabinet d'avocats au lieu de me consacrer à la réussite de l'une des lois les plus importantes des quatre derniers siècles.

— Les vrais amis ne tiennent pas de comptes. N'oublie pas mon offre, en tout cas. Il faut que je rentre.

— Toutes mes amitiés à Maggie.

— Je n'y manquerai pas.

Giles partit après un dernier salut, laissant David seul maître des lieux. Il arpenta la pièce pendant de longues minutes, repassant dans son cerveau chaque étape de son plan pour la nuit à venir. Puis, satisfait, il carra les épaules, respira un grand coup et sortit.

Ses pas le conduisirent d'abord dans un quartier de Londres où il mettait rarement les pieds. Avant qu'il ait enfin obtenu une charge parlementaire qui lui assurait des revenus convenables, il n'avait jamais eu assez d'argent pour se permettre de le gaspiller en jeux de hasard. Il lorgna d'un œil peu amène les grappes de jeunes gens errant dans la rue d'une salle de jeu à une autre, leurs beaux habits proclamant leur appartenance à des milieux privilégiés. Non qu'il se fût jamais décidé à jeter son or par les fenêtres s'il en avait eu, comme ces jeunes aristocrates qui, pour reprendre les mots d'un auteur français du siècle passé, ne s'étaient donné que la peine de naître.

Fils de paysan, pour lui, un sou était un sou et ne valait que pour être investi dans de la bonne terre d'Angleterre. C'était comme ça qu'il était parvenu à devenir propriétaire terrien, ce qui lui donnait infiniment plus de satisfaction que les plaisirs fugaces et trompeurs éprouvés autour d'une table de pharaon.

David parvint enfin à destination. Son bel habit et sa prestance lui permirent d'entrer sans problème au Dé d'Aphrodite, lieu bien connu de l'aristocratie pour son gros jeu et ses jolies femmes. Quand le maître des lieux, exercé à repérer les nouveaux pigeons susceptibles de se faire plumer dans son établissement, essaya de l'installer à l'une des tables où l'on misait le plus gros, il déclina poliment l'offre et annonça qu'il était un ami de Mr Hines.

Le regard de l'homme s'élargit mais il se contenta de hocher poliment la tête.

— Très bien, sir. Désirez-vous qu'on vous serve quelque chose à boire ?

David accepta pour éviter de se faire remarquer et suivit son hôte jusqu'à la salle suivante. L'homme lui indiqua du menton une table proche d'une des fenêtres drapées de lourds rideaux de velours rouge. Lord Randall y siégeait, un jeu de dés dans une main, un verre de whisky qu'une beauté lourdement maquillée s'occupait de remplir dans l'autre.

— Toutes les dispositions sont prises, murmura le patron tandis qu'un garçon apportait à David un verre de porto. Souhaitez-vous vous entretenir avec le gentleman… tout de suite ?

— Non, pas maintenant.

— Comme vous voudrez.

Le maître des lieux s'esquiva avec un salut tandis que David se retournait discrètement pour observer Lord Randall. Au vu des piles de jetons qui s'entassaient devant lui, l'homme était en train de gagner. Comme prévu. Oublieux du reste du monde, les yeux brillants de cette fièvre familière des joueurs invétérés, le beau-frère de Faith était concentré sur le jeu, repoussant seulement de temps à autre la femme qui s'appuyait sur son épaule.

Après un coup particulièrement heureux il poussa un cri de triomphe et, s'emparant de la main de sa voisine, en frotta son entrejambe sous la table.

— Tu sens cette puissance, Letty ? C'est plus fort et bien meilleur que du whisky, hein ? Pour ta récompense, tu en auras une gorgée quand j'aurai fini cette partie.

La sinistre fripouille ! Pourvu qu'il n'ait pas usé d'un tel langage devant Faith ! David dut se rappeler toutes les bonnes raisons qu'il avait de ne pas sauter à la gorge du lamentable individu.

Comme il avait décliné les unes après les autres les offres des charmantes jeunes femmes qui lui proposaient de lui faire découvrir les salles de jeu ou les pièces plus intimes de l'étage supérieur, il se retrouva bientôt seul. Pauvres filles, obligées de se plier aux caprices de tels clients. Et pauvres bougres eux-mêmes qui ne connaissaient plus que les plaisirs frelatés.

Le moment qu'il attendait arriva enfin. Lord Randall, les poches et les poings pleins de jetons, se leva en vacillant, lourdement appuyé sur sa compagne. Ce ne fut que lorsqu'il s'apprêta à gravir l'escalier menant aux chambres qu'il avisa David.

— Tiens, tiens, tiens, articula-t-il entre ses dents en

le scrutant des pieds à la tête d'un regard insolent. Ne dirait-on pas le petit politicien véreux qui renifle les jupes de ma petite belle-sœur ? Comment a-t-on pu laisser un cul-terreux comme lui entrer ici, je me le demande. Il va p't-être falloir que je change de crèmerie.

— À mon avis, vous ne manqueriez à personne ! Et surtout pas aux femmes, à en juger par vos manières.

Le lord fronça son long nez aristocratique.

— Ah ! oui… Les femmes. En particulier la petite putain qui servait d'épouse à mon frère, n'est-ce pas ?

Randall hoqueta bruyamment et faillit s'affaler sur la marche. Mais il s'obstina, l'œil vitreux :

— Peux pas vous blâmer d'avoir voulu tremper votre biscuit dans son verre, cela dit. Joli p'tit morceau. Et elle a le sang chaud, c'est moi qui vous l'dis. Mais désolé, elle n'est pas disponible. Pas tant que je n'en aurai pas fini avec elle, en tout cas.

Les poings serrés tant le démangeait son désir de frapper cette sale vermine en pleine figure pour le faire taire, David rétorqua aussi calmement qu'il le pouvait :

— Je crois que vous en aurez fini avec elle très bientôt. Ce soir même, très exactement.

— Vraiment ? Alors que notre belle histoire vient tout juste de commencer ? Pas question, mon vieux !

Randall se campa sur la marche dans une pose caricaturale, les mains sur les hanches, le regard narquois.

— Oh ! Mais je n'y serai pour rien, rétorqua David sans baisser les yeux. Il vous suffira d'écouter votre conscience qui ne doit pas manquer de vous dire de cesser de harceler la veuve de votre frère.

Randall éclata de rire.

— Ah ! Parce que c'est ce qu'elle vous a raconté ? Que je la menaçais et tout le tintouin ! Simplette comme elle est, elle a dû prendre ses désirs pour des réalités.

David hocha la tête.

— Sans doute suis-je un peu simplet moi aussi, mais je sais ce qu'un poignet de femme marqué par des ecchymoses veut dire. Aussi, vous allez vous engager à la laisser tranquille. Vous ne mettrez même plus les pieds à Berkeley Square, sauf pour saluer votre mère.

Le sourire de Randall s'éteignit.

— Bon, la plaisanterie a assez duré. Vous feriez mieux de quitter les lieux avant que j'appelle pour qu'on vous mette dehors. Et si jamais je vous retrouve sur mon chemin, je préfère vous prévenir tout de suite. Recommencez, même une seule fois, et je vais voir le conseil de tutelle des gamins pour leur dire comment vous fricotez devant eux avec leur mère… Mais oui mon vieux, je vous ai vus tous les deux au fond du carrosse avec mes neveux en bonne place pour assister au spectacle. Si vous vous imaginez que des gens choisis pour leur respectabilité laisseront une duchesse s'acoquiner avec un paysan ! Je suis à peu près certain qu'elle n'aura pas le temps de sortir un mouchoir de son corsage pour pleurnicher qu'ils lui auront déjà retiré ses marmots. Alors, réfléchissez, mon brave. Vous ne pouvez rien faire pour elle. Sauf la détruire.

David, les jointures de ses poings blanchies tant il se retenait de rouer la canaille de coups bien sentis, s'avança d'un pas.

— Tandis que vous, la détruire vous amuse.

Le sourire de Randall réapparut.

— Exactement. Et en plus, j'aurai eu ce que je voulais.

Il eut un geste désinvolte de la main, comme pour congédier un domestique, mais David revint à la charge. Il devait aller jusqu'au bout.

— Peut-être. À condition d'être encore vivant. Curieusement, les crapules qui abusent des femmes innocentes sont souvent victimes d'accidents… imprévisibles. Bonne nuit, Evers.

Satisfait de ne pas avoir utilisé le titre auquel Randall

avait droit et d'avoir pu délivrer son message, David tourna les talons et s'en alla. Il avait eu la confirmation des dires de Faith, et au-delà ! Il était temps de passer à la seconde partie de son plan.

Malheureusement pour la fureur qui bouillonnait en lui et qui aurait eu bien besoin de trouver un exutoire, son rôle, cette fois, serait beaucoup plus passif.

Quand Randall sortit de la maison de jeu quelques heures plus tard plus aviné que jamais, les hommes de main de David prévenus par le maître des lieux faisaient le guet devant la porte. De l'autre côté de la rue, dissimulé dans la pénombre avec son cheval, David fit un geste du menton et un fiacre vint s'arrêter le long du trottoir.

— Votre voiture, gouverneur, dit l'un des deux hommes.

— Qui va vous mener tout droit dans votre petit pied-à-terre en moins de temps qu'il n'en faut pour le dire, ajouta l'autre en agrippant Randall par les épaules et en le soulevant à demi pour le hisser dans le véhicule.

— Chez moi, c'est à Berkeley Square, les amis. Suis complètement ratissé. Faut qu' j'aille demander à bonne maman de m'refaire.

— À vos ordres, gouverneur, à vos ordres.

Après avoir poussé Randall à l'intérieur du véhicule et claqué la portière derrière lui, les deux hommes montèrent s'installer à côté du cocher et l'un d'eux fit un signe à David.

Le fiacre s'ébranla et, sautant en selle, David s'élança à sa suite.

Après un rapide voyage depuis les rues louches qui s'étendaient derrière Covent Garden jusqu'aux quartiers chics entourant Hyde Park, le fiacre franchit les grilles, traversa les jardins déserts et s'arrêta au bord de l'un des méandres de la Serpentine, dans l'ombre des grands arbres.

David mit pied à terre et alla se poster à quelque distance

du véhicule tandis que les deux hommes descendaient de leur perchoir et allaient ouvrir la portière du fiacre.

— Debout, debout, Milord, dit l'un. C'est l'heure de votre petite promenade.

— Ma pro-promenade ? répéta la voix endormie d'Evers.

— Oui, oui. Le pasteur ne dit-il pas dans son sermon qu'une petite promenade est bonne pour la paix de l'âme ?

Joignant le geste à la parole, l'homme agrippa Lord Randall par le col de sa redingote et le tira hors du fiacre.

Le beau-frère de Faith dégringola plus qu'il ne descendit et resta là, bouche bée tandis que d'un geste preste le deuxième larron lui passait par-dessus la tête un grand sac ouvert par les deux bouts qu'il tira promptement jusqu'à ses cuisses. Puis il le ficela solidement.

Randall, qui commençait à sortir de sa torpeur, poussa un glapissement.

— Mais qu'est-ce que vous faites ? hurla-t-il en se débattant.

La scène était éclairée par un beau clair de lune et David regarda les deux hommes, l'un poussant, l'autre tirant, traîner leur proie jusqu'à la Serpentine et l'y jeter. Au bout de quelques secondes, Randall refit surface, crachant et suffoquant.

— Mais qu'est-ce qui vous…

Le saisissant chacun sous un bras, les deux compères lui firent de nouveau perdre pied et il replongea dans l'eau froide. Cette fois, quand il émergea, la panique déformait son visage.

— Mais qu'est-ce que vous me voulez ? Je peux payer…

Ses deux agresseurs bondirent sur lui de concert et l'immergèrent une troisième fois. Puis une quatrième, et une cinquième.

Quand ils l'autorisèrent enfin à rester debout, Randall était à bout de résistance.

— P-p-peux v-vous p-payer, sanglotait-il. Ce-ce que vous voulez. Lai-laissez-moi seulement par-partir.

Au signal de David, les deux hommes de main de Hines s'emparèrent de leur proie qu'ils jetèrent sur la berge.

— P-pourquoi faites-vous ça ? gémit Randall d'une voix d'enfant. Je ne vous ai rien fait ! Vous devez vous tromper.

— Je ne le pense pas, dit le meneur du duo. J'ai beaucoup entendu parler de toi. Fils et frère d'un duc. Qui vit aux crochets de sa maman et de sa belle-sœur dans un bel hôtel particulier de Berkeley Square. Je me trompe ?

— Mais qu'est-ce que…

— Et qui se permet de harceler sa belle-sœur. Sa pauvre petite belle-sœur qui vient de perdre son mari et qui se retrouve avec trois enfants à élever. Et ça, ce n'est pas bien du tout. Un gentleman ne fait pas des choses pareilles.

— C'est lui qui vous a envoyés, hurla Randall. Ce sale petit politicien de m…

Le deuxième homme frappa Randall à la mâchoire avant qu'il n'ait achevé sa phrase.

Tandis qu'il essayait de se redresser, le chef revint à la charge.

— Pas besoin de noms d'oiseau ! Et personne ne m'a envoyé. J'ai entendu un gars raconter tout ça devant une pinte de bière, vois-tu ? Il parlait d'une jolie p'tite dame dont un sale petit ver de terre — ça, c'est toi — voulait s'offrir les faveurs. Et le type, il se désolait parce qu'il ne savait pas comment faire pour écraser cette saleté de ver de terre sous sa botte. Il avait peur que cette vermine se venge sur la p'tite femme et sur ses enfants. Et, vois-tu, comme ce type m'a rendu jadis de fiers services, je me suis dit : « Mon gars, voilà un moyen de payer ta dette. Tu vas t'occuper de ça pour lui. »

Il fit un geste du menton et son collègue remit brutalement Evers sur ses pieds. Puis il leva une de ses larges pognes qu'il abattit sur l'épaule de sa victime, lui arrachant un nouveau glapissement. Alors, collant son visage tout contre celui de Randall, il articula entre ses dents :

— Pas pu m'empêcher de compatir, tu vois. J'ai à la maison une petite fille bien mignonne. Si mignonne qu'un sale type a essayé de l'embarquer pour la vendre dans une maison close. Pour payer ses dettes de jeu, j'imagine. Quand je me suis aperçu qu'elle avait disparu, j'ai cru que j'allais devenir fou. Mais, grâce à Dieu, je l'ai retrouvée à temps. Et le sale type ? Eh bien, il n'embêtera plus les petites filles. Plus jamais.

— Tout ce que vous voudrez ! gémit Randall. Laissez-moi partir, c'est tout ce que je vous demande. Je vous paierai. Et je laisserai cette sale petite garce tranquille. Je vous le promets.

— Tu veux bien parler de la dame correctement ! aboya le chef en hochant la tête à l'intention de son compère qui lui décocha une violente bourrade dans les côtes.

Cette fois, Randall se laissa tomber sur le sol et ne chercha plus à résister. Le chef poursuivit, couvrant les sanglots d'Evers de sa grosse voix :

— Je ne veux pas de l'argent de la maman. Et je ne crois pas non plus aux promesses qui sortent de la bouche d'une vermine. Non, mon vieux. On va plutôt conclure un petit accord. Juste entre toi et moi. Tu vas emporter avec toi les gains qu'Aphrodite a bien voulu t'accorder ce soir et quitter Londres. Pars aussi loin que possible. J'ai entendu dire que Calais est une ville pas chère et où on peut jouer gros. Tu vas rester là-bas le temps qu'on oublie tes méfaits ici, à Londres. Et tu reviendras quand on te fera signe. Si on te fait signe… Compris ?

Du même geste du menton, il fit signe à son acolyte qui remit Randall sur ses pieds.

— J'ai compris, gémit celui-ci en reniflant. Je quitte Londres ce soir… Pour longtemps.

— T'as tout compris. Même un ver de terre comme

toi peut avoir un peu de bon sens, finalement. Ça fait toujours plaisir. Mais au cas où tu changerais d'avis après qu'on t'aura déposé dans ton petit pied-à-terre pour faire tes paquets, et que tu ailles te plaindre à maman ou à la maréchaussée, rappelle-toi bien ça. On a su où te trouver ce soir. Quand un homme ne paie plus ses domestiques, ni son tailleur, ni son bottier, il se fait pas mal d'ennemis et on trouve facilement des gens pour causer sur lui. Si tu ne quittes pas Londres, je le saurai très vite et la prochaine fois que je te ficherai à l'eau, ce sera avec une grosse pierre au fond du sac. Ça m'étonnerait qu'il y ait beaucoup de gens pour te regretter. Mis à part ceux à qui tu dois de l'argent. Alors, t'es sûr d'avoir bien compris ?

— Oui ! haleta Randall. Laissez-moi partir !

— Je ne sais pas, reprit l'homme, l'air dubitatif. Pas sûr que ta cervelle fonctionne si bien que ça. P't-êt' bien qu'avec un dernier p'tit plongeon…

À son commandement, son second entreprit de traîner de nouveau Randall vers la rivière.

— Non, s'il vous plaît ! hurla Randall en se débattant en vain dans son sac de jute.

Le meneur de la bande alla s'agenouiller à côté de lui sur le sol mouillé.

— Tu es sûr que tu vas te rappeler ? Tu n'embêteras plus la petite dame ?

— Oui, je suis sûr. Je vous promets. Je ne poserai plus jamais les yeux sur cette fille.

— Bon. Encore une chose. Si jamais il te venait à l'esprit, une fois que tu auras trouvé un trou à rat pour te loger, de dépenser un peu de ton argent pour envoyer quelqu'un te venger sur moi ou sur l'un de mes gars, épargne tes sous, mon vieux. Parce que j'ai pas mal de relations dans certains milieux, si tu vois ce que je veux dire. Ils me préviendront tout de suite, parce qu'ils préfèrent l'odeur de mon argent honnêtement gagné et les services que je peux leur rendre à ton sale pognon. Dis-toi bien que chez les gens qui comptent, et pas seulement ceux de la haute, tu n'as aucun pouvoir et tu ne jouis d'aucune considération. Allez, je crois que tu as compris. Tu vas tranquillement quitter la ville et on ne reverra plus ta face de rat avant longtemps.

— Je m'en vais… Je ne reviendrai pas… Mais, bon sang, laissez-moi partir !

— T'es vraiment certain de ne pas avoir encore besoin d'un p'tit coup d'eau bien fraîche ?

— Non, non, par pitié ! Je veux parti-i-ir !

Quand Randall s'arrêta de crier pour reprendre son souffle, le chef dit encore :

— Parfait. Comme je suis bon joueur, je vais te donner une chance de respecter ta promesse. Une. Pas deux !

Il claqua dans ses mains et le cocher, qui s'était assoupi, se réveilla en sursaut.

— Tu le ramènes chez lui, Sam. Tu veilleras à ce qu'il fasse ses bagages et tu le surveilleras jusqu'à ce qu'il ait quitté le pays. Ne reviens pas tant que tu ne l'as pas vu embarquer pour une autre planète ! Compris ?

Le cocher et l'autre homme portèrent Randall jusqu'à la voiture et le jetèrent sans ménagement sur le plancher. Puis, après avoir soigneusement verrouillé la portière, ils remontèrent tous les deux dans le fiacre et, une minute plus tard, ils avaient quitté les lieux.

Une fois que le lourd véhicule eut disparu dans la pénombre, le chef vint rejoindre David sous son arbre.

— Comment les aristos font-ils pour fabriquer de pareils phénomènes, on s'le d'mande ? J'ai bien failli le jeter dans la rivière une bonne fois pour toutes.

— Content malgré tout que vous ne l'ayez pas fait, répondit David. Il avait besoin d'une bonne leçon et il l'a eue. Il n'y aurait certainement pas eu grand monde pour le pleurer, à part sa mère, mais ce n'est pas une raison. Ma conscience m'aurait obligé à aller le repêcher et je n'avais pas envie de prendre un bain.

— On ne peut jamais rien affirmer avec des gars comme lui, mais je crois qu'il va quitter le pays pour de bon. Jack va le filer pendant une bonne semaine et il tiendra Hines au courant.

David haussa les épaules.

— Bah ! Il va écrire à sa mère pour qu'elle grossisse encore un peu son magot. Et vogue la galère ! Mais je ne crois pas qu'il va s'obstiner. Malheureusement, il y a assez de femmes réduites à se vendre sur cette terre. Aucune raison de continuer à harceler précisément celle qui ne veut pas de vous. Surtout avec les arguments que vous venez d'employer pour le dissuader. Je vous dois des remerciements.

David tendit la main et l'homme la serra.

— Faites savoir à Hines ce que je vous dois pour le fiacre et vos hommes, ainsi que pour les gains d'Aphrodite. Je passerai le payer dès demain.

— Il faudra payer les gars et la maison de jeu, en effet, mais rien pour moi, rétorqua son interlocuteur. Flanquer la frousse de sa vie à cet individu m'a fait sacrément plaisir. Je ne plaisantais pas quand j'ai parlé de ma gamine qu'un gars d'la haute comme lui a embêtée. Si on pouvait fourrer dans un sac tous ces sales types qui s'attaquent aux pauvres filles sans défense et les jeter dans la Tamise, ce ne serait que justice. Bonne chance à vous et à votre petite dame, sir. Et j'espère bien que vous allez bientôt nous l'obtenir, cette loi, au Parlement !

— Je m'y emploie de toutes mes forces, l'assura David.

Puis, après avoir salué l'homme de main de Hines d'un coup de chapeau, il retourna auprès de son cheval tandis que celui qui l'avait débarrassé de Randall disparaissait dans la nuit.

David rentra à Albany, aussi rassuré qu'il pouvait l'être sur l'heureuse issue de cette affaire.

Maintenant, il avait une tâche infiniment plus délicate à accomplir : expliquer à Faith ce qu'il avait fait et tenter de la convaincre de rendre visite à sa sœur Sarah.

Tant qu'il ne serait pas certain que Randall avait quitté le pays, il ne dormirait pas tranquille.

Chapitre 13

Dès le lendemain, David fut rassuré par un billet de Hines lui confirmant que Lord Randall avait quitté Londres la nuit même, suivi d'un second qui précisait qu'il avait été vu en train d'embarquer dans un navire pour Calais. C'est donc avec une certaine sérénité qu'il attendit une occasion de faire part de ces bonnes nouvelles à Faith. Elle se présenta trois jours plus tard, lorsque Giles lui apprit que ces dames allaient rendre visite à un vieux pair du royaume, ami du père de Lady Maggie. Le vieil homme avait cédé la gestion de son domaine à son fils aîné et vivait désormais à l'année dans son petit hôtel particulier d'Hampton Court.

— As-tu l'intention de l'accompagner ? s'enquit David, avec l'air de ne pas y toucher.

— Oui. Maggie et la duchesse ont pour mission de charmer le vieux monsieur tandis que je lui fournirai tous les détails requis concernant notre projet de réforme. Sa Seigneurie n'est plus aussi solide que par le passé mais il porte toujours un grand intérêt à ce qui se passe au Parlement, paraît-il. L'échéance du vote se rapproche à grands pas et il nous faut recruter le maximum de sympathisants.

— Es-tu sûr qu'il votera pour nous ?

— D'après Maggie, le vieux bonhomme est un réaliste. Si nous parvenons à le convaincre que cette loi a des chances de passer, Lord Harvey voudra jouer un rôle dans le succès d'une mesure qui est le seul moyen d'empêcher que ne s'aggravent le désordre et la détresse dans notre pays.

— Cela t'ennuie, si je viens avec vous ?

Giles l'observa un moment.

— Est-ce bien raisonnable ? interrogea-t-il avec un clin d'œil taquin.

— En l'occurrence, oui, parce que je dois transmettre à la duchesse une information que je ne peux confier à un simple billet. Cette visite à Lord Harvey me permettra de m'en charger personnellement, dans des circonstances qui ne pourront susciter aucun commérage.

— Et cette information confidentielle… N'aurait-elle pas un rapport avec cette mystérieuse affaire qui t'a retenu il y a quelques jours ? Une affaire qui s'est terminée à ton entière satisfaction je suppose, puisque depuis tu es redevenu toi-même…

— Oui, sur tous les points, rétorqua David avec un mince sourire. Merci de ne pas m'avoir posé de questions. Et surtout de ne rien avoir dit à Ben et Christopher qui n'auraient pas manqué d'en faire des gorges chaudes.

Giles hocha la tête d'un air entendu.

— Si tu avais estimé que les Diables de Hadley pouvaient t'être de quelque utilité dans cette histoire, tu nous l'aurais fait savoir. Et si ce n'était pas le cas, ce n'était plus notre affaire. Surtout si c'était en rapport avec la duchesse.

Il hésita puis demanda encore :

— Et… as-tu une idée de ce qu'il adviendra de cette… amitié ?

— Disons qu'il y a ce que j'aimerais qu'il advienne, et ce qu'il adviendra plus probablement, reconnut David. Et ce sont deux choses bien différentes.

Giles lui administra une tape amicale sur l'épaule.

— En tout cas, tu sais que tu peux compter sur moi.

— Merci. Quand et où devons-nous retrouver les dames ?

Giles consulta la pendule de la cheminée.

— Nous ferions bien d'y aller. Le carrosse devait passer prendre Maggie et la duchesse dans un salon de thé d'Upper Brook Street. Nous les rejoindrons à cheval.

Habité par un sentiment d'impatience mêlé d'inquiétude à la perspective de revoir Faith, David suivit Giles dans l'antichambre où ils récupérèrent leur manteau et leur chapeau. Après l'entrevue chez Lord Harvey, il demanderait à Faith de faire un tour dans le jardin en sa compagnie.

Et il avait bien l'intention de profiter pleinement de cette promenade. Parce qu'après ce qu'il allait lui raconter sur les événements des jours précédents et le rôle qu'il y avait joué, il risquait fort de recevoir son congé.

Quand ils rejoignirent les dames à Upper Brook Street, la lumière qui rayonna dans les yeux de Faith en le voyant et la chaleur de son sourire apaisèrent ses appréhensions. Refoulant l'envie de la toucher et de goûter ses lèvres, il tenta de se convaincre qu'il se satisferait d'une vie entière à la voir… seulement comme une amie.

— Mr Tanner Smith ! s'exclama-t-elle en lui tendant la main. Quelle surprise !

— Pas trop désagréable, j'espère.

— Mais au contraire. Je suis ravie que vous puissiez vous joindre à notre petite expédition.

— J'espère que vous allez bien, s'enquit-il platement, sachant que Lord Randall n'était plus là pour l'importuner dans l'intimité de sa chambre. Vous paraissez plus reposée que la dernière fois.

Une fois qu'il lui aurait délivré les bonnes nouvelles, elle n'aurait plus aucune raison de s'inquiéter.

— Oui. Grâce à Dieu, je n'ai plus eu à subir de… dérangement ces derniers jours.

— Y allons-nous ? s'enquit Maggie en bondissant sur

ses pieds. J'ai dit à Lord Harvey que nous arriverions pour un thé tardif, ou pour le porto. Il est si seul, à son âge. Je suis sûre qu'il nous attend avec impatience.

Faith l'imita aussitôt.

— Allons-y, dans ce cas. Nous aurons bien l'occasion de converser plus tard, n'est-ce pas, Mr Tanner Smith ?

— Certainement. Peut-être pourrons-nous faire une petite promenade dans le jardin de notre hôte ?

Les yeux de Faith s'illuminèrent.

— Oh ! Oui, bien volontiers. Nous pourrons visiter le labyrinthe. J'aimais beaucoup m'y perdre, enfant. Mais vous êtes si grand ! Vous pourrez regarder par-dessus les haies.

— Je vous promets que je jouerai le jeu. Je ne vous dirai rien de ce que je vois. Ne vous en prenez qu'à vous si la nuit nous surprend.

Un léger incarnat colora les joues de Faith, dont les lèvres se retroussèrent dans un demi-sourire devant l'audace discrète du sous-entendu, mais elle ne dit mot. Les dames se munirent de leurs gants et de leurs châles et rejoignirent le carrosse qui attendait dans la rue. Heureux de pouvoir échapper à la tentation de s'asseoir à côté de Faith, David se posta derrière le véhicule avec Giles et, de concert, ils se mirent au pas, ralentis par les embarras de la circulation.

Quand ils furent sortis du centre, il remonta jusqu'à la portière du côté de Faith tandis que son ami faisait de même du côté de son épouse. Ils purent deviser ainsi plaisamment sans que cela suscite aucune gêne. La journée était belle, le parcours plaisant au milieu de ce riche paysage d'automne, avec juste ce qu'il fallait de fraîcheur pour annoncer le prochain changement de saison.

Une fois à destination, carrosse et chevaux disparurent dans les écuries tandis que David et ses amis étaient introduits auprès de Lord Harvey qui les attendait dans le petit salon avec le thé.

Une fois les présentations faites, les dames lancèrent

leur opération de charme auprès du vieux lord. Elles obtinrent un tel succès que, lorsque Giles annonça qu'il fallait s'attendre à des changements radicaux au Parlement, il ne s'attira qu'un très aristocratique haussement de sourcil de la part de leur hôte. Giles entreprit de lui expliquer la situation dans ses grandes lignes et Lord Harvey posa des questions si fines et si pénétrantes que Maggie dit en riant qu'elle était heureuse de s'être fait accompagner de la fine fleur du Parlement dans sa délicate ambassade.

David, jugulant à grand-peine son impatience de se retrouver en tête à tête avec Faith, laissa son ami expliquer leur position. Il se contentait de jouir de la conversation agréable et intelligente grâce à l'exceptionnelle qualité d'écoute de leur hôte et à la gracieuse présence des deux femmes.

Du coin de l'œil, il observait l'angle que faisait la tête de Faith sur son épaule quand elle se penchait avec élégance pour écouter une question de Lord Harvey ou la réponse de Giles. Cela lui rappelait leurs débats animés lors de ce glorieux été dix ans plus tôt. Ils étaient si pleins de rêves, alors ! Lui, brûlant de l'espérance que le parrainage de Sir Edward lui permettrait de réaliser ses projets pour son pays, elle impatiente d'entrer dans le monde des adultes.

Aujourd'hui Faith était aussi jolie que cet été-là, lorsque la jeune fille en fleur était sur le point de devenir une femme. L'éclat de son sourire illuminait la pièce. Les difficultés de son mariage et ses responsabilités de mère de famille avaient créé en elle des zones d'ombre qui la rendaient encore plus séduisante. David ne pouvait s'empêcher de l'admirer. Après avoir enduré humiliations, déception amoureuse et trahison, elle avait levé ce délicat menton de porcelaine et, une lueur combative dans le regard, avait refusé la défaite. Elle avait affronté l'opprobre, le mépris, la critique incessante de sa belle-mère et elle était là, souriante et obstinée, bien décidée à avoir sa part de bonheur sur cette terre.

David retint un soupir. Il allait lui falloir se montrer d'autant plus éloquent dans le fameux labyrinthe. Faith avait mûri. Elle ne se laisserait plus tapoter la tête comme un gentil caniche de salon. Ni n'acquiescerait gentiment à tout ce qu'on lui dirait. S'il voulait conserver sa confiance, il devrait lui démontrer qu'il avait agi à bon escient. Et surtout, de manière efficace.

En serait-il capable ?

Le thé, particulièrement riche en pâtisseries, confitures et pâtes de fruits, avait été servi et, comme la conversation prenait un tour plus privé entre Maggie, Giles et leur hôte, il sentit que le moment était venu.

Comme si elle lisait dans ses pensées, Faith le devança.

— Faisons-nous cette promenade, Mr Tanner Smith ? s'enquit-elle en se tournant vers lui, les yeux brillants d'un enthousiasme qu'il était loin de partager.

Il détestait l'idée de gâcher le plaisir de leur rencontre en abordant un sujet si délicat. Mais il ne regrettait pas ce qu'il avait fait.

Ils récupérèrent chapeau et châle et quittèrent la vieille mais somptueuse demeure pour cheminer dans une allée bordée de dahlias.

— N'est-ce pas magnifique ? s'exclama Faith en désignant les lourdes têtes multicolores perchées sur leur tige. Je crois me souvenir que l'entrée de notre labyrinthe se trouve non loin de là. Mais la végétation a tellement poussé que, je le crains, même vous, David, vous ne pourrez pas tricher.

Elle ajouta, s'arrimant solidement à son bras :

— Ce serait sans doute amusant de voir qui trouverait le centre le premier mais je ne veux pas vous quitter d'un pas. Puisque enfin nous voilà seuls ! Loin des regards curieux et des oreilles indiscrètes.

David sourit.

— Je ne vois pas qui pourrait nous écouter. Tout au plus pourrait-on nous voir depuis les étages. Mais qui cela pourrait-il intéresser ?

Il était si perturbé par le parfum qui s'exhalait de la chevelure de sa compagne, par le contact de sa main posée sur sa manche qu'il dut faire un effort pour se rappeler le sujet qu'il devait aborder.

— Les grands cèdres devant la façade nous cacheront. Oh ! David. C'est si bon d'être enfin seule avec vous.

Elle s'empara de son bras à deux mains et l'entraîna dans le labyrinthe, le poussant dans une allée, puis dans une autre.

Soudain, sans crier gare, elle se hissa sur la pointe des pieds et l'attira à elle pour un baiser.

Sitôt que leurs lèvres se furent jointes, chez David le désir succéda à la surprise. La prudence, la discrétion, la confession même qu'il s'apprêtait à faire à la jeune femme, tout se volatilisa pour ne laisser place qu'à l'instant présent et à cette femme frémissant dans ses bras.

Il l'attira contre lui et laissa échapper un soupir en sentant la tendre rondeur de ses seins s'écraser contre son torse. Il mourait d'envie de goûter sa peau nue dans le creux de son cou, de la caresser tout entière et pourtant il se contint, préférant laisser à Faith la conduite des événements.

Finalement, laisser à une femme l'initiative de la joute amoureuse avait quelque chose de terriblement érotique. Les soupirs de Faith, ses cris de plaisir le remplissaient d'une tendresse aussi puissante que la passion qu'elle lui inspirait. David prenait tant de plaisir dans cette attaque en règle qu'il en oubliait presque qu'il existait d'autres jouissances.

Pourtant, tout son corps se tendait de désir. Par chance, cette allée étroite entre deux haies de buis ne permettait rien d'autre que d'avancer ou de se tenir bien droits dans les bras l'un de l'autre. Comme il l'aurait volontiers couchée sur l'herbe sèche de cette fin d'été ! Comme il l'aurait aimée, là, sous les rosiers, tandis que leurs cris se seraient mêlés au piaillement des hirondelles qui plongeaient sur eux depuis le bleu vif de ce ciel si pur !

Mais l'innocence de Faith exigeait plus de raffinement. Des draps fins, un vin rare, du temps devant soi pour aller à la découverte l'un de l'autre.

Et surtout, pour lui montrer à quel point il l'aimait.

Pourtant David ne se sentait pas la force de rompre leur douce et violente étreinte le premier. Ils restèrent là, enlacés, n'entendant plus que leurs deux souffles haletants. Finalement, Faith le repoussa doucement avec un soupir.

— Brisons là, dit-elle en lui prenant le bras et en se remettant à marcher. Je crois que vous méritez un soufflet.

— Ne vous gênez pas. Mais sachez que je déteste tout autant que vous d'avoir dû m'arrêter.

Elle poussa un long soupir tremblant.

— Peut-être devrions-nous aller… dans un lieu où nous ne serions pas obligés de nous cacher… D'obéir aux convenances et de craindre le regard des autres.

David empêcha son esprit d'explorer cette hypothèse.

— Avant que nous poussions plus avant cette conversation aussi intéressante qu'impertinente, je dois vous faire un aveu. Et vous annoncer une nouvelle qui devrait vous libérer d'un grand tracas.

— Un aveu ! Oh ! mon cher… Je ne suis pas sûre d'aimer cela.

— Attendez de savoir ce que j'ai à vous dire. Je crois que vos problèmes avec Lord Randall sont réglés.

Il ne fallut qu'un instant à Faith pour mesurer la portée de ce qu'il venait de dire. Elle s'arrêta net et se tourna vers lui.

— Qu'avez-vous fait ? Oh ! David ! J'espère que vous n'êtes pas intervenu. Vous ne lui avez pas tiré dessus, n'est-ce pas ? Vous ne l'avez pas battu à mort ?

— Non, bien qu'il m'ait fallu prendre sur moi pour ne pas le faire.

— Mais vous l'avez pris à partie ! Ainsi, vous lui avez fourni tous les arguments dont il avait besoin pour nous mettre en cause devant le conseil de tutelle des enfants. Et vous pouvez être sûr qu'il le fera. Et dire que vous m'aviez promis ! Maintenant, je ne serai plus jamais libérée de son emprise. Et…

Elle se mit à sangloter, incapable de se retenir.

— Et, acheva-t-elle, si on me prend mes enfants, je ne pourrai jamais vous le pardonner. Jamais !

Faith tourna les talons et commença à s'éloigner mais en deux foulées, il l'avait rattrapée.

— Faith ! Attendez. Laissez-moi au moins m'expliquer. Je vous jure que je n'ai pas rompu ma promesse.

Elle le regarda, image même du désespoir.

— Mais… Vous venez de me dire que vous êtes allé voir Randall. Que vous l'avez neutralisé alors que je vous avais demandé instamment de ne rien faire.

— Je vous avais promis de ne pas l'agresser physiquement. Et malgré ses provocations et sa grossièreté, je ne l'ai pas fait.

— Mais vous avez été le voir.

— Disons que… j'ai eu l'occasion de lui parler. J'ai tenté de lui faire la morale. Un bon nombre de clients dans la salle de jeu pourront en témoigner. Nous nous sommes séparés sans en venir aux mains et personne ne pourrait prétendre le contraire. Même lui, s'il pouvait revenir.

— S'il pouvait revenir ? répéta Faith d'une voix blanche. Ne me dites pas que vous l'avez enlevé et enfermé quelque part ?

Elle ajouta, avec un sourire contraint :

— Vous feriez bien de me raconter toute cette histoire en détail.

David résuma brièvement les événements jusqu'au

rapport de l'homme de main de Hines, qui témoignait d'avoir vu Randall s'embarquer pour Calais.

— Oh ! Si j'avais pu assister à ses plongeons dans la Serpentine, soupira Faith, rassérénée. La tentation a dû être forte de l'y laisser.

— Ce n'est pas l'envie qui nous en a manqué, à moi et aux hommes qui se sont occupés de la manœuvre. Mais un fils de duc noyé dans une rivière, cela aurait fait trop de bruit.

Faith le regardait, les yeux brillants, le visage éclairé d'un franc sourire.

— Oh ! David. Quelle merveille vous êtes. Et si habile dans la manière dont vous tenez vos promesses.

— Vous n'imaginiez tout de même pas que j'allais me tourner les pouces dans une pareille affaire ?

— Oui, enfin, non… Je ne sais pas. D'autres l'auraient fait. Mais pas vous, David. J'aurais dû me douter que vous trouveriez un moyen de résoudre le problème.

— Malgré son rang, Randall n'est qu'un goujat sans éducation, Faith. Parasite, gâté depuis l'enfance, jouisseur inutile… Je connais cette race-là par cœur pour en avoir rencontré pas mal à Oxford. Je n'étais pas encore aguerri, à l'époque, mais j'ai vite appris à me défendre. Ils ont compris qu'il ne fallait pas chatouiller de trop près le « bouseux » et ils se sont attaqués à d'autres proies. C'est tout de même de là que viennent mes rapides progrès en boxe anglaise.

— Mais n'avez-vous pas dit que vous preniez également la défense d'autres garçons ?

Il haussa négligemment les épaules.

— Rien de plus normal. Qui se ressemble s'assemble. Et les enfants maudits, même fils de lords, finissent par se serrer les coudes. Après que Giles m'a enrôlé dans sa bande, je ne me suis plus jamais senti un marginal. Même si je l'étais. Et le suis encore.

— Ce talent nous a été fort utile, en l'occurrence.

David laissa échapper un petit rire.

— Oui, sauf que ce n'est pas moi qui l'ai touché ! Je doute que Randall oublie les événements de cette soirée.

— Pensez-vous qu'il ait écrit à sa mère ? Elle ne s'est pas encore plainte de sa disparition mais cela ne saurait tarder. L'enfant prodigue finit toujours par regagner la maison. Enfin, celle de mon fils, devrais-je dire.

— On l'a averti qu'il valait mieux pour lui n'informer personne de son départ, pour le moment. À mon avis, il s'occupera d'abord de se trouver un logis confortable et discret. Il contactera la douairière quand il aura besoin d'argent. Et il restera confiné à Calais pendant un bout de temps.

Incapable de retenir les mots qui lui brûlaient les lèvres, il ajouta très vite :

— D'ici là, il y aura un homme dans votre vie pour vous protéger. Un mari.

Faith le dévisagea, les yeux soudain élargis.

— Oh ! Davie… Je viens seulement de prendre toute la mesure de ce que vous avez fait. Non seulement vous nous avez débarrassés, mes enfants et moi, d'un être infâme mais vous nous avez donné la possibilité à tous les deux de… Oh ! Je sais que je vais vous choquer en m'offrant à vous ainsi, mais je vous veux tellement, Davie. Je vous admire et vous estime infiniment en tant qu'ami, mais ce que je veux maintenant, c'est… ceci !

Joignant le geste à la parole, Faith lança ses bras autour du cou de son compagnon et l'embrassa passionnément, d'un baiser d'emblée gourmand et impérieux. Une main agrippée à ses cheveux, elle plongeait sa langue dans la bouche de David, suçant et goûtant comme un chaton lape du lait tandis qu'elle se collait contre son corps soudain durci.

Le plaisir fut si intense que David crut être incapable de se contenir. C'était pourtant impossible, il n'était pas question de prendre Faith là, dans ce jardin, où tout le monde pouvait les voir.

Il lui fallut encore une longue minute pour trouver la force d'interrompre leur étreinte.

— Ma chérie… Pas ici, supplia-t-il.

Elle s'abandonna un instant contre lui, tremblante.

— Vous avez raison, bien sûr. Pas ici. Je viendrai vous voir chez vous, à Albany. Ou bien… j'ai de l'argent. Je peux louer une maison dans les faubourgs de Londres. Ainsi, nous aurons notre chez-nous, comme un vrai couple. Plus de monsieur le député ni de madame la duchesse. Juste les amants que nous rêvons d'être. Depuis notre première rencontre, je savais que cela arriverait. Pas vous ? Oh ! David, je vous en prie, dites oui ! Tout ce que j'ai connu de l'amour, c'est un mari qui, avec moi, se contentait d'accomplir son devoir en rêvant à ses filles de joie. Ne m'accorderez-vous pas la joie de connaître l'amour avec un homme qui se soucie sincèrement de moi et qui me désire ?

Bien sûr qu'il le savait depuis toujours. Pas qu'il deviendrait l'amant de Faith, mais qu'il l'aimerait à jamais. Pourtant, les mots de Faith lui faisaient mal et creusaient en lui une profonde blessure. Car si elle le voyait bien comme un amant, elle n'envisageait aucunement la possibilité qu'il devienne son mari.

Refoulant sa peine, il se concentra sur la situation présente.

— Il n'y a rien que je désire davantage, Faith. Mais vous comprenez bien, ma chérie, qu'éliminer Randall de notre chemin ne rend pas la situation plus simple au regard du monde. Il n'est pas le seul à considérer qu'une relation amoureuse entre un homme du peuple et une duchesse est répréhensible. Et cette fois, c'est quelqu'un d'infiniment plus crédible et plus respectable que Lord Randall qui pourrait en référer au conseil de tutelle.

Elle balaya son argument d'une main légère.

— Avec toutes les intrigues amoureuses qui font

clabauder notre chère bonne société ? Je suis à peu près certaine que personne ne se donnera même la peine de le remarquer. N'avons-nous pas droit à notre chance de bonheur, nous aussi ?

— De bonheur peut-être, mais pour combien de temps avant que quelqu'un ne décide de s'y intéresser et ne sonne la curée ? Une semaine ? Un mois ? Parce que cela finira par se savoir, n'est-ce pas ? Nous devrons mettre fin à notre relation et ce sera pire encore que si elle n'avait pas été. Vous seriez déshonorée. Peut-être menacée de perdre la garde de vos enfants. Et si vous tombiez enceinte ? On vous obligerait à mettre notre enfant au monde dans la clandestinité et à l'abandonner Dieu sait où ! Comment pourrais-je supporter l'idée que vous me donniez un fils que je n'aurais pas le droit de reconnaître ?

Il se tut, espérant encore que Faith suggérerait la seule solution qui pourrait empêcher cette catastrophe. Comme elle s'abandonnait contre lui avec un soupir découragé, il dut lutter pour ne pas la demander lui-même en mariage.

S'être débarrassés de l'importune présence de Lord Randall ne changeait rien à leurs positions respectives. L'épouser serait pour Faith une grave déchéance qui risquerait de l'exposer à de cruelles moqueries. Et pourrait même lui faire perdre ses enfants.

Il n'était pas question de profiter de ce moment de faiblesse de la jeune femme, du goût qu'elle avait pour lui, pour la pousser à conclure une union qu'elle ne tarderait pas à regretter.

Quand Faith releva la tête, deux larmes coulaient lentement de ses yeux.

— Ainsi, vous ne me donnerez rien ? Rien à espérer, rien qui puisse m'aider à vivre ? Pas même un petit moment de bonheur ?

La colère, la peine et le sentiment d'une perte irrémédiable s'emparèrent de David. Même si son corps était prêt à accepter cette offre merveilleuse, lui savait que posséder Faith puis devoir renoncer à elle le tuerait.

— Je ne serai pas ce « petit moment-là » pour vous, Faith, répliqua-t-il d'une voix amère. Ce genre d'aventure serait un affront à mon honneur autant qu'au vôtre.

Faith s'écarta de lui avec une violence qui le surprit.

— L'honneur ! Comme c'est commode quand on ne sait pas comment refuser l'offre qu'on vous fait. Alors que le vice est présent partout autour de nous, vous nous trouveriez coupables de vivre ensemble une aventure amoureuse ? Cela ne vous gêne pas de vous en servir comme excuse pour refuser à deux personnes qui tiennent l'une à l'autre la chance de connaître un peu de bonheur ? Oh ! David… Je ne vous croyais pas si pétri de principes rétrogrades. Vous n'en deviendrez pas pour autant un véritable gentilhomme, savez-vous ?

La flèche était cruelle. Incapable d'en supporter davantage, David tourna les talons et commença à s'éloigner.

Elle l'arrêta en lui attrapant la manche.

— David ! Oh ! David… je suis tellement désolée. Je… je devrais pourtant être habituée à subir des humiliations de toutes sortes. Mais vous entendre refuser ce que je désire si désespérément… Je ne vous importunerai plus, je vous le promets. Je ne me jetterai plus à votre tête. Mais, s'il vous plaît, promettez-moi de rester mon ami… Sinon, je ne sais pas ce que je deviendrai.

Furieux contre lui, crucifié par le visage torturé de Faith, David se débattait contre l'envie de jeter son fichu honneur aux orties avec sa bonne conscience et d'accepter l'offre de la jeune femme. Lui aussi commençait à entrevoir le lieu de leurs rendez-vous, un charmant petit cottage dans les faubourgs de Londres où Faith l'attendrait dans un déshabillé de dentelle. Elle lui ouvrirait les bras dès qu'il pousserait la porte et, la soulevant de terre, il la couvrirait de baisers. Puis il porterait vers le lit chaud et accueillant le corps de la femme qu'il aimait depuis si longtemps.

Plutôt se libérer de ces douces mains chaudes qui le retenaient et s'éloigner que d'accepter cette amitié dont il ne pourrait sortir que du chagrin.

Elle le força à le regarder et murmura :

— David, je vous en prie…

Quand David baissa la tête vers ce cher visage, qu'il plongea son regard dans les beaux yeux noyés de larmes, il se sentit perdu comme la première fois.

Il enserra le visage de Faith de ses deux mains.

— Faith, vous ne devrez jamais douter qu'à mes yeux vous êtes la plus jolie et la plus désirable créature sur la terre. Que votre simple vue pousse ma résistance jusqu'à ses dernières limites chaque fois que nous sommes seuls. S'il y avait une justice dans ce monde, vous auriez épousé un homme fier de votre beauté et de votre intelligence. Oui, je resterai votre ami, je vous le promets. Mais ne m'en demandez pas plus, je vous en prie. Si je brisais la promesse que j'ai faite de vous protéger, je finirais par me haïr.

Elle hocha la tête plusieurs fois tandis qu'il parlait.

— Oui, oui, tout ce que vous voudrez. Promettez-moi seulement de… de ne pas m'abandonner, acheva-t-elle, sa voix se brisant sur le dernier mot.

Le cœur serré, David ouvrit les bras et elle s'y précipita. Son corps mince tremblait et il sut qu'elle pleurait en silence.

Quoi qu'il fasse, songeait-il, désespéré, il se sentait maudit. Ce qu'ils venaient de se promettre ne pourrait que les rendre plus malheureux encore.

Mais comment faire autrement ?

Elle finit par s'écarter et lui adressa un sourire tremblant.

— Je devrais me montrer plus forte, je le sais. Plus tard, je ferai mieux, je vous le promets. Mais là, tout m'a paru soudain si difficile…

Il lui offrit son bras qu'elle prit aussitôt.

— Continuons comme avant, mon ami, conclut-elle avec un sourire. Ce n'était qu'une tempête passagère. Et ne dit-on pas que l'union fait la force ?

Il lui saisit la main qu'il effleura d'un baiser.

— Même si tout paraît réglé en ce qui concerne Randall, il va quand même falloir m'accorder une faveur. Votre beau-frère a quitté l'Angleterre, nous le savons, mais par précaution j'aimerais que vous séjourniez quelque temps chez votre sœur. Cela vous permettra de renouer des liens précieux qui pourront vous être utiles plus tard. Et là-bas, je vous saurai en sécurité. Dites à la douairière que vous devez aider Lady Englemere à s'occuper de sa fille convalescente tandis que les cousins feront meilleure connaissance. De toute façon, c'était ce que vous aviez l'intention de faire, n'est-ce pas ?

Elle hocha la tête.

— Quand ma belle-mère va commencer à se lamenter sur la disparition de son fils, nous serons bien contents d'échapper à ses jérémiades, il est vrai.

Faith s'arrêta de nouveau et s'empara de l'une des mains de son compagnon.

— Je vous dois une fière chandelle. D'autant plus que vous avez fait les choses fort proprement. Jamais Randall n'aurait tenu le choc, avec des mains pareilles !

Elle leva la main en question jusqu'à son visage, frotta sa joue contre la large paume puis en embrassa le dos.

— Cher, très cher David, poursuivit-elle, si vous saviez combien je me sens en sécurité en votre compagnie ! Combien je tiens à vous…

Tout son être aspirait à la reprendre dans ses bras et à l'y garder pour toujours. Résistant à l'envie de l'embrasser de nouveau, il passa le bras de Faith sous le sien et reprit sa marche.

Au moins, elle se sentait rassurée avec lui. Et elle

éprouvait quelque chose. Ce n'était pas assez, mais il devrait s'en contenter.

Comme ils sortaient enfin du labyrinthe, Faith marqua une pause et lança un regard en arrière.

— Je n'oublierai jamais cet endroit. Et je rêverai parfois que vous m'y avez donné une autre réponse.

— Je n'ai pas la maîtrise de vos rêves.

Regretterait-il plus tard d'avoir laissé ses principes prendre le pas sur ses émotions ? Faith tiendrait parole, il le savait. Plus jamais elle ne se laisserait aller dans ses bras.

Et encore moins dans son lit.

Mais l'honneur n'était pas un vain mot. Même pour un fils de paysan.

Chapitre 14

Après la réception que la douairière avait absolument tenu à honorer de sa présence — et accessoirement de celle de sa belle-fille —, Faith prit conscience sur le chemin du retour que c'était la première fois depuis des semaines qu'elle rentrait chez elle sans appréhension.

Ce fut avec un sentiment qui tenait de l'euphorie qu'elle descendit du carrosse. Elle pouvait aller à l'étage des enfants pour leur lire une histoire ou se retirer dans ses appartements et se plonger dans un roman. Ou même se faufiler plus tard dans la bibliothèque pour déguster un verre de porto sans crainte d'entendre la voix insidieuse de Lord Randall lui murmurer des insanités à l'oreille. Sans devoir guetter sa respiration lourde dans la pénombre des corridors.

— Dieu vous bénisse mon cher David, murmura-t-elle en gravissant les escaliers.

Les enfants devaient dormir à cette heure, mais elle décida de fêter sa liberté retrouvée en allant les embrasser dans leur lit. Si certains étaient éveillés, elle partagerait sa joie avec eux en les informant qu'ils feraient bientôt une visite prolongée chez leurs cousins, heureux propriétaires de tous ces merveilleux chiens, chevaux et arbres ne demandant qu'à être escaladés.

Tout sourires, elle s'apprêtait à gravir l'escalier menant

aux chambres des enfants quand la voix de la douairière retentit derrière elle.

— Ma chère Faith, vous me rejoindrez au salon, n'est-ce pas ? Je me fais tant de souci pour Randall ! Cela fait des jours qu'il n'est pas rentré et nous ne l'avons vu nulle part chez nos amis. J'étais pourtant certaine qu'il serait chez les Blanchard, ce soir. Leurs vins sont toujours d'une telle qualité !

Avec une grandeur d'âme qui l'étonna elle-même, Faith s'abstint de remarquer à haute voix qu'il n'y avait rien d'inhabituel à ce que Lord Randall disparaisse jusqu'à ce que le manque de subsides ne le fasse sortir du bois, comme le loup.

Elle répondit d'une voix aimable :

— Bien sûr, belle-maman, si vous pensez que cela vous fera du bien.

Mais, se promit-elle, si jamais la douairière émettait la moindre critique à son égard, des maux de tête insupportables la contraindraient à se retirer.

— Servez-moi un verre de sherry, ma chère, voulez-vous ? Il me semble que j'en ai bien besoin… Je crois que je vais faire porter un billet chez lui. Ce brave garçon a dû se dire qu'il nous dérangeait, à séjourner si souvent chez nous. C'est tout à fait ridicule, n'est-ce pas ? Je le rassurerai sur ce point et lui dirai qu'il nous manque. Que nous ne le voyons jamais assez.

Faith bouillait littéralement.

Rien ne vous empêche de le rejoindre à Calais, se dit-elle *in petto*.

Et après tout, pourquoi pas ? Quand Lady Ashedon mère serait fixée sur le sort de son fils, peut-être la laisserait-elle en paix. Il ne faudrait guère plus d'une heure à l'un des laquais pour aller de Berkeley Square à Bond Street, où Randall avait loué un petit deux-pièces pour son usage personnel. En attendant, Faith en profiterait pour informer la douairière de son prochain séjour chez Sarah.

Elle servit un verre de porto à sa belle-mère puis, réflexion faite, s'en versa un et attendit que la douairière ait fini d'écrire son mot. Une fois qu'il eut été confié au laquais, elle annonça tout à trac :

— Belle-maman — ces mots lui arrachaient la bouche, elle qui avait tant aimé sa mère ! — je vais m'absenter moi aussi quelque temps, une fois que j'aurai convenu avec ma sœur du meilleur moment. Comme vous devez vous en souvenir, ma nièce a été fort malade. Quand nous sommes allés la voir dernièrement, j'ai promis à Sarah que je reviendrais l'aider à s'occuper de sa petite convalescente. Cela permettra à ma sœur de venir à Londres se changer les idées. Et puis mes enfants seront ravis de retrouver leurs cousins.

La douairière la dévisagea, interloquée.

— Allez-vous m'abandonner, vous aussi ? C'est la pire période pour me quitter ! D'après l'époux de Lady Blanchard, la session parlementaire touche à sa fin et tout ce que Londres compte de gens intéressants va se retirer dans ses terres pour la saison de la chasse. La ville sera un véritable désert. Il faut profiter des dernières fêtes tant qu'il y en a. Vous pouvez certainement retarder votre séjour chez votre sœur. Vous avez aussi des obligations familiales ici, savez-vous.

Faith s'efforça d'afficher un sourire aimable.

— Toutes les obligations familiales sont importantes, répondit-elle patiemment. Mais vous avez quantité de divertissements ici, alors que ma pauvre sœur est confinée depuis des semaines avec sa fille malade. Mes autres sœurs habitent trop loin et ont leurs propres obligations.

— Vos devoirs vis-à-vis de la lignée ducale ont la préséance, ma fille, rétorqua la douairière avec hauteur.

Faith soupira sans répondre. Et, tandis que la duchesse

douairière commentait avec complaisance les petits ratés de la soirée et ressassait les derniers ragots, elle repensa avec gourmandise à l'interlude de l'après-midi dans le labyrinthe.

Les joues en feu, elle se remémora ses provocations licencieuses et les propos qu'elle avait tenus. Puis l'humiliation qu'elle avait éprouvée en se sentant rejetée.

Mais « humiliation » n'était pas le bon mot. David ne s'était pas montré volontairement blessant et méprisant à son égard, contrairement à son défunt époux. Sa réaction exagérée avait été provoquée par un sentiment de frustration bien compréhensible. Et par un profond chagrin à l'idée que David, qui lui avait manifesté plus d'intérêt et de considération que quiconque depuis que sa famille s'était éparpillée aux quatre coins du pays, ait pu la refuser de manière aussi radicale.

Mais ce n'était pas elle en tant que femme qu'il refusait. Il lui avait dit clairement. Faith savait qu'il la désirait et qu'il aurait tout donné pour qu'une liaison soit possible. Mais ce cher David, qui était l'incarnation de la fidélité et de l'intégrité, n'aurait jamais accepté une relation qui pouvait leur faire du tort, à elle et à ses enfants.

Et même si elle haïssait cette idée, il avait raison. Ils ne vivaient pas dans un coin sauvage du Pays de Galles ou de la lointaine Écosse mais dans la bruyante Londres, où même les murs et les trottoirs avaient des oreilles.

À bien y réfléchir, elle n'avait pas eu besoin de le forcer beaucoup pour qu'il accepte ses baisers. Oh ! Non, bien au contraire. Il l'avait laissée jouer avec sa bouche, avec sa langue, s'ouvrant à son exploration gourmande avec une indéniable complaisance. Et, collée à lui, Faith avait pu mesurer toute la force de sa passion retenue.

David avait bien failli succomber. Elle sentait encore contre son ventre le sexe dur de son compagnon. Elle l'imaginait contre sa peau nue, frémissant et prêt à la pénétrer et, sous l'aiguillon du désir et de la frustration, serra les dents pour retenir un gémissement. Mais comment auraient-ils pu, là, aux yeux de tous ? Non, il avait bien fait de l'arrêter, de la raisonner avec sa voix si calme tandis qu'il la baignait de la chaude lumière de son regard aimant. Leur liaison n'aurait pu rester secrète et ils auraient couru droit à la catastrophe.

Faith secoua la tête. Oui, c'était mieux ainsi. Ses enfants d'abord.

Mais ses fils ne seraient pas toujours dans son giron. Un jour, plus tôt qu'elle n'osait l'envisager, ils prendraient leur envol, comme c'était arrivé pour le fils aîné de sa sœur.

Le temps viendrait-il alors pour David et pour elle de s'aimer enfin ? À cette pensée, le cœur de Faith se mit à battre la chamade.

Son enthousiasme marqua une halte brutale quand elle songea à l'homme que David était devenu. Elle l'avait aimé dès leur première rencontre, en ce lointain été. Mais il n'avait plus rien à voir avec le grand jeune homme dégingandé en quête d'un destin, le cerveau bien organisé mais sans moyens matériels. Grâce au soutien de son parrain et à ses talents personnels, il était devenu une personnalité qui comptait sur l'échiquier politique et l'un des leaders du mouvement en faveur de la réforme.

Il était aussi devenu un homme particulièrement séduisant. Il était étonnant qu'aucune jeune fille ambitieuse ne l'ait encore pris au piège du mariage. Mais, avec sa fortune en plein essor et sa réputation, il trouverait chaussure à son pied bien avant que les fils de Faith n'aient atteint l'âge de voler de leurs propres ailes.

Comme elle parvenait à cette navrante conclusion, un coup résonna à la porte et interrompit le monologue de sa belle-mère. Le messager que celle-ci avait envoyé chez son fils fit son apparition.

— Eh bien, Johnson, interrogea la vieille dame d'une voix brève. Lord Randall vous a-t-il donné une réponse ?

— Il n'était pas là, Votre Grâce. J'ai frappé encore et encore, pensant qu'au moins un domestique me répondrait. Mais en vain. Finalement, le propriétaire de la pension est sorti et m'a dit qu'il avait décampé… Euh ! Qu'il était parti, Votre Grâce.

La douairière porta la main à sa gorge.

— Parti ? Que voulez-vous dire ?

— Lord Randall n'habite plus là-bas. Le propriétaire m'a fait monter dans l'appartement pour que je le constate par moi-même. Il voulait tout vendre pour recouvrer les loyers impayés. Mais il n'y avait plus rien. Ni vêtements, ni bagages, aucun objet personnel. On dirait qu'il est parti précipitamment. Tiroirs renversés, vieux journaux étalés sur le sol. Le propriétaire m'a pressé de donner le nom de mes maîtres, sans doute pour vous réclamer de l'argent. Mais je ne me suis pas laissé faire.

— Parti ! répéta la douairière, en se tordant les mains de désespoir. Mais comment est-ce possible ? Comment aurait-il pu quitter la ville sans me prévenir ? Oh ! Allez-vous-en, insolent ! lança-t-elle au laquais qui attendait sur le pas de la porte. Vous êtes congédié.

— Merci, Johnson, intervint Faith sur un ton courtois. Vous avez fort bien agi. Passez demain matin à mon bureau et vous aurez une récompense.

Le visage du jeune homme, habitué au despotisme arbitraire et vain de la douairière, s'éclaira.

— Merci, duchesse.

Puis, s'inclinant avec déférence, il les salua et quitta la pièce.

— Vraiment, ma fille, gronda la douairière dès que la porte se fut refermée, on voit bien que ce n'est pas vous qui faites les comptes. Récompenser ce garçon alors qu'il s'est montré incapable de trouver mon fils !

Elle bondit sur ses pieds avec plus de souplesse que son embonpoint semblait pouvoir le lui permettre et se mit à arpenter la pièce en maugréant :

— Et où diable Randall a-t-il bien pu partir ? Chez quelque coquine, sans nul doute. Mais pourquoi ? Je sens que je ne vais pas dormir de la nuit. Non, il faut que je sache le fin mot de tout cela.

La vieille dame se précipita sur la carafe de porto, s'en servit un autre verre et poussa un soupir à fendre l'âme.

Lord Randall pesant d'un tel poids sur le budget de la maison, l'initiative de prendre quelques jours de vacances à ses frais était un moindre mal, faillit rétorquer Faith. Mais elle parvint à se contenir. Après tout, il était normal qu'une mère s'inquiète pour son enfant, même quand il s'agissait d'un aussi triste sire.

Peut-être sa discrétion était-elle due également au fait qu'elle connaissait les circonstances de la disparition de Randall et qu'elle se sentait un peu coupable. Elle haussa les épaules. Bah ! Randall était assez grand pour informer sa mère de ses projets s'il le désirait.

— Mais pourquoi est-il parti ainsi, au milieu de la nuit et sans prévenir personne ? gémit encore sa belle-mère. Et en emportant toutes ses affaires !

— Il aime à jouer, vous le savez, observa Faith d'une voix douce. Peut-être venait-il de subir de grosses pertes ?

La duchesse douairière la regarda comme si elle allait se jeter soudain sur elle pour l'embrasser.

— Oui, c'est cela, vous avez raison, mon enfant. Le vilain garçon ! Je me souviens que, lors de sa dernière visite, il m'a avoué qu'il avait eu recours, à l'occasion, aux services d'un prêteur sur gage quand il ne me trouvait pas chez moi pour le renflouer sur-le-champ. Il a dû vouloir échapper aux griffes de ses créanciers. Ou pis encore, aux gens de justice. C'est la seule explication.

Faith ravala un sourire amer. Non, ce n'était la seule

explication, hélas. Mais elle s'était promis de ne rien révéler afin de préserver la paix de la maisonnée. Et puisque l'affaire était réglée…

— Où peut-il être allé, pourtant, poursuivait la douairière en faisant des allers et retours entre la fenêtre et la cheminée, puisqu'il n'est pas venu se réfugier ici ? Sans doute pour ne pas nous importuner, le cher garçon !

Elle s'arrêta net et son visage gras s'éclaira soudain.

— Oh ! Mais bien sûr ! Ashedon Place ! Quel garçon intelligent ! Jamais ses créanciers n'oseraient le suivre jusque là-bas. C'est que nous avons des hommes à nous qui prendraient sa défense, n'est-ce pas ? Allez, ma fille. Réveillez votre domestique, qu'elle prépare vos bagages et ceux des enfants. Je vais faire prévenir le cocher pour qu'il se tienne prêt à partir pour Ashedon Court dès l'aube. Quant à moi, je serai bien incapable de fermer l'œil tant que je ne serai pas rassurée sur le sort de mon fils.

Sur ces mots, la douairière quitta la pièce dans un envol de châle et de jupons, n'imaginant apparemment pas une seconde que sa belle-fille pût avoir d'autres projets que de la suivre dans la lointaine propriété familiale.

Faith s'apprêtait à la suivre pour l'informer que, pour son compte, elle avait l'intention de rendre visite à sa sœur, quand il lui vint une idée.

Elle était tout à fait certaine que Randall n'était pas à Ashedon Court. Même s'il se lassait rapidement de Calais, il n'y avait aucune raison pour qu'il aille se réfugier dans un endroit qu'il considérait, pour reprendre ses propres termes, comme un « caveau de première classe ». Et, toujours pour le citer, dans lequel il n'avait l'intention de remettre les pieds que pour y être enterré dans la crypte familiale.

Quant à elle, cela faisait des années qu'elle rêvait d'emmener les enfants à la campagne, de les faire bénéficier du rythme lent des journées dans le domaine, entre la pêche, les promenades vagabondes et les jeux dans le parc avec les enfants des voisins. Edward, en particulier, avait besoin de connaître les terres dont il allait hériter et de se voir présenter les métayers qui s'occupaient de ses récoltes et de ses biens.

Au lieu d'investir la maison de Sarah avec ses trois enfants, pourquoi ne pas accompagner la douairière à Ashedon Court et y passer quelques semaines paisibles ? Elle pourrait certainement y faire venir le précepteur qu'elle aurait recruté et embaucher un groom pour apprendre aux garçons à monter à cheval. Quant à elle, elle se chargeait de leur enseigner tous les mystères de la chasse à la grenouille et de l'escalade des grands arbres qui peuplaient le parc.

Cela lui rappellerait le bon vieux temps de ses escapades avec son frère Colton.

David l'avait avertie qu'il serait probablement trop occupé la semaine à venir pour trouver le temps de la voir. Après leur délicate entrevue de la veille, quelque temps sans le voir lui permettrait de mettre un peu d'ordre dans ses pensées. De se convaincre qu'elle pouvait se contenter de son amitié en attendant qu'ils puissent vivre leur amour plus tard.

À condition qu'il ne se marie pas. Elle avait beau aimer et désirer son beau chevalier servant, Faith avait trop de principes pour tenter de séduire un homme marié. Et David, pour les mêmes raisons, ne se l'autoriserait pas non plus.

Chassant cette désagréable perspective de son esprit, Faith se concentra sur le futur proche. Une fois qu'ils seraient arrivés à Ashedon Court, décida-t-elle pour satisfaire sa conscience, elle ferait envoyer à la douairière un billet anonyme la renseignant sur la destination prise par son fils.

Si, après avoir reçu l'information, sa belle-mère décidait de rejoindre Lord Randall à Calais, grand bien lui fasse ! Mais ce serait sans elle.

Oh ! Passer plusieurs semaines dans la splendeur de

l'automne du Derbyshire ! Se consacrer pleinement à ses enfants, dîner avec eux, leur lire des histoires, les emmener se promener avec les chiens du garde-chasse. Pêcher et monter à cheval dans les bois... Peut-être même demanderait-elle au garde d'apprendre à Edward à se servir d'un fusil ?

Se lever tôt le matin et se remplir les poumons de bon air frais, contempler le soleil levant au milieu du brouillard doré, surveiller l'envol des oiseaux en partance pour des climats plus doux...

La seule chose qui aurait pu rendre ce séjour parfait eût été la présence de David auprès d'elle.

Dans sa vie.

Dans son lit.

Faith se rappela avec un soupir combien elle s'était sentie aimée et protégée dans les bras vigoureux de l'homme qu'elle aimait. Combien le taquiner de ses lèvres, de sa langue, le poussant jusqu'aux limites de son contrôle, lui avait plu. Elle se rappela la flamme qui s'allumait en elle dès qu'ils étaient ensemble.

À cette seule pensée, elle se sentit de nouveau brûler au plus intime d'elle-même.

Mais puisqu'il n'était pas possible de satisfaire ce désir, du moins pour le moment, autant se priver un peu de la présence de David. Et tirer tout le bénéfice de cette occasion inespérée que venait de lui offrir sa belle-mère de profiter avec ses fils des joies de la vie à la campagne.

Bien malgré elle, certes !

Faith ne put retenir un petit rire.

Chapitre 15

Quelques jours plus tard, David partageait quelques pichets de bière avec la bande des Diables de Hadley dans la bruyante salle commune de la taverne La Plume et le Marteau. Ce soir-là, ils célébraient avec les autres clients, pour la plupart membres du Parlement, l'adoption du *Reform Bill* par la Chambre des communes.

— Dix ans ont passé depuis que nous avons envisagé cette mesure dans un estaminet surpeuplé d'Oxford. Il aura tout de même fallu tout ce temps ! s'exclama Ben en tapant du plat de la main sur la table.

Et, levant sa pinte de bière, il ajouta :

— À David, notre lumière intellectuelle, à Giles, stratège politique hors pair, à Christopher, fin limier qui a su déjouer toutes les subtilités juridiques qui auraient pu tout faire ajourner.

— À la réforme, hurlèrent-ils tous en chœur en trinquant.

Christopher leva la main.

— Même si la loi est passée devant les Lords sans amendement majeur, il nous reste encore pas mal de travail pour intégrer les différentes mesures en les harmonisant district par district. Et, ne l'oublions pas, notre objectif à plus ou moins long terme est d'obtenir le suffrage universel.

— Oui, afin qu'un gamin issu d'un milieu modeste n'ait pas besoin d'un parrain riche et influent pour participer au gouvernement de son pays, approuva David, en songeant à sa propre expérience.

— Certes, approuva Gilles, mais regarde où tu es arrivé !

David secoua la tête.

— Sans un lord solidement implanté dans la gentry anglaise, sans toutes les alliances dont il a pu me faire bénéficier, je ne serais rien. Je souhaite que tous les enfants d'Angleterre puissent disposer des mêmes chances, qu'ils puissent aller dans les meilleures écoles et qu'il leur soit donné tous les moyens de présider à leur destinée. Et je ne vous remercierai jamais assez, vous mes amis, et en premier lieu Giles, qui a eu pitié de l'étudiant pauvre que j'étais, assis seul dans son coin dans cette fameuse taverne à laquelle tu fais allusion, Christopher.

— Si tu avais été un sot ou un homme sans scrupules, intervint Ben, tu ne serais pas arrivé là où tu es et tu ne jouirais pas de la considération de tous, chez les Lords comme aux Communes.

— Pourtant, tout au fond de moi, je suis et je resterai l'orphelin pauvre issu de la glèbe.

David, que ces mots renvoyaient à la dernière conversation qu'il avait eue avec Faith, tomba dans un profond silence. Ne l'avait-elle pas accusé de rester attaché à des principes bourgeois qui les empêchaient d'être heureux ? Elle avait raison, finalement, mais pas tout à fait comme elle l'entendait.

Oui, il attachait une importance quasi sacrée à l'honneur, à la loyauté et à la sainteté du mariage. Mais comme ses amis venaient de le souligner, il n'était plus ni pauvre, ni solitaire. Sans fausse modestie, il ne pouvait qu'être d'accord avec eux quand ils soulignaient son influence et sa prospérité.

Alors pourquoi, quand il était question de Faith, agissait-il comme s'il était encore cet enfant humble et démuni ?

Pourquoi se considérait-il comme indigne d'obtenir sa main parce qu'il était d'un rang social inférieur ?

Il n'était pas et ne serait jamais un aristocrate. Mais le pas que ses camarades et lui avaient franchi ce jour-là avec l'adoption de la loi était à marquer d'une pierre blanche puisqu'il les menait vers une Angleterre où chaque homme aurait le droit de vote, où votre naissance ne déterminerait pas votre destin plus que votre mérite. Avait-il besoin de l'affirmer à haute voix ? Il ne se sentait en rien inférieur à un individu comme Randall, ou même comme l'admirable marquise d'Englemere, sous prétexte qu'il était né sans titre. Et même, comme on disait curieusement, sans nom.

Si lui, qui se battait pour changer la société, n'avait pas cru qu'il était l'égal de ceux qui possédaient des titres, comment aurait-il pu espérer faire changer l'opinion des Anglais ?

Mais pour l'heure, la seule opinion qui comptait pour lui, c'était celle des tuteurs des enfants de Faith.

Peut-être pourrait-il demander son avis à Englemere ? Avec toutes ses relations, l'époux de Sarah connaissait certainement le nom de ceux qui faisaient partie du conseil de tutelle ? Peut-être même pourrait-il leur demander leur avis sur ses prétentions à épouser la jeune duchesse ?

Si Englemere lui confirmait que rien ne s'y opposait, alors il pourrait agir. Cela ne changerait pas le fait qu'en l'épousant, dans l'Angleterre de leur époque, Faith déchoirait considérablement aux yeux des gens de sa classe. Mais du moment que cela ne remettrait pas en question les droits de la jeune femme sur ses enfants, il se sentirait libre de faire sa demande, lui laissant le choix de sa décision.

Faith le considérait-elle comme l'égal d'Englemere et de Witlow ? Assez digne, tout au moins, pour accepter de l'épouser ?

En tout cas, Faith saurait à quoi s'en tenir sur la force de son amour. Il savait qu'elle avait des sentiments pour lui. Et elle le désirait, se rappela-t-il non sans une certaine satisfaction mêlée d'un trouble irrépressible.

Mais il faudrait à la jeune femme plus qu'une attirance physique ou sentimentale pour avoir le courage d'affronter le jugement de ses pairs.

Alors, devait-il agir ou préférerait-il, devant la possibilité d'un échec, se contenter de son amitié ?

S'il faisait sa demande en mariage, il n'y aurait pas de retour en arrière possible.

Alors, tout, ou rien ?

Il n'était pas obligé de prendre sa décision tout de suite.

Un claquement de doigts sous son nez le ramena à la réalité. Il se retourna vers le propriétaire des doigts en question, qui le regardait d'un air interrogateur.

— Où étais-tu parti ? s'enquit Ben. À ce point perdu dans la contemplation de notre réussite que tu en oubliais où nous étions ? Bois donc encore pour te remettre !

— Non, merci. Je suis de l'avis de Christopher, nous n'avons pas encore atteint notre but. Il nous reste du pain sur la planche. Maintenant, il faut que cette loi passe chez les Lords. Je vais aller voir Englemere et lui demander son avis sur la situation.

Giles le dévisagea, stupéfait.

— Ce soir ? Tu ne peux pas nous consacrer la soirée avant la prochaine bataille ?

— Avec un peu de chance, s'il n'est pas retourné à Highgate Village, Englemere est chez Lord Edward, expliqua David avec un sourire aimable, espérant détourner les soupçons de ses véritables intentions. Je n'en ai pas pour longtemps. Et vous ne m'avez pas l'air pressés de rentrer.

— Pas sûr qu'il te restera de la bière à ton retour, bougonna Ben.

David lui administra une claque amicale sur les épaules.

— Je suis prêt à prendre le risque. À plus tard.

— Je serai peut-être rentré quand tu reviendras, dit

Giles en le rattrapant par la manche. Mais j'ai hâte de savoir ce que pense Englemere de tout ça.

L'imperceptible battement de paupières dont il le gratifia et son regard interrogateur laissèrent entendre à David que son ami n'était pas dupe. Les questions politiques n'étaient pas le seul motif de la visite de David à Englemere.

Si les choses tournaient en sa faveur, il lui expliquerait plus tard de quoi il retournait. Mais étant donné la délicatesse de la question et son issue incertaine, il préférait ne rien dire, même à son plus proche ami. Giles serait prêt à tout pour l'aider, il le savait. Mais, en l'occurrence, seul Englemere et Faith pouvaient régler la question.

David dut prendre sur lui pour quitter l'établissement d'un pas mesuré. Mais une fois sur le trottoir, dans le froid de la nuit, il prit ses jambes à son cou et se rua vers la station de fiacres la plus proche.

Après le court trajet entre La Plume et le Marteau, situé près du Parlement, et la maison de ville de Lord Edward, dans Moulton Street, David gravit les escaliers quatre à quatre, frémissant d'excitation. Ce qui allait se passer dans les minutes suivantes pouvait déterminer le reste de sa vie.

Rien, pas même le passage du *Reform Bill* pour lequel il s'était battu pendant dix ans, ne pouvait se comparer à l'euphorie provoquée par la perspective de réussir enfin à conquérir la femme qu'il aimait.

Mais il ne fallait pas brûler les étapes. Il devait d'abord s'assurer que demander la main de Faith était envisageable.

Le maître d'hôtel, qui le connaissait bien, l'informa que la famille était au salon. Malgré l'heure tardive, il allait informer son maître que David était là.

— Lord Englemere est-il ici, Shelborn ? s'enquit David, l'estomac serré par l'angoisse.

— Oui. Lord Englemere passe la semaine à Londres

avant de retourner à Highgate. Des obligations politiques, je crois.

Shelborn s'inclina et partit informer son maître de la présence d'un visiteur.

Trop agité pour s'asseoir sur le siège que Shelborn lui avait avancé, David se mit à aller et venir dans la pièce. Il était à peu près certain que le maître d'hôtel reviendrait avec une invitation à se joindre à la petite réunion entre son mentor et Englemere et s'efforçait de contenir son impatience.

Quelques minutes plus tard, Shelborn revint et lui demanda de le suivre dans les appartements privés, à l'étage supérieur. David gravit les marches d'un pas bondissant et entra dans le salon où Sir Edward, son épouse Lady Greaves et Lord Englemere jouaient aux cartes.

— Bienvenue à vous, mon cher David, s'exclama Sir Edward. Vous joindrez-vous à nous pour une partie ? Ou êtes-vous trop excité par votre victoire aux Communes pour rester assis ?

David opina du chef.

— Il y avait de quoi être excité, en effet. À tel point que j'ai éprouvé le besoin de passer à l'étape suivante sans tarder. Je me suis permis de me présenter chez vous dans l'espoir d'y trouver Lord Englemere…

S'interrompant, David salua son collègue à la Chambre et reprit :

— Maintenant que la loi est passée devant les Communes, puis-je vous demander quelques minutes de votre temps pour avoir votre avis sur la situation aux Lords ?

Lady Greaves se leva avec un gracieux sourire.

— Messieurs, si vous avez à parler politique, je préfère vous laisser. Vous connaissant, ces quelques minutes risquent de s'éterniser.

— Oh ! Mais je vous en prie, protesta David, sincèrement gêné. Je serais navré d'interrompre votre partie. Je peux fort bien attendre que vous ayez fini.

— Étant donné mon jeu, je ne suis pas fâchée de quitter la table dès à présent, le rassura Lady Greaves en jetant ses cartes sur la table. Cela m'évitera une humiliante défaite. Ned, mon cher, nous nous verrons plus tard. Englemere, je vous souhaite une bonne nuit. À demain matin.

Sur ces mots, la charmante femme alla embrasser son mari sur la joue, serra la main de David et quitta la pièce.

— Mon avis vous intéresse-t-il ou préférez-vous rester en tête à tête tous les deux ? s'enquit Sir Edward d'un ton cordial.

— Je vous en prie, restez, répondit vivement David.

Et, avant qu'Englemere ne commence à l'interroger, il se confessa.

— À dire vrai, je ne suis pas venu jusqu'ici pour parler vraiment de nos affaires. Ce qui me préoccupe est beaucoup plus personnel.

— Si c'est plus important pour vous que les questions politiques pour lesquelles vous vous battez depuis dix ans, alors vous avez bien fait de venir. Même à une heure… disons… un peu avancée, le taquina Sir Edward avec un bon sourire.

— Ça l'est en effet. Seriez-vous assez aimables, tous les deux, pour ne faire aucun commentaire avant que je ne vous aie tout dit, même si je vous parais présomptueux ? Au point de perplexité et même de… de grande inquiétude où j'en suis, votre avis me sera infiniment précieux.

Ses deux interlocuteurs échangèrent un regard étonné.

— Entendu, dit Sir Edward en hochant la tête. Nous vous écoutons.

— Je suppose que je ne vous surprendrai pas si je vous dis que j'éprouve depuis longtemps une grande admiration pour Faith… la duchesse d'Ashedon. À dire vrai, cela date de l'été où je l'ai rencontrée chez vous alors que je vous servais de secrétaire, Sir Edward. Au fil des ans, mes sentiments et mon admiration n'ont fait que croître et jamais aucune femme n'a pu rivaliser avec elle dans mon cœur. Comme vous le savez sans doute, après la mort du duc nous avons renoué une relation amicale, ce qui n'a fait que renforcer mes sentiments. Au point que… je crains que ce que j'éprouve pour Faith ait dépassé de loin la simple amitié.

Sir Edward et Lord Englemere échangèrent un nouveau regard.

— Vous voulez dire, si je vous comprends bien, intervint Englemere, que vous souhaitez l'épouser ?

Soulagé que le marquis ait gardé son calme devant une hypothèse aussi choquante, David hocha vivement la tête.

— Oui. J'aimerais demander Lady Ashedon en mariage.

Sir Edward toussota délicatement.

— Et… Pensez-vous qu'elle vous rende votre affection ?

— Je sais qu'elle m'apprécie. Mais que ce soit suffisant pour accepter ma demande, je ne le saurai que lorsque je l'aurai faite. Bien qu'elle ne puisse ignorer mes sentiments, jusqu'à présent j'ai pris bien soin de ne rien dire qui puisse laisser supposer que j'attendais d'elle plus que de l'amitié. Aujourd'hui, je me sens prêt à dévoiler mon cœur. Cependant, je ne saurais proposer une union que les tuteurs des trois enfants de Lady Ashedon pourraient désapprouver au point de lui retirer le soin de ses fils. Ce que je voudrais savoir de vous, c'est précisément comment réagiraient ces tuteurs si je faisais ma demande.

Il leva la main, comme pour prévenir tout commentaire intempestif.

— Je ne suis pas assez naïf pour ignorer que la société sera choquée, voire scandalisée par une telle union. Mais après des années de bons et loyaux services au sein du Parlement, je crois occuper à présent une position assez respectable pour que les tuteurs ne voient pas en moi un obstacle. Bien sûr, je sais que la somme de mes mérites ne fera pas pour autant de moi un pair du royaume. Je laisserai Faith décider elle-même si elle se sent capable de supporter un possible rejet de la part des gens de son monde. La seule question qui reste est donc celle-ci : pensez-vous que je sois un parti assez respectable aux yeux du conseil de tutelle de ses enfants ?

Après quelques minutes d'un lourd silence, pendant lequel David entendit le sang battre sourdement contre ses tempes, Sir Edward prit la parole d'une voix lente.

— Vous ne pouvez douter de notre estime à votre égard, mon cher David.

— Je n'en doute pas, en effet. Mais tous les deux, vous m'avez connu dans des circonstances plutôt, disons… particulières et notre longue collaboration influence nécessairement votre opinion sur ma valeur personnelle. Connaissez-vous par hasard les tuteurs des enfants du duc d'Ashedon ? Assez pour prédire leur réaction quand ils apprendront que je souhaite épouser la duchesse ?

Englemere, se souvenant certainement des circonstances sordides qui avaient entouré la mort du duc, fit une grimace.

— Ignorant évidemment que son décès était imminent, et imprévoyant comme il l'était, Ashedon n'a pas pris soin de désigner lui-même des tuteurs pour ses enfants. À l'ouverture du testament, c'est la chancellerie qui a désigné trois hommes pour jouer ce rôle. Son propre cousin, le marquis de Trent, l'un de ses oncles maternels, le comte de Sandborn, et l'avocat de la famille, maître Campbell.

— Sandborn ? répéta David, dont l'inquiétude baissa d'un cran.

Englemere sourit.

— Oui, Sandborn, l'un de vos plus ardents soutiens à la Chambre des lords. Vous ne rencontrerez certainement aucune opposition de sa part, pas plus que de celle de l'avocat. Trent, par contre, est très collet monté. Il pourrait fort bien émettre de sérieuses réserves sur le remariage de la duchesse avec un homme du commun.

— Les trois tuteurs ont-ils l'obligation de rendre leur jugement à l'unanimité ?

Englemere claqua la langue.

— Je l'ignore. Je n'ai jamais eu affaire à ce genre d'expertise. Cependant, Sandborn, j'en suis certain, vous soutiendra sans réserve. Et je ne manquerai pas de glisser un mot en votre faveur.

— Tout comme moi, renchérit Sir Edward.

— Donc, commença David, s'efforçant de réprimer son excitation, vous pensez tous les deux que je peux tenter ma chance sans craindre l'opposition du conseil de tutelle ?

Après avoir échangé un regard, les deux hommes opinèrent du chef.

— Oui, nous le pensons, confirma Englemere.

L'espoir que David avait refoulé si longtemps le fit soudain bondir comme un enfant, avec un cri de joie.

— Merci ! s'écria-t-il en serrant énergiquement les mains d'Englemere et de Sir Edward. Peut-être me ferai-je renvoyer dans mes lignes comme un malpropre mais au moins, maintenant, je vais oser faire ma demande.

— Ne vous targuez pas trop non plus de vos humbles origines, mon cher David, le corrigea Sir Edward avec un rire affectueux. Après tout, vous êtes propriétaire terrien et membre du Parlement. Pas un pauvre laboureur ou un ouvrier de manufacture. Ni un coureur de dot.

— Je me fiche de la fortune de Faith comme d'une guigne. Mes revenus n'ont rien de comparable à ceux d'un duc mais je pourrai sans difficulté entretenir ma femme sur un bon pied.

— Le plus important, intervint Englemere d'une voix paisible, c'est que vous l'aimiez. Après tous les malheurs que lui a fait subir son défunt mari, la pauvre duchesse mérite bien sa part de bonheur. Si elle pense pouvoir le trouver avec vous, vous aurez ma bénédiction ainsi que celle de Sarah.

— Et les nôtres, à Joanna et à moi, ajouta Sir Edward. La voir heureuse est le plus cher de nos vœux. Nous vous souhaitons beaucoup de bonheur à tous les deux, mon cher David.

— Ne vous inquiétez pas trop au sujet de ces tuteurs, dit encore Englemere. Si nécessaire, Ned et moi irons leur parler.

Un tel élan de joie et d'enthousiasme submergea David qu'il se sentit soudain comme un de ces ballons des frères Montgolfier, qui, une fois libérés des amarres qui les reliaient à la terre, montaient plus haut, toujours plus haut dans l'air bleu.

— Merci à tous les deux, s'écria-t-il en leur étreignant de nouveau les mains avec affection.

Il souriait comme un idiot du village, c'était certain, mais il ne pouvait s'en empêcher. C'était tout juste s'il parvenait à se retenir de quitter la pièce en dansant une gigue.

— Vous n'allez pas tenter votre chance à une heure aussi avancée, n'est-ce pas ? s'inquiéta Sir Edward en le raccompagnant avec Englemere.

— J'aimerais bien mais il est sans doute trop tard. Je ne voudrais pas faire irruption à Brookhollow Lodge et les réveiller au milieu de la nuit. Car je suppose que Faith est chez vous avec les garçons ?

Le marquis secoua négativement la tête.

— Pas que je sache. Étaient-ils supposés l'être ?

L'heure était mal choisie pour révéler l'odieux comportement de Lord Randall. Et Faith, du reste, ne tenait peut-être pas à ce que toute l'affaire soit mise au jour.

— Elle m'avait confié avoir l'intention de faire un séjour prolongé chez vous incessamment. Comme je ne l'ai pas vue depuis quelques jours, je pensais qu'elle avait déjà quitté Londres.

— Pour autant que je sache, ma belle-sœur et ses enfants sont toujours en ville. Mais bien que la distance d'ici à Berkeley Square soit courte, je ne vous conseille pas d'aller chez elle à cette heure, en effet.

Sir Edward toussota discrètement.

— Si je peux me permettre une suggestion, bien que n'étant pas de la famille, pour faire votre demande il conviendrait mieux d'envoyer à Faith un billet avec un bouquet de fleurs et de lui demander une entrevue. Prenez le temps de préparer un joli petit discours plutôt que de faire votre déclaration comme ça, tout à trac. Les dames aiment les paroles aimables.

— Faith préfère celles qui sont honnêtes. Dites ce que vous avez dans le cœur, conseilla Englemere, cela fera l'affaire.

Sir Edward lui tapota affectueusement l'avant-bras.

— Bonne chance, David. Je vous souhaite tout le succès possible. Faith ne pourrait choisir un meilleur époux. Quoi que vous disiez, dites-le avec votre cœur et mettez-y toute votre âme.

— Si Faith me fait l'honneur de devenir ma femme, elle n'aura jamais l'occasion de le regretter. Je vous le jure !

Sur ces mots, bouillonnant de fierté et d'impatience, David salua ses deux amis et s'élança dans la nuit comme s'il s'apprêtait à aller se jeter aux pieds de celle qu'il aimait.

Chapitre 16

Conscient qu'il devait paraître bien trop agité pour rejoindre ses amis à La Plume et le Marteau sans être en butte à des questions indiscrètes, David décida de rentrer à Albany. Incapable de trouver le sommeil, il passa la nuit à arpenter sa chambre en répétant sa demande en mariage.

« Prenez le temps de préparer un joli petit discours », lui avait conseillé Sir Edward.

David avait longuement réfléchi à ce qu'il voulait dire à la jeune femme. Pourtant, après avoir ouvert les bondes à son amour trop longtemps retenu dans le cercle clos de son cœur, et sachant que le bonheur de toute une vie en dépendait, il craignait d'oublier tout ce qu'il s'apprêtait à lui dire dès qu'il serait devant elle.

Et il appréhendait tant l'idée que Faith puisse le rejeter qu'il faillit décider de ne pas aller la voir du tout. Ne ferait-il pas mieux de profiter quelque temps encore du bonheur de sa compagnie avant de se déclarer ?

Mais si elle était disposée à l'accepter, pourquoi retarder la joie et subir la torture d'une si longue attente ? Si Faith devait refuser sa main, autant le savoir tout de suite et envisager bien en face le désastre que serait sa vie sans elle.

Comme la situation avait évolué depuis cette fameuse nuit où il avait rencontré Faith sur les trottoirs londoniens, en si mauvaise posture ! À quel moment le simple plaisir de passer des moments avec la jeune femme s'était-il transformé en ce besoin urgent de la voir, d'entendre sa voix, de la toucher même, qui l'assaillait tous les jours ?

Quel qu'ait été l'instant où cette transition décisive s'était produite, il était trop tard maintenant pour battre en retraite et se contenter d'une simple et franche amitié.

Alors, autant savoir au plus vite ce que le sort lui réservait.

Sir Edward lui avait également suggéré d'envoyer un petit mot avec des fleurs pour convenir d'un rendez-vous. C'était certes un avis plein de sagesse, comme le précédent. Mais David ne se sentait pas davantage capable de le suivre. Attendre une bonne partie de la nuit lui avait déjà paru assez interminable comme cela. Il était bien décidé à partir dès que l'heure serait convenable et bien avant l'ouverture des fleuristes. Il serait bien temps de submerger Faith de fleurs ensuite, si elle acceptait sa demande.

Peu après l'aube, David se baigna et se rasa soigneusement, regrettant que le toujours très chic Christopher ne l'ait pas obligé à se faire confectionner un nouveau complet la dernière fois qu'il l'avait traîné chez son tailleur. Après s'être habillé avec soin, il sortit déjeuner d'œufs brouillés arrosés de thé bien fort dans la taverne voisine, mais ne put avaler que quelques bouchées. Il se résigna à boire à petites gorgées son thé brûlant en consultant sa montre de gousset toutes les cinq minutes. Puis, enfin, il décida qu'il était une heure convenable pour rendre visite à une dame du monde.

Il lança quelques pièces sur la table et, bondissant sur ses pieds, quitta l'auberge d'un pas vif, le cœur battant la chamade et la tête vide. Il ne lui restait plus, conclut-il en montant dans un fiacre, qu'à espérer tomber tout de suite sur Faith en arrivant à Berkeley Place et non sur son vieux dragon de belle-mère.

Quand le fiacre fut parvenu à destination à une vitesse qui tenait du record en cette heure matinale, David sauta sur le trottoir avec la même énergie et grimpa quatre à quatre les marches du perron pour s'immobiliser, la main en l'air.

Le heurtoir avait été retiré de la porte.

Perplexe, il fit le tour en passant par la cour et gagna la porte de l'arrière-cuisine où ses coups de poing contre le panneau de chêne attirèrent une vieille servante au pas lent. Après avoir reproché à David de la retarder dans sa tâche, qui consistait à recouvrir le mobilier de la maison de housses, elle l'informa du même ton aigre que la duchesse douairière, sa belle-fille et les trois garçons avaient quitté Londres deux jours plus tôt pour leur domaine du Derbyshire.

Quand il eut mis quelques pièces dans la main de la vieille femme, ce qui la dérida quelque peu, elle s'empressa d'ajouter que l'idée de gagner Ashedon Court était venue très soudainement à la douairière et que la duchesse lui avait emboîté le pas, avançant que c'était l'occasion pour ses enfants de passer quelque temps à la campagne. David lui demanda si elle connaissait la durée de leur absence, et son interlocutrice répondit que ce serait probablement jusqu'au printemps, le Parlement s'apprêtant à ajourner ses travaux.

David laissa tomber une pièce supplémentaire dans la vieille main tremblante et regagna son domicile à pied tout en ruminant sa déception. La douairière devait avoir découvert la disparition de son fils et en conclure qu'il était allé se réfugier sur leurs terres. Peu encline à la dissimulation, Faith n'avait probablement pas essayé de détromper sa belle-mère et avait accepté de la suivre pour avoir la paix. L'essentiel était que si Lord Randall osait contre toute attente remettre les pieds à Londres, la jeune femme, enterrée au fin fond du Derbyshire, était désormais à l'abri de ses méfaits, autant et même mieux que si elle s'était réfugiée chez sa sœur.

Mais pourquoi diable ne l'avait-elle pas prévenu ? se demanda-t-il, pris d'une soudaine panique. Bah ! Sans doute avait-elle pensé qu'elle aurait le temps de lui envoyer un billet pour l'informer de son changement de projets avant qu'il ne s'aperçoive de son départ. Ne lui avait-il pas confié qu'il serait très occupé ces jours-ci ?

Il fut tenté de rejoindre Faith immédiatement. Ne serait-ce que pour s'assurer qu'il n'y avait pas de raison inquiétante à son silence. Mais il y avait ce vote imminent à la Chambre des lords. D'un autre côté, il n'était pas le seul à avoir préparé le terrain chez les Lords. D'autres que lui pouvaient maintenir la pression pendant les quelques jours où il s'occuperait de ses affaires dans le Derbyshire.

Il pouvait aller à La Plume et le Marteau où, avec un peu de chance, ses amis tiendraient une petite session stratégique avant l'habituelle réunion de leur comité dans l'après-midi. Il leur demanderait combien de temps, d'après eux, il faudrait pour que le *Reform Bill* soit adopté aux Lords. S'ils estimaient qu'il avait le temps de faire l'aller et retour jusqu'à Ashedon Place avant le moment décisif du vote, il le ferait.

Son plan d'action établi, David se dirigea, pour la énième fois durant ces deux derniers jours, vers la plus proche station de fiacre.

À son grand soulagement, quand David arriva à La Plume, les Diables de Hadley siégeaient bien dans le cabinet privé qu'ils avaient coutume de réquisitionner. Comme il s'y attendait après son départ précipité de la veille au soir, il fut assailli par Ben avant même d'avoir pu placer un mot.

— Heureusement que je ne t'ai pas gardé de la bière ! Englemere était-il si loquace que tu n'as pu t'extirper de ses griffes ? À moins que tu aies oublié ta promesse et omis de lui demander son avis ?

David était si plein de ses préoccupations qu'il lui fallut quelques secondes pour reprendre le fil de la conversation. Trois regards interrogateurs étaient fixés sur lui.

— Cela dit, intervint Christopher avant qu'il ait pu ouvrir la bouche pour répondre, la discussion sur le *Reform Bill* n'était peut-être pas vraiment la raison pour laquelle tu es parti si vite ?

— Crois-moi, David, conclut Giles d'une voix paisible, il est temps que tu nous fasses confiance et que tu nous dises de quoi il retourne exactement.

Pris au piège, David exhala un long soupir. Giles avait raison. Bien que ses amis ne puissent rien pour lui en la circonstance, hormis lui donner leur avis, il devait les informer de ce qui se passait.

— Parfait, dit-il en se laissant tomber sur une chaise. Qu'on m'apporte de la bière et je vais tout vous expliquer.

Il raconta à ses amis en quelques phrases succinctes comment sa relation avec Faith avait évolué, depuis leur rencontre inopinée jusqu'à ce qu'ils prennent conscience de leur passion mutuelle, ainsi que sa décision d'aller consulter Englemere et son mentor sur le bien-fondé de sa demande en mariage.

Son récit terminé, il se raidit, prêt à subir les quolibets redoublés de ses amis.

— Si vous avez envie de reprendre votre couplet sur la quête de l'Inaccessible, c'est le moment ou jamais.

— Il semblerait qu'elle ne le soit plus tant que cela, commenta gentiment Ben. Et j'aimerais que tu nous fasses assez confiance pour ne pas imaginer que nous allons rire de tes efforts, maintenant que ta relation n'est plus un rêve impossible mais un bonheur à portée de main.

— Englemere et Sir Edward pensent certainement que

le conseil de tutelle ne risque guère de faire des objections, avança Giles.

— Du moins, deux d'entre eux, qu'ils connaissent bien. Pour ce qui est du troisième, très à cheval sur les questions de pedigree, il faudra certainement le pousser un peu. Mais ils pensent pouvoir y parvenir, conclut David, triomphant.

Giles sourit.

— Ils pourront toujours lui rappeler que les hommes d'État sont souvent anoblis pour leurs bons et loyaux services. Tu pourrais bien finir avec un titre au-dessus du sien.

— Impossible, proclama Ben en tapant du plat de la main sur la table, parce que David le refuserait. N'oubliez pas que nous travaillons pour l'abolition des titres et des privilèges, mes amis. Pas pour en faire collection.

Il précisa en se retournant vers Giles :

— Rassure-toi, mon cher, nous ne te demandons pas de renoncer au tien. Ce n'est pas de ta faute si tu es né vicomte, et destiné à recevoir le titre de comte et la fortune qui va avec.

— Merci pour ta grandeur d'âme, rétorqua Giles, mi-figue, mi-raisin. Aucun titre de noblesse n'est condamnable en soi du moment que l'individu qui le porte est estimé pour ses mérites personnels et non pour sa naissance.

— Alors, s'enquit Christopher, toujours pragmatique. Quand vas-tu tenter ta chance ? Il faudrait qu'une femme ait perdu la tête pour refuser un parti comme toi.

— Après avoir supporté dix ans de mariage avec Ashedon ? renchérit Ben. Si cette jeune personne a un peu de bon sens, elle sautera sur la chance d'épouser un homme qui n'a que deux passions : la même femme depuis dix ans et son pays.

David ne se froissa pas de la grandiloquence de son ami.

— Je l'espère, si elle m'aime assez pour cela. Ce qui est la grande inconnue du problème, évidemment. Jusqu'à ce que j'aie débattu de la question avec Englemere et Sir

Edward hier soir, j'osais à peine croire à autre chose qu'à de l'amitié entre nous… Elle m'est attachée, bien sûr, mais une simple et franche amitié lui suffit peut-être.

— Alors c'est qu'elle est aveugle, décréta Christopher.

— Pas nécessairement. N'oublie pas que Faith est duchesse. Épouser un homme du peuple, c'est se fermer un grand nombre de portes. Ne plus être reçue dans une société qu'elle fréquente depuis toujours. C'est beaucoup lui demander.

Giles l'apaisa d'un geste.

— Si elle t'aime sincèrement, cela n'aura pas d'importance.

— Je devrais le savoir bientôt. Du moins, je l'espère. C'est la raison pour laquelle je suis venu ce matin.

— Si tu voulais notre permission pour lui faire ta demande, tu l'as, l'interrompit Ben avec un clin d'œil. Avec notre bénédiction par-dessus le marché.

David le foudroya du regard et poursuivit :

— Je voulais vous demander combien de temps il faudra à votre avis pour que le *Reform Bill* soit voté à la Chambre des lords. Faith est absente de Londres en ce moment. J'ai appris ce matin qu'elle était partie pour Ashedon Court, dans le Derbyshire, avec ses enfants et sa belle-mère, et qu'elle ne comptait pas en revenir avant le printemps. Je souhaiterais la rejoindre là-bas immédiatement.

Devant le regard étonné de ses amis, il ajouta précipitamment :

— Bien sûr, uniquement si vous pensez que j'ai le temps de faire l'aller et retour avant que le projet de loi soit soumis au vote.

— Tu veux quitter Londres maintenant ? demanda Ben, incrédule. Au moment où les Chambres se disposent à adopter la loi la plus importante de ces quatre cents dernières années ? Où nous avons besoin des cerveaux les plus pénétrants et des talents de persuasion les plus efficaces pour convaincre les membres de la Chambre des lords que cette loi doit passer maintenant et pas dans dix ans !?

Giles, pourtant toujours discret et compréhensif, renchérit.

— Je comprends ton impatience à demander la main de la duchesse au plus vite. Mais franchement, David, tu ne peux choisir pire moment pour quitter la ville. Il faudra peut-être plusieurs semaines pour que le vote se fasse, mais ce n'est pas revenir à temps qui est le plus important. Ce qui compte, c'est tout le travail des derniers jours que nous allons devoir faire pour nous assurer du résultat.

— Exactement, dit Christopher en opinant du chef.

Il devait s'attendre à cette réponse, bien sûr, mais David se surprit à résister. Il avait donné le meilleur de lui-même pendant des années pour rendre la nation meilleure et plus forte. Ne pouvait-il pas s'accorder quelques jours pour réaliser ce qui avait une telle importance pour sa vie personnelle ?

Pendant plusieurs longues minutes, tout le monde resta silencieux. On n'entendait plus que le tic-tac de la pendule sur la cheminée et un bruit de voix étouffées en provenance de la salle commune. Finalement, ce fut Ben qui reprit la parole.

— Personne ne sait mieux que toi l'importance des trois ou quatre semaines à venir. Si tu penses pourtant que tu dois te rendre dans le Derbyshire, alors vas-y. Je crois me faire le porte-parole de tous les Hellions ici présents en t'affirmant que tu partiras avec tous nos vœux de succès et de bonheur.

Surpris que ce soit Ben le libertin qui reconnaisse la force de son amour, lui qui n'avait jamais pu rester avec la même femme plus de quelques semaines, David fut ému par la sympathie et la confiance de ses amis.

Et malgré cela, il sut qu'il avait trouvé sa réponse.

Il souhaitait plus que tout au monde faire de Faith la femme de sa vie, et son épouse devant Dieu. Mais il se sentait également incapable de sacrifier le devoir qu'il avait envers son pays pour satisfaire des intérêts personnels.

— Merci pour ce vote de confiance, mes amis. Mais... je crois que je vais rester. Nous avons attendu dix ans pour voir nos rêves politiques couronnés de succès. Je suppose que je peux attendre encore quelques semaines pour voir mon rêve à moi devenir réalité.

Giles vint lui serrer la main.

— Merci. Nous apprécions tous le sacrifice que tu fais.

— Ce n'est qu'une question d'une semaine ou deux, Davie, le consola Ben avec un sourire. Personne ne va tomber du ciel dans un si court laps de temps pour enlever sous ton nez la dame de tes pensées !

— Je l'espère bien, rétorqua David, se réjouissant une fois de plus d'avoir expédié le sieur Randall à Calais.

Ce fut fort dépités que les Diables de Hadley se retrouvèrent deux semaines plus tard dans le même salon privé de La Plume et le Marteau, pour méditer sur le rejet du *Reform Bill* par les Lords.

— Je ne parviens pas à y croire, se lamenta Ben en abattant ses deux poings sur la table. Tous ces efforts pour persuader une majorité de lords de voter en faveur de la réforme ! Et voilà le résultat... Sans compter les émeutes qui risquent d'éclater un peu partout dans le pays !

— Même les plus intransigeants avaient au moins accepté de s'abstenir, renchérit Christopher.

— Si le clergé a décidé d'exercer toute son influence, il n'a pas eu de mal à battre les lords temporels[1], commenta

1. La Chambre des lords, dite aussi « chambre haute », est composée de membres non élus : les lords spirituels, représentés par les plus importants évêques de l'Église d'Angleterre, et les lords temporels, titulaires d'une pairie. N.D.T.

David amèrement. Je suis resté à Londres, j'ai parlementé avec des pairs du royaume pendant des jours et des jours, et tout ça pour ça ! J'aurais dû partir pour le Derbyshire il y a deux semaines.

Ben poussa un long soupir.

— Quand je pense qu'à Oxford les membres du clergé nous appelaient « les diables de l'enfer » parce que nous voulions supprimer leurs sièges à la Chambre des lords ! Ils se sont bien vengés ! Notez bien ceci, les amis. Je crois que les diables, aujourd'hui, ce sont eux pour s'être ainsi opposés à une loi bénéfique au peuple.

— La situation peut être renversée, affirma Christopher, sans l'air d'y croire tout à fait. Alors, maintenant, que fait-on ?

— Il devrait y avoir un vote de confiance du gouvernement Grey, dit David. Grey va le gagner, naturellement, et demandera au roi de proroger le Parlement. Il a tout fait ces dernières années pour que la loi passe. Puisqu'on ne peut pas la présenter une seconde fois dans la même session parlementaire, il devra en ouvrir une autre.

Ben sourit.

— À toute chose malheur est bon. Cela te donnera le temps de faire le voyage jusqu'au Derbyshire et d'en revenir.

— Oui, approuva Giles. Bonne chance, mon vieux…

S'interrompant au beau milieu de la phrase, il lissa du plat de la main le journal étalé devant lui et se pencha pour mieux voir.

— Bon sang ! On dirait que tu as vu juste, Ben.

Christopher se pencha par-dessus la table.

— Que veux-tu dire ? Que s'est-il passé ?

Tous s'étaient levés d'un bond et entouraient Giles, cherchant à regarder le journal par-dessus son épaule.

— La nouvelle de l'échec du vote s'est répandue dans le pays comme une traînée de poudre. D'après le *Morning Post*, il y a eu des émeutes à Derby, à Nottingham, dans le Dorset et le Somerset dès hier soir. L'hôtel de ville et l'évêché de Bristol ont été détruits, la prison de Bristol ouverte et ses prisonniers libérés. Les émeutiers ont même mis le feu à Nottingham Castle et à Wollaton Hall, la demeure de Lord Middleton.

— Wollaton Hall ? répéta Ben en se tournant vers David. Ashedon Court ne se situe-t-il pas juste à côté, près de Derby ?

David se figea. La panique l'envahit.

— Si, en effet. Messieurs, si vous voulez bien m'excuser… Je pars pour Ashedon sur-le-champ.

Il se précipita vers la sortie et attrapa son manteau au vol, à peine conscient des offres d'assistance et des encouragements de ses amis. Il prenait déjà mentalement ses dispositions pour se rendre dans le Derbyshire. Dans un coin de son cerveau se dressait l'horrible vision de Faith, son adorable et innocente Faith, encerclée par une foule d'hommes en colère, brandissant fourches et pioches, simplement parce qu'elle habitait dans une demeure ducale.

Si elle était blessée, s'il arrivait quoi que ce soit aux enfants, il ne répondrait plus de ses actes.

Chapitre 17

Deux jours plus tard, Faith, assise au bord de la rivière qui traversait la propriété d'Ashedon Court, sa plus vieille jupe retroussée sur ses jambes sans bas, regardait ses fils occupés à pêcher. Pareil à un peintre, le soleil teintait d'or les feuilles des arbres sous lesquels elle était assise, leur conférant leurs premières couleurs automnales.

Edward, devenu très efficace après plus de trois semaines de pratique, plaçait un appât sur l'hameçon de Colin, qui savait déjà repérer les endroits où le poisson avait des chances de mordre et lançait maintenant sa ligne avec adresse. Enveloppant ses trois fils d'un regard plein d'amour, Faith songea que son aîné ressemblait enfin à l'enfant de huit ans qu'il était.

À son grand plaisir, nuancé d'une certaine culpabilité, elle n'avait plus besoin de craindre l'influence de sa belle-mère. Une semaine après leur arrivée dans le Derbyshire, la lettre anonyme qu'elle avait pris soin de rédiger était arrivée au château, informant la douairière qu'un « ami » avait vu Lord Randall embarquer pour Calais avec un grand nombre de malles. Partagée entre le soulagement de savoir son fils vivant et l'inquiétude de le découvrir exilé en terre étrangère, la douairière avait balancé entre le rejoindre pour lui offrir son aide, rester à Ashedon Court dans l'espoir qu'il l'y rejoigne ou retourner à Londres, qui était tout de même le lien le plus direct avec la ville française grâce à son port. Optant finalement pour Londres, lieu où, en toute logique, son fils irait d'abord la chercher, et n'appréciant pas plus que lui la campagne, elle avait aussitôt fait ses préparatifs pour retourner dans la capitale.

Faith avait manifesté l'intention de rester à Ashedon Court, et sa belle-mère n'avait pas manqué de la chapitrer sur le fait qu'il était de son devoir de la suivre. Mais Faith avait tenu bon, répétant l'antienne qu'il était grand temps que le jeune duc s'accoutume à la vie d'un propriétaire terrien et qu'il prenne conscience de ses responsabilités.

La douairière avait fait la moue mais elle savait reconnaître une carte gagnante quand elle en voyait une. À bout d'arguments, elle avait fini par s'en aller, accompagnée de l'abondante escorte de grooms, laquais et autres domestiques qui satisfaisaient l'idée qu'elle se faisait de sa grandeur.

Quand, dans un grand bruit de sabots et de tintement de harnais, le lourd équipage eut disparu au tournant de l'allée, Faith se sentit entièrement libre pour la première fois depuis son mariage.

Depuis ce matin-là, elle se laissait glisser le long des jours comme le duvet de chardon volant au vent. Promenade à cheval tôt le matin, petit déjeuner avec les enfants et leur bonne dans la nurserie. Leçons d'orthographe, de calcul et de sciences naturelles, qui se poursuivaient dans le parc où ils s'occupaient à identifier les arbres, les plantes, les insectes et les oiseaux. Souvent, comme ce jour-là, ils apportaient un pique-nique et des gaules et finissaient la journée par une séance de pêche à la ligne.

Il leur arrivait aussi parfois, pendant leurs excursions, de s'arrêter dans l'un des cottages du domaine où Faith présentait au petit duc les métayers et les ouvriers agricoles. Ce qui lui permit d'entendre plusieurs fois de la bouche de ces hommes honnêtes mais frustes qu'ils n'auraient pas reconnu le petit duc, tant ils avaient peu vu son père, feu leur maître. Cette remarque répétée la perturba. Wellingford, la propriété de sa famille, n'était pas si vaste bien sûr, mais en grandissant, elle avait appris à connaître chacune des familles qui travaillait pour eux. Et pourtant, elle n'était même pas l'héritière !

Faith se promit qu'avant de rentrer à Londres Edward connaîtrait sur le bout des doigts tous les employés du domaine.

Pendant ses chevauchées, elle avait fait la connaissance des garçons d'écurie et en avait engagé un, très jeune mais à l'œil vif et d'allure sympathique, pour enseigner aux garçons à monter à cheval. La veille au soir, elle avait étudié les dernières candidatures des précepteurs recommandés par Englemere et en avait sélectionné trois qu'elle avait invités à venir à Ashedon Court pour un entretien.

De nouveau immergée dans la nature qu'elle aimait tant, enfin libre d'organiser ses journées comme elle l'entendait sans personne pour lui dire ce qu'elle avait à faire, l'observer ou la critiquer, Faith se sentait devenir chaque jour plus forte, plus détendue et plus confiante. La possibilité de décider de sa vie la ramenait aux jours de sa jeunesse, à celle qu'elle avait été autrefois, libre, enthousiaste et généreuse.

La jeune fille qu'avait connue David et qu'il avait tant appréciée.

David. Le seul problème qu'elle n'avait pas encore résolu.

Elle lui avait envoyé un mot le soir de leur arrivée à Ashedon pour lui expliquer son changement de plan subit et avait reçu en retour un mot encore plus bref, lui disant qu'il approuvait sa décision et lui souhaitait un bon séjour à la campagne. Et, tout à la fin de sa missive, il avait ajouté que, une fois la session parlementaire arrivée à son terme, il lui rendrait peut-être visite à Ashedon Court.

Cette perspective excitait merveilleusement Faith et

lui faisait en même temps souffrir les affres de l'indécision. Ici, entre champs et forêts, il y avait une multitude de cabanes de bûcherons, d'abris pour les bergers et de vallons ombragés où l'on ne rencontrait ni armées de serviteurs, ni fournisseurs à l'œil aux aguets, ni voisine prompte à rapporter ce qu'elle croyait avoir vu ou entendu. La demeure d'Ashedon Court elle-même était assez vaste et la plupart de sa vingtaine de chambres, inoccupées depuis assez longtemps pour qu'une rencontre nocturne puisse s'y faire en toute discrétion.

Si David venait jusqu'à elle, devrait-elle respecter sa promesse de ne plus tenter de le séduire ? En serait-elle capable ? Faith n'avait qu'une certitude : il lui serait impossible de vivre sans l'amitié et le soutien de David. Si elle perdait cela en essayant de l'attirer dans son lit, elle ne savait pas comment elle pourrait continuer.

Elle aimait passionnément ses fils mais le poids d'une telle responsabilité pesait bien lourdement sur ses épaules et elle avait besoin du regard confiant de David, de ses conseils et même, aussi discrète soit-elle, de sa tendresse.

De toute façon, si elle parvenait à le faire céder, il se lasserait d'elle, comme tous les hommes se lassent des femmes qui les ont attirés, et il partirait. Alors, cela valait-il la peine de l'avoir auprès d'elle pour si peu de temps, elle qui l'aurait voulu pour toujours ?

Devait-elle prendre ce risque, puisqu'elle savait qu'ensuite ils seraient aussi incapables l'un que l'autre de revenir à de simples relations d'amitié ?

Dès qu'elle avait un peu de temps à elle, ces deux possibilités tournaient et retournaient encore dans la tête de Faith, pareils à de pauvres petits écureuils en cage. Devait-elle se refuser un bonheur qu'elle désirait si fort, aussi fugitif soit-il ? Ou le saisir à pleines mains en sacrifiant leur amitié ?

Le cri de joie de Colin qui venait d'attraper un nouveau

poisson la sortit de son rêve, où elle reposait dans les bras de David qui la berçait amoureusement, pour revenir à la réalité. Du moins était-elle heureuse, ici, avec ses enfants.

— Mets donc ce poisson dans le panier, s'exclama-t-elle joyeusement en se levant pour secouer ses jupes. Il va falloir rentrer.

Riant devant le chœur de protestations qu'elle venait de soulever, elle ajouta :

— Désolée, les garçons. Nous reviendrons demain, si le temps le permet. Mais vous vous souvenez, nous avions prévu de nous arrêter chez la vieille Mrs Bank sur le chemin du retour. Matthew, tu veux bien porter à ton tour le panier que nous avons rempli de provisions pour elle ? Ce n'est pas trop lourd ? Sinon, je t'aiderai…

Les enfants rassemblèrent leur matériel avec moult soupirs et ajoutèrent précautionneusement la truite pêchée par Colin aux trois autres dont les flancs mordorés s'alignaient au fond du panier. Puis, en file indienne, ils suivirent leur mère sur le chemin du retour.

— Pourquoi faut-il que nous apportions son pain et sa soupe à Mrs Bank, maman ? demanda Colin en attrapant la main de sa mère.

— Parce qu'elle est âgée et mal en point en ce moment, idiot, rétorqua Edward en homme qui sait tout.

— Mais sa servante ne peut-elle lui faire la cuisine ? insista Matthew, qui n'aimait pas que la vieille femme le caresse de sa vieille main tremblante.

— Elle est veuve, mon chéri, expliqua Faith. Elle n'a pas les moyens de se payer des domestiques. D'ordinaire, ce sont les enfants devenus grands qui aident à la maison leurs vieux parents…

— Comme nous le racontait Mr Tanner Smith, interrompit Matthew. Tu te souviens, maman, tout ce travail qu'il avait à la ferme quand il était enfant ?

— Oui, exactement.

C'était bien de David de prendre sa tâche tellement à cœur quand il parlait aux enfants ! Maintenant, ils le citaient en toutes circonstances.

Chassant le souvenir de David de son esprit, Faith poursuivit son explication :

— Mais les enfants de Mrs Bank sont tous partis travailler à Manchester. L'un des devoirs les plus importants d'Edward, quand il devra s'occuper d'Ashedon Court, sera de savoir qui de ses gens est vieux, malade ou malheureux, et de prendre soin de lui ou d'elle.

— Et tu peux être sûre que je le ferai, maman, affirma le jeune garçon en se dressant de toute sa petite taille. Donne-moi le panier, Matthew, ajouta-t-il en tendant la main. Je vais porter les truites.

— Mais alors, que puis-je porter, moi ? se lamenta Matthew, peu désireux de céder à son aîné la charge dont il se sentait responsable, maintenant que celui-ci la réclamait.

— Pourquoi ne pas lui donner nos poissons ? intervint la voix flûtée de Colin. C'est bon à manger, les truites, n'est-ce pas ?

— C'est vraiment une très gentille idée, répondit Faith, émue par la générosité de son fils. Nous verrons si quelqu'un peut les lui préparer.

— Mais peut-être sais-tu faire cuire les poissons, maman ? dit Matthew. Puisque tu sais grimper aux arbres ?

Aussitôt le souvenir de barbecues improvisés avec son frère Colton remontèrent à la mémoire de Faith. Elle sentait l'odeur du poisson grillé monter de la grille fabriquée avec de fines branchettes de noisetier, il y avait des années de cela, sur la berge de la rivière à truites de Wellingford.

— Cela fait bien longtemps, mais je suppose que je saurais encore le faire. Très bien, les garçons, nous cuirons une truite pour Mrs Bank, si cela lui fait plaisir.

— Si c'était des tartelettes à la confiture, avoua Colin,

je ne crois pas que je lui en aurai donné. Mais je suis d'accord pour lui donner ma truite.

Faith rit et serra plus fort la petite main de son fils dans la sienne.

Ils ne tardèrent pas à atteindre le cottage de Mrs Bank. Tout autour, les champs étaient en friche et le jardin à l'abandon, la vieille dame étant sans doute trop fatiguée pour s'en occuper. Le cottage n'était pas en très bon état non plus, remarqua Faith. Elle nota mentalement qu'il lui faudrait demander à leur régisseur de faire remplacer le toit de chaume et repeindre les murs en blanc.

Elle accepta d'un signe de tête qu'Edward frappe à la porte.

— Mrs Bank ! Pouvons-nous entrer ? Nous avons apporté des choses pour vous ! cria-t-il.

Mais en lieu et place de la frêle silhouette de la vieille femme, la porte s'ouvrit sur un grand gaillard vêtu de grossiers vêtements de laboureur.

— Qu'est-ce que vous lui voulez à ma grand-mère ? cria-t-il. Et d'abord, qui êtes-vous ?

— Tout va bien, mon garçon, dit la voix faible de la vieille dame derrière lui. C'est la duchesse avec ses fils. Laisse-les entrer, veux-tu ?

Mais le jeune homme ne l'entendait pas de cette oreille. Il toisa Faith des pieds à la tête avec un mépris non dissimulé et revint à la charge :

— Alors, on se souvient enfin de not' existence ? On vient jouer à la dame patronnesse, pour avoir la conscience tranquille ? Tant qu'à toi, mon p'tit prince, t'as bien fait d'venir jeter un coup d'œil à ce beau morceau de terre, parce que tu n'vas pas l'garder bien longtemps.

Consciente du manque d'implication de son mari dans la bonne marche de son domaine, Faith pouvait comprendre les doléances du jeune paysan. Mais elle n'admettait ni son ton ni ses manières. Aussi le dévisagea-t-elle d'un regard glacé.

— Nous avons appris par notre cuisinière que Mrs Bank était souffrante et lui avons apporté de la nourriture. Allez-vous la refuser ?

Au bout d'un moment, l'homme détourna les yeux. Puis il s'effaça de mauvaise grâce.

— F'rez aussi bien d'entrer, puisque vous êtes là.

Faith poussa ses garçons devant elle, la tête haute, Colin les yeux agrandis par la peur, accrochée à sa jupe. Ignorant le jeune homme, nommé Dickon, qui les collait comme s'il avait peur qu'ils fassent du mal à sa grand-mère ou lui volent quelque chose, elle s'approcha du lit installé dans la pièce commune et, se penchant sur la vieille femme ratatinée sous les couvertures, lui prit la main.

— Comment vous sentez-vous aujourd'hui, Mrs Bank ? Nous vous avons apporté du pain et de la soupe. Et les garçons vous ont pêché une belle truite.

— Et comment qu'vous imaginez qu'elle va la manger, Vot' Altesse ? intervint Dickon d'un ton brutal. Ma grand-mère peut pas t'nir sur ses jambes et c'est pas moi qui vais l'cuisiner, vot'poisson.

Faith lui lança un regard peu amène par-dessus son épaule.

— Elle aurait pu avoir des enfants aimants qui viennent prendre soin d'elle. Mais puisqu'ils ne sont pas là, je vais le faire.

Se penchant sur la malade, elle s'enquit avec un sourire :

— Vous vous sentez assez forte pour manger, Mrs Bank ?

La vieille femme sourit à son tour.

— Une bonne truite qui vient tout juste d'êt'pêchée ? Ah ! Votre Grâce ! J'peux même pas me souvenir de la dernière fois qu' j'en ai mangé.

— Alors, c'est décidé. Matthew, Edward ! Allez me

chercher du bois, voulez-vous ? Il n'y en a pas assez près de la cheminée.

Ignorant délibérément le petit-fils de Mrs Banks qui se dandinait d'un pied sur l'autre devant le lit, Faith alla regarder sur l'étagère accrochée au mur près du foyer, en quête d'une poêle. Pourvu qu'elle se souvienne comment préparer une truite ! Après des années de mépris de la part de son mari qui ne se lassait pas de déplorer ses prétendues incompétences, elle ne voulait pas susciter le rire d'un arrogant petit paysan devant son inaptitude à faire cuire un simple poisson.

Les garçons firent irruption dans le cottage, les bras chargés de branches mortes.

— Maman, maman, s'écria Matthew en jetant sa charge sur le sol de terre battue, il y a plein de fumée dans le ciel !

— De la fumée ? répéta-t-elle, les sourcils froncés. Où cela ?

— Cela vient du côté d'Ashedon Court, assura Edward, très pâle.

Reposant la poêle, Faith suivit ses fils à l'extérieur. En effet, une haute colonne de fumée noire s'élevait à l'horizon en direction du château ducal.

Faith eut l'impression qu'une main glacée étreignait son cœur. Passant la tête par la porte, elle cria :

— Je suis désolée, Mrs Banks, mais il semble y avoir un grave problème au château. Je vous laisse le pain et la soupe, et je reviendrai plus tard vous cuisiner la truite.

— Allez-y, Votre Grâce. Ne vous inquiétez pas pour moi.

— Venez vite les enfants ! Au trot ! intima Faith en se mettant elle-même à courir.

Pour être aussitôt arrêtée dans son élan par Dickon, qui la retint par l'épaule.

— Vous ne d'vez pas aller là-bas, milady. Prenez vos enfants et allez au village. Il y a de gros problèmes, par chez vous.

Faith le dévisagea, incrédule.

— Ne pas y aller ? Mais la maison de mon fils est en feu ! Avec tout un régiment de domestiques qui y travaille ! Je dois absolument aller sur place pour vérifier que tout le monde a pu en sortir sain et sauf ! Organiser les secours pour éteindre l'incendie !

Se libérant de la main de Dickon, elle fit un geste à ses fils et reprit sa course, au comble de l'angoisse. Le château d'Ashedon Court était un vaste manoir élisabéthain dont les boiseries anciennes brûleraient comme du petit bois. Heureusement, les ailes étaient en brique et le toit d'ardoise, ce qui ralentirait quelque peu l'incendie. Mais d'où le feu était-il parti ? Et comment ?

— Mais vous ne comprenez donc pas ? hurla Dickon, courant après elle. Ce feu… ce n'est pas un accident. Il a été allumé. Par quelqu'un !

Faith s'arrêta net, pétrifiée.

— Allumé ? Mais par qui ? Pourquoi ?

— Des lords comme votre mari ont fait en sorte que le *Reform Bill* ne soit pas voté. On va leur montrer qu'on s'laissera pas faire.

— Mais avez-vous au moins prévenu les domestiques ? Ce n'est pas leur faute à eux, si la loi n'est pas passée !

Il détourna le regard.

— Je sais pas.

Furieuse, Faith regarda vers Ashedon Court.

— Belle victoire pour vous si le maître d'hôtel est pris au piège dans la cave quand le toit va s'effondrer. Ou si une petite bonne meurt enfermée dans un grenier. Nous irons au village et nous vous laisserons brûler le château jusqu'à ses fondations, si cela peut vous faire plaisir. Mais je veux d'abord m'assurer que tout le monde est hors de danger.

Dickon courant à son côté, Faith se précipita avec ses enfants vers le nuage de fumée qui ne faisait que croître.

Quand ils sortirent du sous-bois et remontèrent l'allée

principale, Faith constata avec un soulagement immense que c'était une grange qui brûlait, et non le château. Elle s'arrêta à la croisée des chemins, l'un menant aux communs, l'autre à l'entrée principale. Elle venait de décider de vérifier que tous les chevaux avaient été sortis des écuries quand elle vit qu'un groupe d'hommes était rassemblé dans la cour du manoir. Leurs cris de colère s'élevaient dans l'air épaissi par la fumée.

Ils avaient dû l'apercevoir car plusieurs d'entre eux se détachèrent du groupe et vinrent au-devant d'elle. Dickon lâcha un juron et Faith, poussant un soupir tremblant, rassembla ses enfants dans ses jupes.

C'était sans doute ce que David voulait signifier quand il disait que le Parlement devait faire passer le *Reform Bill*. Que c'était quasiment une question de paix civile. Jamais elle n'avait imaginé que l'échec de la loi pourrait les concerner à ce point, elle et ses enfants.

Soudain, elle entendit un bruit de galop derrière elle, le long de l'allée principale. Repoussant ses fils dans son dos, face à cette nouvelle menace elle fit volte-face, regrettant de façon bien dérisoire de ne pas avoir à la main sa cravache ou au moins l'un de ces bâtons que les garçons avaient ramenés pour faire du feu.

Le cœur battant, les dents serrées, Faith attendit que le cavalier arrive jusqu'à eux et mette pied à terre.

— Dieu merci, vous êtes sauve ! cria-t-il en sautant de son cheval.

Faith le regarda s'avancer vers elle, les yeux écarquillés.

— Davie ?

Chapitre 18

David s'avança vers eux, les jambes coupées par l'émotion. Impulsivement, il aurait voulu jeter Faith sur le dos de son cheval et l'emmener au village pour l'y mettre en sécurité. Mais il aurait été malheureusement impossible de prendre aussi les garçons et il n'était pas question de les laisser dans ce guet-apens.

Avisant le groupe d'individus qui se dirigeait vers eux, il calcula la distance jusqu'aux écuries et conclut qu'il n'aurait pas le temps d'en ramener un attelage pour mettre Faith et les enfants en lieu sûr.

— Qui êtes-vous ? cria-t-il au laboureur qui s'approchait de Faith.

Si l'homme faisait partie des émeutiers, il avait encore le temps de le neutraliser avant que les autres n'arrivent.

— Banks, répondit l'homme. Cette dame était chez ma grand-mère pour l'aider. J'crois pas qu'à nous deux, on va pouvoir les arrêter. Mais on peut au moins les ralentir.

— Nous allons les arrêter ! décréta David.

Libérant son étalon qui piaffait et ruait, affolé par la fumée et les cris, il dit à Faith :

— Les gens du village savent ce qui se passe et la voiture des pompiers arrive. Y a-t-il dans les écuries quelqu'un en qui vous pouvez avoir confiance ?

— Oui, Abrams, le garçon d'écurie qui apprend aux enfants à monter à cheval. Il nous aidera, j'en suis certaine.

— Alors, emmenez les garçons et courez le rejoindre. Demandez-lui d'atteler une charrette au plus vite et de vous conduire au village.

Comme elle hésitait, il insista :

— Je m'assurerai en priorité que vos gens sont sains et saufs, je vous le promets. Mais vous devez penser d'abord à vos enfants.

Le visage sombre, elle hocha la tête et poussa ses fils devant elle.

— Allons-y, mes chéris. Inutile de nous attarder. Nous allons gêner, si nous restons.

— Ve-venez-vous avec nous, Mr Ta-Tanner Smith ? demanda Matthew, la voix défaillante.

La colère s'empara de David. Non seulement on détruisait la maison de Faith mais on terrorisait ses enfants.

— Je vous rejoins bientôt.

— Je-je peux rester, maman ? s'enquit Edward, dont l'expression terrifiée contredisait le courage de ses paroles. Ce sont mes terres, n'est-ce pas, et je suis responsable de mes gens.

Faith sentit ses yeux se remplir de larmes tandis que David répondait :

— Pour aujourd'hui, Ashedon, vous pouvez me déléguer vos responsabilités. Ce sera un honneur pour moi.

Le jeune garçon lui adressa un signe de tête.

— C'est entendu, Mr Tanner Smith. Faites pour le mieux, je vous en serai reconnaissant.

Le tintement d'un attelage attira l'attention de David, qui jeta un œil par-dessus son épaule. À son vif soulagement, un cabriolet mené par deux chevaux rétifs aux yeux exorbités s'avançait vers eux, mené par un grand gars aux cheveux roux et à l'air déterminé.

— Abrams ! cria Faith. Tout va bien, David ! Voici le garçon dont je vous parlais.

— Me voici, Votre Grâce, lança le jeune homme en arrêtant son équipage. Montez vite avec les enfants. Je vous emmène en sécurité au village.

Sans attendre que Faith réagisse, David la prit par la taille et la hissa sur la banquette arrière, pendant que Dickon faisait de même avec les enfants.

— Conduisez-les à l'auberge, intima-t-il. Je les rejoindrai plus tard.

— Non ! intervint Faith. Menez-nous seulement au bout de l'allée. Si… si la situation s'aggrave, nous continuerons, je vous le promets. Mais je ne laisserai pas les gens d'Ashedon Court aux mains de ces brigands.

Si les choses empiraient, songea David, le jeune groom pourrait en effet conduire Faith en sécurité. Et il n'avait pas le temps d'argumenter avec elle. La priorité était de calmer les émeutiers.

— Très bien. Mais veillez à vous éloigner suffisamment.

— C'est promis, monsieur, dit le groom qui fit aussitôt prendre le grand trot à son attelage.

David veilla à ce qu'il ne s'arrête pas avant l'abri des grands arbres, puis il se retourna vers le château.

Les émeutiers étaient déjà quasiment sur eux.

Devant sa taille imposante et son air furieusement déterminé, les trois premiers hommes du groupe s'arrêtèrent à quelque distance, hésitant à l'assaillir. Avisant un socle de pierre surmonté d'un vase de bronze, David y grimpa, dominant ainsi la foule des émeutiers.

Conscient de l'effet produit par sa démonstration de calme et de force, il se contenta de rester debout, telle une statue, tenant les hommes sous le feu de son regard tandis que le reste des émeutiers les rejoignaient lentement.

— Braves gens, vos griefs sont justes et vous avez des raisons d'être déçus. Mais la violence n'est pas le meilleur moyen pour vous faire entendre. Ni pour atteindre les buts que vous vous êtes fixés… Que nous nous sommes fixés.

— Nous ? s'étonna une voix dans la foule. Mais vous êtes un ami de la duchesse ! On l'a bien vu.

— C'est clair, cria un autre. Vous n'êtes qu'un de ses valets. Juste un canari en cage, qui chante pour eux, à la Chambre des lords.

— On veut leur montrer qu'on s'laissera plus prendre à leurs beaux discours.

— On n'a qu'à l' faire descendre de son perchoir, suggéra le premier à avoir pris la parole. Y f'ra moins l' fier !

Un petit groupe avança vers David qui, bandant tous ses muscles, se prépara à jouer le rôle du prince Jean devant ce nouveau Robin des Bois. Mais contre toute attente, Banks s'interposa, arrêtant les autres de ses deux bras levés.

— Qu'est-ce que ça veut dire, Banks ! Tu as retourné ta veste ou quoi ? Tu nous avais dit que tu allais juste prendre des nouvelles de ta grand-mère.

— C'est ce que j'ai fait ! Mais j'suis pas d'accord pour qu'on s'en prenne aux femmes et aux enfants. Et puis quand j'suis arrivé, la duchesse, elle s'occupait de ma *granny*. Elle a le cœur bon.

David jugea qu'il était temps de reprendre la parole.

— Ce n'est pas la duchesse ni ses enfants qui sont responsables de la situation. Au contraire ! Et je suis bien placé pour le savoir. Continuez comme ça et, au lieu qu'on écoute vos revendications, vous allez vous balancer au bout d'une corde. Vous êtes tous d'ici, n'est-ce pas ?

— Oui, pour la plupart, répondit Dickon.

— Ce qui signifie qu'il ne sera pas difficile de vous identifier, de vous arrêter et de vous juger. Ce n'est pas ça qui vous aidera à servir votre cause, ni à nourrir vos femmes et vos enfants.

— Qu'est-ce qu'un gars comme toi peut savoir de notre cause, j'te l'demande ! gronda un fermier, les poings serrés.

— Plus que vous ne l'imaginez. Je m'appelle David Tanner Smith et je suis député au Parlement pour Hazelwick. Cela fait dix ans que je travaille au succès du *Reform Bill*. Je sais que vous commencez à trouver le temps long et que vous avez été déçus par le rejet de la loi devant la Chambre des lords. Mais la lutte continue, et cette loi finira par être votée. Une fois que ce sera fait, notre prochaine étape sera le droit de vote pour tous. Mais si nous nous conduisons comme des brutes, si nous contestons l'ordre établi par la violence et l'anarchie, nous n'obtiendrons rien du tout.

Des protestations s'élevèrent ici ou là dans la foule, au sujet de cet ordre établi qu'il fallait précisément détruire par tous les moyens. Mais les paroles d'apaisement de David commençaient à faire leur chemin.

Pourtant, il y eut encore quelques questions.

— Et comment qu' vous imaginez que not' loi va passer quand ceux qui l'ont tuée dans l'œuf sont les mêmes qui vont donner leur avis la prochaine fois ? demanda un homme d'un certain âge, l'air pacifique mais résolu.

— Parce qu'ils ne seront plus les seuls à voter, expliqua David avec un sourire satisfait. S'il apparaît que, lors de la prochaine session parlementaire, les Lords se préparent à voter de nouveau contre notre loi, Grey fera certainement pression sur le roi pour qu'il crée de nouveaux pairs du royaume, en assez grand nombre pour que la Chambre des lords soit inondée de votes en faveur du *Reform Bill*.

À ce moment-là, un cavalier apparut au tournant de l'allée, dépassa le cabriolet duquel Faith et ses enfants observaient la scène et se dirigea droit sur eux au grand galop. Comme il se rapprochait, David reconnut Walter Downing, le député du district de Derby.

Son arrivée créa un certain flottement parmi les émeutiers dont quelques-uns s'esquivèrent discrètement.

— Eh bien, les amis ! Que se passe-t-il ici ? demanda le nouvel arrivant en arrêtant son cheval.

— On manifeste notre mécontentement, voilà tout, lança l'un des leaders avec un regard en coin.

Downing enveloppa le petit groupe d'un regard réprobateur.

— Vous n'allez quand même pas compromettre tous nos efforts en faisant des bêtises ?

— Est-ce vrai, Mr Downing, ce que nous raconte cet homme ? Que Grey et le roi vont faire en sorte que la loi soit votée à la prochaine session ?

— Quel homme ? s'étonna Downing en regardant autour de lui.

Puis, avisant David, il s'exclama :

— Mr Tanner Smith ! Je ne sais pas quel bon vent vous amène, mais si vous avez réussi à empêcher les gens d'ici de commettre l'irréparable, vous avez toute ma reconnaissance.

Reportant son attention sur son précédent interlocuteur, il expliqua :

— Henries, Mr Tanner Smith est l'un des leaders du parti de la réforme. Tout ce qu'il promet, vous pouvez être sûr qu'il le fera.

Il leva les yeux vers la colonne de fumée.

— Mais ne me dites pas que c'est vous qui avez fait ça ?

À ce moment, l'attention de l'auditoire se reporta sur le cabriolet qui revenait vers eux, ce qui épargna à Henries de chercher quoi répondre. À la grande contrariété de David, qui n'était pas sûr que tout danger soit écarté, c'était Faith qui tenait les guides en main.

— Votre Grâce ! s'exclama Downing tandis qu'elle faisait arrêter les chevaux devant eux. J'espère que… que ces petites contrariétés ne vous ont pas trop perturbée, ajouta-t-il avec un regard furibond à l'intention de Henries.

— Un malencontreux… accident dans la grange,

répondit Faith avec un charmant sourire. Mais Abrams m'a assuré que les chevaux avaient été mis à l'abri et la citerne à incendie va bientôt arriver. Je suppose que ces hommes sont venus nous aider. Messieurs, reprit-elle à l'intention des émeutiers qui la dévisageaient, bouche bée, si vous pouviez aller nous chercher quelques seaux d'eau au puits en attendant ? La plus grande partie du bâtiment est en pierre. Nous ne devrions pas avoir trop de dégâts.

Downing chassa les hommes avec de grands gestes.

— Allez mes braves, allez ! Faites ce qu'on vous demande !

Puis, se retournant vers la maîtresse des lieux, il s'enquit :

— Ainsi, vous n'avez pas l'intention de porter plainte ?

Faith affronta longuement le regard des meneurs de l'émeute, qui s'étaient arrêtés dans leur élan vers le puits.

— Pas cette fois. Je suis certaine qu'ils ont compris que ce n'était pas le meilleur moyen de parvenir à leurs fins.

— C'est très généreux de votre part, duchesse, déclara Downing en se penchant cérémonieusement sur sa main, qu'il effleura de sa moustache. Henries, Markham, vous qui avez d'ordinaire la tête sur les épaules, vous rapporterez cela aux autres.

Les deux hommes rejoignirent leurs congénères dans un chœur de remerciements. On entendait déjà au loin le trot rapide des chevaux traînant la citerne à incendie.

Downing remit le pied à l'étrier et, après s'être lourdement remis en selle, salua Faith, puis David, d'un geste de son élégant haut-de-forme.

— Merci, Votre Grâce, pour votre indulgence. Nous n'aurions pas osé espérer cela de votre défunt mari. Au vu de ce qui s'est passé à Bristol, à Derby et même jusqu'à Wollaton, je dois avouer qu'en galopant jusqu'ici, je redoutais que le jour ne s'achève sur la pendaison haut et court de quelques-uns de ces pauvres bougres.

Sautant de son perchoir, David s'approcha du cabriolet.

Mr Downing se pencha de sa monture pour lui serrer la main.

— Merci à vous aussi, sir. Je sais ce qui s'est passé ailleurs, comme je le disais à madame la duchesse. Nous n'avons pas besoin de cela dans notre coin tranquille. Sinon, le *Reform Bill* ne passera jamais.

Ils se retournèrent comme un seul homme pour voir arriver la citerne à incendie juchée sur une carriole tirée par deux chevaux de labour.

— Maintenant que la brigade est arrivée, Mr Downing, pourquoi ne pas suggérer aux hommes de rentrer chez eux ? suggéra Faith. Abrams, remisez le cabriolet, je vous prie. Je vais rentrer à la maison avec les enfants, puis je retournerai à la grange une fois que j'aurai pris des nouvelles des domestiques.

— Je m'en vais, Votre Grâce. Et encore merci, dit le député en soulevant de nouveau son chapeau.

Et, piquant des deux, il s'éloigna au grand trot.

Faith se tourna vers le jeune homme qui avait calmé la foule des émeutiers.

— Je vous suis particulièrement reconnaissante, Mr Banks. Sans vous, je ne sais pas comment cela aurait tourné. Votre grand-mère peut être fière de son petit-fils.

— Mon seul mérite est d'avoir reconnu mon erreur. Merci à vous de rendre visite à ma *granny*. Elle est bien seule, avec nous tous qui sommes dispersés aux quat' coins du pays. Je vais voir si je peux aider aux écuries.

Le brave garçon souleva son bonnet puis monta sur la charrette contenant la citerne et se laissa conduire vers les communs avec les hommes de la brigade.

David prit Faith par le coude.

— Permettez-moi de vous accompagner jusqu'à la maison. Vous pouvez avoir besoin d'aide pour rassurer vos domestiques.

— Merci, Mr Tanner Smith. Les enfants et moi apprécions cette attention.

David ne serait pleinement rassuré qu'une fois qu'il aurait inspecté la maison de fond en comble. Il était encore secoué par une rage folle à la pensée qu'on avait voulu s'en prendre à Faith, si brave et si fragile. Mais Dieu qu'elle était belle, lorsqu'elle bravait courageusement la meute en colère !

— Par quel heureux hasard veniez-vous à Ashedon justement aujourd'hui, Mr Tanner Smith ? s'enquit-elle tandis qu'il se tenait devant elle, les bras raidis le long du corps pour résister à l'envie de la serrer follement dans ses bras.

— Tous les journaux londoniens parlent des émeutes qui ont explosé un peu partout en province après l'échec du vote. Quand j'ai lu la description de la mise à sac de Wollaton, j'ai immédiatement décidé de venir ici. Je me suis présenté à vous dans ma tenue de voyage, couvert de poussière et peu présentable après une telle route. Vous voudrez bien m'en excuser.

Faith le dévisagea, éberluée.

— Vous êtes venu de Londres d'une seule traite ? Mais vous devez être épuisé ! Et mort de faim ! Nous allons voir tout de suite s'il y a quelque chose aux cuisines... Si nos assaillants n'ont pas tout pillé.

— S'ils l'ont fait, peut-être devrez-vous porter plainte, malgré tout. Nous avons besoin d'une nouvelle Angleterre, certes, mais pas d'un pays sans foi ni lois. Je n'ai pas œuvré toutes ces années pour ça.

Quelques minutes plus tard ils arrivaient devant la vieille demeure et, contournant l'aile gauche, se présentaient à la porte des cuisines. Ils frappèrent à la porte qui, contrairement à l'usage, était fermée à clé, et furent accueillis par le maître d'hôtel armé d'un lourd tisonnier de fonte, escorté par la cuisinière brandissant son rouleau à pâtisserie. Le reste des domestiques était tapi au fond de la pièce, les yeux agrandis par la peur.

— Votre Grâce ! s'écria le brave homme d'une voix que l'angoisse avait enrouée. Dieu soit loué. Et ces chers petits ! Aucun de vous n'a été blessé, j'espère ?

Faith lui sourit avec son aménité habituelle.

— Nous allons tous très bien. Et vous tous, dans la maison ? Mon Dieu ! Quelle horrible odeur de fumée !

Une des petites bonnes se précipita sur elle et lui prit les mains.

— Oh ! Madame ! Nous avons bien cru qu'ils allaient tous nous tuer.

Le maître d'hôtel reprit la parole avec autorité.

— Calmez-vous, Fanny ! Vous n'avez vu aucun de ces hommes ! Ils ont d'abord cherché à rentrer par la porte principale, que j'avais verrouillée en les voyant arriver par l'une des fenêtres du grand salon. Alors ils ont essayé de faire irruption par ici mais Mrs Pierce et moi avions tout fermé à temps. Malheureusement, ils sont parvenus à mettre le feu au toit.

— Ils voulaient nous faire brûler vifs, gémit encore la servante.

— Mais j'ai envoyé les valets là-haut et ils ont réussi à éteindre l'incendie avant qu'il ne se propage. Je crains que l'odeur de brûlé ne mette un certain temps à disparaître.

— Merci, Knoles, et vous, Mrs Pierce, pour votre courage et votre efficacité. Reste-t-il quelque chose dans le garde-manger pour Mr Tanner Smith ? C'est un ami de la famille. Il est venu à notre secours de Londres quand il a appris par les journaux qu'il y avait des émeutes dans la région.

— Bien sûr, Votre Grâce, s'empressa de répondre Mrs Pierce qui entra aussitôt en action. Susie, Mary, arrêtez de pleurnicher et venez donc un peu m'aider. Votre Grâce, vous prendrez bien un peu de thé ? Et du lait bien chaud pour les petits ?

— Mr Tanner Smith, intervint encore le maître d'hôtel, n'est-ce pas vous qui étiez monté sur une borne pour parler aux émeutiers ? Je vous ai vu de l'une des fenêtres du haut.

Comme David opinait du chef, il ajouta :

— Nous vous devons toute notre reconnaissance. Ces gens ne sont pas mauvais mais quand on est nombreux, on ne se contrôle plus. Je ne sais pas ce que vous leur avez dit mais cela s'est avéré très efficace.

— Ils commençaient déjà à se rendre compte par eux-mêmes qu'ils avaient été trop loin. Je n'ai eu qu'à faire appel à leur bon sens. L'arrivée de Mr Downing a fait le reste… J'apprécierais vraiment de me mettre quelque chose sous la dent, enchaîna David en se tournant vers Mrs Pierce et les servantes, qui le dévisageaient, bouche bée et les bras ballants. Ensuite, j'irai voir ce qui se passe dans les communs et, si le feu a été jugulé, j'enverrai la brigade vérifier que plus rien ne brûle dans vos combles.

Il suggéra encore à l'intention de Faith :

— Pourquoi ne pas accompagner vos enfants dans leurs appartements, loin de toute cette agitation, milady ? Vous pourriez prendre le thé là-haut avec eux et vous reposer.

— Puis-je aller avec vous dans les communs, Mr Tanner Smith ? s'enquit Matthew. Moi, j'aime bien quand il y a de l'agitation.

— Plus tard, intervint Faith. Il faut laisser la brigade accomplir sa tâche.

— La gouvernante est en train de faire le tour des étages, Votre Grâce, dit encore le maître d'hôtel. Elle regarde jusqu'où la fumée a pu s'introduire et s'il y a besoin de réparations urgentes.

— Parfait, Knoles. Je vais monter avec les enfants. Mr Tanner Smith, je vous remercie encore pour votre intervention. On peut toujours espérer que les émeutiers se seraient arrêtés à temps… Du moins avant de causer plus de dégâts. Mais votre discours a été décisif. Je ne vous en serai jamais assez reconnaissante.

Ses yeux disaient à David ce qu'elle ne pouvait formuler à haute voix. Elle lui pressa la main et le contact rassurant de cette douce main tiède sur la sienne lui alla droit au cœur.

— Nous aurons le temps de parler plus tard, Mr Tanner Smith, dit-elle encore en poussant ses fils vers l'escalier. Allez, les garçons, montez. Je suis certaine que Mrs Pierce va vous trouver quelque chose de délicieux pour accompagner votre lait chaud.

— N'en doutez pas, Votre Grâce, répondit la cuisinière qui farfouillait déjà dans ses placards. Il y a déjà une brioche encore chaude que je venais tout juste de sortir du four quand ces escogriffes sont apparus. Mr Tanner Smith, Knoles va vous conduire dans la salle du petit déjeuner. Je vous fais envoyer quelque chose en moins de temps qu'il n'en faut pour le dire.

— Ne vous mettez pas en peine, Mrs Pierce. Un simple en-cas dans la salle à manger de service m'ira très bien, protesta David qui regardait Faith disparaître dans l'escalier, poussant devant elle ses trois garçons comme une mère poule ses poussins.

Pourquoi, quand elle disparaissait, avait-il toujours l'impression qu'on venait d'éteindre la lumière ?

— Il faut que j'aille au plus vite rejoindre les hommes dans les communs. Quand je reviendrai, la gouvernante sera certainement redescendue faire son rapport et nous pourrons procéder aux réparations les plus urgentes.

Mrs Pierce acquiesça et David suivit le maître d'hôtel le long du couloir des cuisines jusqu'à la petite salle à manger réservée aux domestiques. Il se laissa tomber avec un soupir d'aise sur l'un des bancs qui bordaient la longue table de chêne et, quelques minutes plus tard, il piquait sa fourchette avec appétit dans une assiette d'œufs au bacon.

Chaque chose en son temps. Il attendrait que la paix soit revenue dans la maisonnée pour aborder le sujet qui lui tenait tant à cœur.

Chapitre 19

Quand David regagna le salon après une fin d'après-midi consacrée à évaluer les dégâts et à rédiger des courriers à l'intention de Giles et de Lord Englemere pour leur narrer les événements, ce fut pour découvrir que Faith avait déjà dîné avec les enfants et s'apprêtait à les rejoindre pour surveiller leur coucher.

Elle l'invita à l'accompagner pour leur donner les dernières nouvelles, car, lui expliqua-t-elle, ses fils avaient passé toute l'après-midi à commenter chaque épisode de ce qu'ils considéraient désormais comme un pan de l'histoire d'Angleterre. Ils n'avaient cessé de chanter les louanges de David, revenant encore et encore sur sa conduite héroïque devant les émeutiers.

Une fois arrivé dans la nurserie, il fut récompensé par les cris d'allégresse des enfants, ce qui évidemment n'aidait en rien le projet de leur mère de les mettre au lit.

— Moi aussi je suis ravi de vous voir, les garçons. Mais je ne serais pas monté si j'avais su que je vous empêcherais de vous coucher. La journée a été longue, pour votre mère comme pour vous, et il est temps de dormir.

— Les chevaux sont tous sains et saufs, n'est-ce pas, Mr Tanner Smith ? s'enquit Matthew tandis qu'ils se jetaient chacun dans son lit.

— Et les chiens aussi ? ajouta Colin.

— Oui. Tous les animaux vont bien. Bien sûr, la plus grande partie des communs devra être reconstruite mais en attendant nous avons trouvé de la place dans les fermes voisines pour y installer la meute de chasse et les chevaux.

Matthew se redressa sur un coude, son épaisse chevelure blonde déjà tout ébouriffée.

— Pourrons-nous continuer à prendre nos leçons d'équitation ?

— Je suppose que oui, mais c'est à votre mère de décider.

Edward, qui, assis solennellement contre une pile d'oreillers, n'avait pas quitté David des yeux depuis son arrivée, prit la parole à son tour.

— Vous vous êtes comporté de manière fort courageuse, Mr Tanner Smith, en faisant face ainsi à la foule.

— Quand on sait qu'on est dans son bon droit, et qu'on agit pour le bien de tous, il est très facile d'être courageux, Ashedon.

— Moi j'ai eu très peur, avoua Matthew. Peut-être que quand je serai aussi grand et aussi fort que vous, je n'aurai plus peur de rien ?

— J'en suis certain, répondit David avec un petit rire amusé.

— Maman, pourquoi avez-vous dit à cet homme qui est arrivé sur son cheval que la foule était venue pour nous aider ? s'enquit Edward de son ton toujours si raisonnable. Vous saviez très bien que c'était eux qui avaient mis le feu aux écuries !

— Parfois, quand les gens sont en colère, ils font des choses qu'ils regrettent ensuite, expliqua Faith. Dans notre pays, les peines encourues pour les dommages causés à une propriété privée ainsi que la mise en danger de la vie d'autrui sont très sévères. S'ils avaient été arrêtés, cela aurait créé de grosses difficultés pour leurs familles. J'ai voulu leur donner l'occasion de réfléchir aux conséquences de leurs actes.

— Mais pourquoi étaient-ils si en colère ? s'enquit Matthew.

Cette fois, ce fut David qui prit la parole. Il avait un don naturel pour expliquer les choses, et les enfants de Faith, du moins les deux aînés, étaient en âge de comprendre.

— Les lois sur la propriété et l'usage des terres ont changé. Beaucoup trop de gens ont perdu le droit d'utiliser les terres du village pour faire pousser des légumes ou mener paître leurs vaches et leurs moutons.

Edward se redressa sur ses oreillers, le regard attentif.

— Mais alors, pourquoi n'en achètent-ils pas ?

— Parce que c'est devenu quasiment impossible. Elles sont trop chères ou réservées au clergé. Seuls les gros propriétaires terriens y parviennent. Dans de telles conditions, nourrir sa famille devient de plus en plus difficile. Les gens du peuple, ouvriers et paysans, voulaient avoir le droit d'élire des représentants qui défendraient leurs intérêts au Parlement. Malheureusement, il y a quelques jours, la loi qui pouvait les y autoriser a été rejetée. Alors, ils ont eu l'impression d'avoir été trahis.

— Vous voulez dire, demanda Colin, s'asseyant à son tour dans son lit d'un vigoureux coup de reins, que c'était comme si quelqu'un leur avait pris toutes les tartes à la confiture et ne leur laissait qu'un vilain petit quignon de pain ?

Faith sourit.

— C'est bien pire encore. Comme si on leur prenait toutes leurs tartes, et tous leurs poissons, et qu'on les laissait sans rien pour se nourrir.

— Alors moi aussi j'aurais été très en colère, décida Colin.

— Donc tu comprends maintenant, reprit David. Ce n'est pas après vous qu'ils étaient en colère. Ils étaient seulement déçus et furieux qu'on ne les ait pas pris en considération. Ils ont agi à la va-vite, sans prendre le temps de réfléchir comme cela arrive parfois à chacun de nous.

Matthew planta son regard clair dans celui de son nouveau héros.

— Alors, cette nuit, nous pouvons dormir tranquilles ?

— Je ne vous aurais pas laissé retourner chez vous si je n'avais pas été certain que vous y étiez en sécurité, le rassura David. Jamais je ne laisserai quoi que ce soit arriver à vous ou à votre maman.

Colin se laissa retomber sur ses oreillers avec un soupir de soulagement.

— Maintenant, je crois que je vais m'endormir.

— Parfait, approuva sa mère en venant le baiser au front. Demain sera un jour meilleur.

— Pourrons-nous retourner pêcher ? demanda la voix ensommeillée de Matthew.

— Peut-être. Il va falloir aussi que je prenne des dispositions pour faire reconstruire les écuries.

Matthew se força à rouvrir de grands yeux ensommeillés.

— Reconstruire les écuries ? Pourrai-je aller les aider ? Je sais très bien me servir d'un marteau.

— Certainement. Mais en attendant, il faut dormir…

— Merci encore pour votre aide, Mr Tanner Smith. Je suis heureux de vous avoir laissé protéger Ashedon Court à ma place, dit encore Edward.

— Tout l'honneur a été pour moi, Ashedon, répondit David en s'inclinant solennellement.

— Bonne nuit, les garçons, lança Faith d'une voix ferme.

— Bonne nuit, maman, bonne nuit, Mr Tanner Smith, répondirent-ils tous en chœur.

Faith et David quittèrent la chambre sur la pointe des pieds et redescendirent au rez-de-chaussée.

— Que diriez-vous d'un bon cognac ? suggéra Faith. Je crois même que je vais vous accompagner.

— Excellente idée, à condition que vous vouliez bien

me guider jusqu'à la bibliothèque. Ce château est d'une telle étendue que je pourrais m'y égarer toute la nuit.

Faith rit.

— Je crois bien qu'il n'a jamais été habité entièrement. La folie des grandeurs… Nous-mêmes n'occupons qu'une aile, comme vous avez pu vous en apercevoir.

Elle lui fit traverser le hall principal et le conduisit le long d'un interminable corridor. L'odeur de fumée s'intensifiait à mesure de leur progression.

— Dieu merci, remarqua-t-elle en fronçant le nez, la fumée n'est pas parvenue jusqu'au corps central du bâtiment. Sinon, jamais nous n'aurions pu dormir. D'ordinaire, nous nous retirons le soir dans le salon qui donne sur le petit hall. Mais puisque vous avez voulu que je vous fasse les honneurs d'une pièce d'apparat…

— Pour moi, je me réjouis surtout qu'ils n'aient pas réussi à mettre le feu à tout le château !

— Oui, bien sûr.

Faith le fit entrer dans la bibliothèque, une vaste salle ornée de boiseries en acajou magnifiquement sculptées et de hautes étagères chargées de livres aux riches reliures.

Elle s'approcha d'un petit meuble et servit à son compagnon un verre de cognac avant de s'en verser un à elle-même.

— Vous étiez sérieuse, remarqua David en souriant.

— Absolument, rétorqua-t-elle. Je ne saurais en donner la raison, mais voir vos écuries en feu, votre demeure menacée et vos enfants en danger donne une soif terrible.

Un reste de l'angoisse qu'avait éprouvé David quand il avait embrassé la scène du regard à son arrivée le secoua d'un bref frisson rétrospectif.

— Grâce à Dieu il ne vous est rien arrivé de plus grave.

Faith hocha lentement la tête.

— Grâce à Dieu et à vous aussi. Quand vous avez sauté de votre cheval cet après-midi, jamais de ma vie je n'avais été si contente de voir quelqu'un ! Malgré la gravité de la situation, le seul fait de vous voir m'a rassurée.

David mourait d'envie de faire sa demande en mariage sur-le-champ, mais son instinct le retint. La situation commençait tout juste à revenir à la normale après une journée de chaos, et l'heure n'était plus aux émotions fortes.

— J'espère qu'il en sera toujours ainsi, s'autorisa-t-il à dire prudemment. De fait, j'aimerais que vous m'autorisiez à vous escorter jusqu'à chez votre sœur, à Highgate Village. Je ne pense pas que les troubles se reproduisent ici, mais je ne peux pas vous laisser prendre le risque de rester. Il va falloir procéder à de gros travaux dans les communs, le château va devoir être aéré et, pour certaines pièces, entièrement repeint et réaménagé. Tout cela pourrait se faire pendant votre séjour chez Sarah. Le *Reform Bill* sera probablement adopté lors de la prochaine session parlementaire et le calme reviendra dans tout le pays.

Faith resta silencieuse un instant puis opina.

— Vous avez raison. Je dois impérativement soustraire les enfants à toute forme de danger. Et puis, rester dans cette atmosphère polluée serait de toute façon très désagréable. Étant donné la taille du bâtiment, il va falloir des siècles pour tout aérer.

— N'hésitez pas à employer le plus de gens du village et des environs que vous le pourrez. Ils seront contents de gagner un peu d'argent et cela contribuera au retour de la paix dans le coin.

Le regard bleu de Faith brilla doucement.

— Encore une bonne idée, dit-elle en finissant son verre de cognac, qu'elle reposa sur la table. Mais je m'inquiète… Saurez-vous trouver votre chambre dans ce labyrinthe ? Je ne voudrais pas que vous passiez la nuit sur une carpette dans le grand hall.

Maintenant qu'ils étaient en tête à tête dans la douce pénombre ménagée par les bougies, le désir toujours sous-jacent entre eux s'intensifia jusqu'à l'insupportable. La simple mention du mot « chambre » fit trembler David d'anticipation. Que Faith l'accompagne jusqu'à chez lui ne pouvait pas être une bonne idée.

Mais il n'eut pas le temps de répondre.

— En fait, je crois bien que c'est pour moi que je vous demande cela, reprit Faith en secouant la tête. À chaque fois que je tourne le dos, un frisson me parcourt la colonne vertébrale. Jamais je n'avais rencontré une telle... hostilité. C'était complètement déconcertant. Comme vous avez pris la situation en main ! J'en suis encore émue.

— Rien de tel que de rappeler aux fautifs les risques qu'ils encourent pour les remettre dans le droit chemin, dit-il simplement en finissant à son tour son cognac.

Faith se leva pour souffler les bougies des candélabres et, s'emparant d'un chandelier, il l'escorta en dehors de la pièce. Tandis qu'ils longeaient le corridor, son combat entre son désir et sa raison s'intensifiant à chaque pas, il regardait les ombres qui jouaient sur le visage de sa compagne.

Quand ils s'arrêtèrent enfin devant une porte, c'est tout juste s'il parvenait encore à respirer.

— Voici ma chambre, expliqua-t-elle avec un sourire. La vôtre est juste à côté. M'accompagnerez-vous chez moi pour vérifier qu'il n'y a pas d'émeutier dissimulé derrière les rideaux ou sous le lit ?

La bouche sèche, David ne put que hocher la tête avant d'ouvrir la porte et d'entrer en éclaireur. Après avoir effectué une ronde dans la vaste pièce avec son chandelier, écarté les rideaux, soulevé la courtepointe du lit et la nappe qui recouvrait une petite table ronde près de la fenêtre, il posa son chandelier sur la table de nuit près du vaste lit et revint vers la porte.

Il lui fallut s'y reprendre à deux fois pour parvenir à émettre un son.

— Bonne nuit, Faith. Dormez bien.

Avançant de deux pas dans la pièce, elle referma le lourd battant derrière elle et lui fit face.

— Oh ! Davie. Vous n'avez pas l'intention de me laisser seule cette nuit, n'est-ce pas ?

Il le fallait ! Mais cette fois, le désir avait définitivement submergé toute forme de bon sens. Aussi radicalement que Faith avait soufflé la flamme de la bougie dans la bibliothèque. Il se tint là, incapable de bouger, tout ce qui lui restait de volonté occupé à résister à l'envie de prendre Faith dans ses bras et de l'allonger sur le grand lit.

— Ne partez pas, chuchota-t-elle encore.

Et, l'attirant à lui, elle l'embrassa.

Alors, comme toujours, il fut perdu.

Le baiser de Faith se fit plus exigeant. La passion refoulée depuis trop longtemps s'empara de lui, et, ouvrant la bouche, il répondit à la douce petite langue qui le sollicitait.

Faith se collait à lui et tentait d'écarter les pans de sa chemise pour caresser sa peau. La bouche plaquée sur la sienne, David la souleva et la porta jusqu'au lit. Assise sur le bord, elle parvint enfin à dénouer le nœud de son foulard, écarta les pans de sa chemise et glissa la main sur son torse, éveillant un long frisson sur toute la surface de sa peau.

Quand il allongea Faith, la tête posée contre l'un des oreillers recouverts de fine batiste blanche, elle s'empara de ses deux mains, qu'elle posa sur ses seins, gémissant de plaisir quand il se mit à la caresser à travers l'étoffe.

Il l'aida à se dévêtir, ne lui laissant que sa chemise et son jupon qu'il souleva doucement, dévoilant des cuisses rondes et blanches. Et, au lieu de se déshabiller à son tour, il continua à la caresser, descendant le long des jambes fines et nerveuses, baisant la peau tendre des cuisses, jusqu'à son ventre.

Faith poussa un petit cri et cambra les reins vers lui. David caressait son intimité, encore et encore, glissant plus loin et plus vite à chaque fois. Il l'embrassait en même temps, étouffant de sa bouche ses gémissements rauques, et bientôt elle poussa un cri plus aigu et se raidit dans ses bras.

Il la retint tandis qu'elle retombait sur les oreillers, haletante. Mais, se redressant bientôt, elle l'attira de nouveau contre lui, le provoquant doucement du bassin.

— Encore, ma chérie ? chuchota-t-il en posant ses lèvres dans son cou.

— Oh ! David, c'était merveilleux mais je veux te sentir en moi tout entier. Maintenant. S'il te plaît.

Tout en parlant, Faith s'employait à déboutonner son pantalon et, caressant son sexe d'une main légère, elle ajouta :

— Et je crois que tu le veux aussi, n'est-ce pas ?

Elle se laissa glisser sur l'oreiller et l'attira à elle, frottant son ventre contre son membre durci. Il ne put retenir un gémissement.

— Non, pas comme cela, ma douce. Je vais t'écraser. Viens sur moi.

Il se renversa sur le lit. Aussitôt, Faith le chevaucha et se laissa pénétrer avec un cri d'extase. Alors, enfin unis et brûlant d'une même passion, ils s'en allèrent ensemble dans la longue course du plaisir.

David se réveilla quelque temps plus tard, flottant avec un merveilleux sentiment de félicité dans le plus beau rêve qu'il ait jamais fait, comme on nage dans un lac. Il avait fait l'amour avec Faith, il s'était endormi en la tenant dans ses bras et il se réveillait maintenant avec la chaleur de son corps à ses côtés. Le souffle doux de sa compagne était le seul bruit audible dans la chambre, éclairée d'une simple flamme vacillante.

Soudain, il comprit que ce n'était pas un rêve. Une joie douce le submergea lentement.

Il devait convaincre Faith de l'épouser. Maintenant qu'il avait goûté à cette joie, comment pourrait-il revenir à la vie sans couleurs qu'il menait sans elle ?

Elle bougea et, tournant la tête vers lui, sourit.

— Oh ! David. Jamais je n'ai été si heureuse… Enfin… C'est-à-dire que je pourrais l'être un tout petit peu plus. Il suffirait de retirer tous ces encombrants vêtements.

Il sourit.

— Ravi de te rendre ce service, mon ange. Dois-je souffler la bougie d'abord ?

Le regard de Faith se fit plus grave.

— Non, je t'en prie. Je veux te voir. Complètement.

— À condition que tu me rendes la pareille.

À son ravissement, elle rosit délicatement.

— Si… si cela te fait plaisir…

David sentit tout son corps s'émouvoir à cette perspective. Faith s'agenouilla sur le lit et il commença à délacer lentement sa chemise, livrant à la lumière douce de la bougie la rondeur de ses seins nus et la blancheur soyeuse de sa peau. Il se pencha sur elle et en baisa les pointes, les taquinant du bout de la langue tandis qu'il sentait son sexe se durcir.

Puis il descendit jusqu'aux cuisses qu'il libéra de leurs bas et de leurs jarretières de dentelle, effleurant au passage la peau satinée.

Quand Faith se dressa enfin devant lui, entièrement nue, David la contempla, ébloui.

— Tu es encore plus belle que dans mes rêves les plus audacieux.

Distrait par sa contemplation, il se laissa machinalement

retirer sa chemise et son pantalon et, se laissant retomber sur les oreillers, resta là, immobile, tandis que Faith le parcourait d'un regard avide.

— Comme tu es beau ! murmura-t-elle enfin, faisant courir ses doigts sur ses larges épaules, sur son torse, le long de ses bras et sur son ventre plat dont les muscles se contractèrent au contact de sa main. Si beau et si fort.

Et, avant qu'il ait compris son intention, elle se pencha sur lui et baisa son sexe tendu vers elle. Puis elle se mit à jouer avec lui, du bout des lèvres et de la langue, et David dut faire appel à toute sa volonté pour reprendre le contrôle de la situation.

Alors, s'allongeant à son tour, le regard grave et impérieux, Faith l'attira sur elle et écarta les cuisses, s'offrant tout entière. Et, d'un brusque coup de reins, il la pénétra encore. Cette fois, il ne s'agissait plus d'un jeu mais de la quête impatiente d'une parfaite jouissance qu'ils savaient pouvoir atteindre ensemble.

Enfin, rassasié, étourdi, David se laissa retomber sur le lit et, épuisé par les émotions de la journée, attira Faith dans ses bras et s'endormit.

Chapitre 20

Faith se blottit contre le corps chaud et vigoureux à côté d'elle avec un sourire heureux. Jamais elle ne s'était sentie autant en sécurité, aussi chérie, aussi parfaitement comblée.

Puis elle se souvint. David l'avait aimée, tendrement, pleinement, au-delà même de ses attentes. Et maintenant, il reposait là, à côté d'elle.

Mais était-il bien là ? Soudain terrifiée à l'idée que ce ne soit qu'un rêve, elle se mit brusquement sur son séant, prise d'une panique qui, quand elle le vit allongé à côté d'elle, les bras croisés derrière la tête, céda la place à une joie intense. Un rayon de soleil matinal baignait le visage de David dont les yeux d'un bleu profond l'observaient, emplis de tendresse et de la même joie qu'elle-même éprouvait.

Elle se pencha sur lui pour l'embrasser, convaincue qu'aucun couple au monde n'avait jamais connu de plus doux et de plus beau réveil.

— Tu es encore là ? murmura-t-elle en se redressant pour mieux le contempler. Ce n'était donc pas un rêve ?

Il redessina la ligne de sa joue d'un doigt tendre.

— Oui, je suis là. Là où j'ai toujours voulu être. Et d'où je ne voudrais jamais partir.

S'emparant de son index, elle l'embrassa puis le lécha, le suça et le mordilla comme un petit chiot, suscitant chez lui un gémissement de plaisir. Il s'en fallut de peu qu'ils ne reprennent les enivrantes activités de la nuit.

Prenant la main de David, elle la posa sur son sein nu.

— Cette nuit fut… magnifique. Jamais je n'aurais cru qu'un tel plaisir pût exister.

De deux doigts habiles, il se mit à jouer avec le mamelon déjà dressé avant d'y poser un léger baiser. Elle gémit à son tour.

— Maintenant, je comprends pourquoi les hommes et les femmes ont des aventures amoureuses.

David se redressa brusquement, son sourire évanoui et, la prenant dans ses bras, il la serra contre lui.

— Mais je ne veux pas avoir d'aventure avec toi, Faith.

Alarmée, Faith le repoussa pour le regarder dans les yeux.

— Tu… tu ne veux pas ? Comment peux-tu dire une chose pareille ? Veux-tu me rejeter après cette seule nuit ? Ne tiens-tu pas plus à moi que cela ?

— Petite sotte ! Comment peux-tu dire une chose pareille ? Justement. Ce n'est pas une nuit que je veux, Faith. C'est toutes les nuits. Je te veux pour toujours. Dans ma vie, dans mes bras, dans mon lit. Depuis cette nuit jusqu'à la fin de mes jours. Je t'aime, ma chérie, complètement. Je t'ai aimée dès notre première rencontre. Faith, acceptes-tu de devenir ma femme ?

La nonchalance sensuelle dans laquelle baignait la jeune femme fut balayée d'un coup.

— T'épouser ? Mais je ne pensais pas…

— Tu devais bien te douter un peu de mes intentions. Bien sûr, je ne les ai jamais clairement exprimées. Je ne pensais pas en avoir le droit. Mais quand le *Reform Bill* sera voté, dans la nouvelle Angleterre qui sera en marche tous les hommes seront égaux et j'ai bien l'intention d'agir en conséquence.

Faith rit doucement et lui posa un léger baiser au coin de la bouche.

— Mais, quel rapport, mon amour ?

David, pris dans son raisonnement, poursuivit, imperturbable :

— Face à Lord Randall il y a quelques semaines, et face aux émeutiers aujourd'hui, je crois avoir été plus efficace que tous les pairs d'Angleterre engoncés dans leur or et leur faste. Les hommes révoltés de cet après-midi auraient attaqué et mis à mal un aristocrate, et vous auriez été à leur merci.

Elle opina, pleine de reconnaissance et d'amour.

— Personne parmi ces messieurs que je connais ne se serait comporté de manière aussi courageuse.

— La seule raison pour laquelle je n'ai pas fait ma demande plus tôt, c'est l'intérêt des enfants. Avant de te rejoindre dans le Derbyshire, j'ai parlé avec Englemere et Sir Edward pour leur demander leur avis sur la réaction des tuteurs si tu acceptais de m'épouser. Ils m'ont assuré qu'ils n'y verraient pas d'inconvénient, pas assez du moins pour te retirer la garde des enfants. Nous en sommes donc là, ma douce, conclut-il en la regardant droit dans les yeux. À toi de décider si tu me considères comme ton égal et, si c'est le cas, si tu m'aimes assez pour supporter les autres conséquences.

— Les autres conséquences ? balbutia Faith, encore sous l'effet de la surprise.

— Les sarcasmes de ceux qui considèreront que tu déchois en épousant un homme du peuple. L'affront que n'hésiteront pas à te faire certaines familles de la bonne société en te rayant de la liste de leurs relations. Ta propre belle-mère, qui pourra très bien refuser de te recevoir.

Faith rit gaiement.

— Pour moi, ce serait plutôt une bénédiction. Quant aux gens de la bonne société, tu devrais savoir ce que je pense d'eux. Mais le mariage…

Tout à coup, ce ne fut plus le visage tendre et souriant de

David qu'elle eut devant les yeux mais la face mobile et les yeux brillants d'Edward quand il lui avait fait sa demande. Combien il avait paru ardent et convaincant, affirmant la main sur le cœur que c'était elle et personne d'autre qu'il voulait pour épouse et pour être la mère de ses enfants. Elle seule jusqu'à la fin de ses jours.

Combien de temps cette belle ardeur avait-elle duré ?

— À moins que tu ne me trouves pas assez bien pour toi ? murmura la voix hésitante de David.

— Pas assez bien ? s'exclama Faith. Comment peux-tu dire une chose pareille ?

Cette réaction indignée lui valut une fougueuse étreinte et un ardent baiser.

— Alors, tu acceptes de m'épouser ?

Faith n'avait nulle envie de décevoir l'homme qu'elle aimait plus que tout. Mais elle crut entendre dans sa tête les prophéties sinistres d'une antique Pythie.

— Je… je ne sais pas. Tu sais combien je tiens à toi. Mais cela fait longtemps que tu me désires. Que tu m'aimes. Je crains que tu ne te sois fait de moi une image idéalisée, que tu ne me voies comme une sorte de parangon de vertu auquel je ne pourrai jamais ressembler. Je n'ai rien de particulier, vois-tu. Je ne sais ni broder, ni chanter, ni jouer la comédie. Encore moins mener une conversation pleine d'esprit. Je crains de finir par… par te décevoir. Et cela, je ne pourrais pas le supporter.

Heureusement, car elle était sur le point d'éclater en sanglots, David ne se moqua pas d'elle. Au contraire, il lui prit les mains entre les siennes et la regarda au fond des yeux.

— Tu es quelqu'un de très particulier à mes yeux, Faith, et cela me suffit. Tu es comme une étoile qui, depuis notre première rencontre, a éclairé toute ma vie. Comme un soleil qui éclaire de sa lumière tout ce qui l'entoure. Quelle mère saurait comme toi escalader un arbre pour faire rire ses enfants ? Qui rirait comme une petite fille aux facéties d'un clown ? Qui pardonnerait comme toi à une foule en colère et menaçante ? Quelle femme aurait supporté le mépris et l'ostracisme d'une société imbécile et d'une famille ingrate avec calme et résignation au lieu de les haïr et de les poursuivre de sa vindicte ? Mon cœur se réjouit du simple fait de voir ton sourire, d'entendre ta voix. Un jour, je pense, notre industrie inventera des machines pour faire de la broderie ou composer de la musique, ou même pour nous faire entendre les voix des grands chanteurs vivants ou défunts. Mais aucune machine au monde ne pourra recréer quelqu'un doté d'une aussi belle âme que toi. Quelqu'un dont la sensibilité et la compassion réjouissent mon cœur et me réconcilient avec l'humanité chaque fois que j'en suis le témoin.

David, son cher, son réconfortant David si plein d'humanité, à elle pour toujours ? Son merveilleux amant, si passionné et si aimant ?

Qu'il veuille l'épouser paraissait à Faith tout à fait incroyable. Serait-elle capable de le garder leur vie durant ?

Si elle acceptait de devenir sa femme, cela signifiait qu'il resterait dans sa vie pour toujours, même si l'amour venait à disparaître. Et, contrairement à Edward, David serait loyal, bon et courtois, même si ses sentiments pour elle venaient à s'atténuer.

Pourtant, si elle avait survécu à son mariage avec un mari qui la méprisait et la tolérait auprès de lui seulement parce qu'elle était la mère de ses enfants, elle savait qu'elle ne survivrait pas au mépris et à la négligence de David.

Son désarroi devait se voir sur son visage car il la relâcha avec un soupir.

— Je ne peux rien t'offrir d'autre que mon amour, Faith. Tu dois me faire confiance. Nous faire confiance. Si tu ne le peux pas, alors, inutile d'aller plus loin. Je ne serai pas ton amant, Faith. Ton mari ou rien.

Faith refoula les larmes qui se pressaient derrière ses paupières. Elle ne voulait pas le voir partir. Mais oserait-elle lui demander de rester ?

Tandis qu'elle cherchait une réponse, David reprit la parole.

— Surtout, ne m'épouse pas parce que je t'aime, mais seulement parce que tu m'aimes, toi, et que tu as besoin de moi dans ta vie. Parce que tu ne peux pas imaginer la vie sans moi. Ma demande t'a prise au dépourvu, je le vois bien. Pour rien au monde je ne voudrais que tu me donnes une réponse, quelle qu'elle soit, parce que tu t'y sens contrainte. Je ne te presse pas. Ne me dis rien encore. Prends le temps de réfléchir. Si tu décides de refuser ma demande, je l'accepterai et ne t'importunerai plus. Tu conserveras mon respect et mon affection pour le restant de mes jours.

— Mais je perdrai ton amitié ?

Le sourire de David se fit plus contraint.

— Ce serait trop… difficile.

Sur ces mots, il quitta le lit et, rassemblant ses vêtements, commença à s'habiller. Déchirée entre l'envie d'accepter l'offre de David et celle de le laisser partir pour réfléchir dans le calme, elle le regardait faire, le regard voilé de larmes.

Quand David eut fini de se rhabiller, il s'approcha du lit et la dévisagea un instant.

— Ma chère Faith, je ne voulais pas vous bouleverser à ce point. Prenez tout le temps qu'il vous faudra. Je vous attendrai. Je vous ai toujours attendue.

Cette fois, elle ne put retenir ses pleurs. Le vouvoiement était revenu. Et avec lui, la distance que David mettait de nouveau entre eux.

— Est-ce que… Ne m'embrasserez-vous pas avant de partir ?

Il eut de nouveau ce sourire sans joie.

— Je vous embrasserai, et même beaucoup plus que

cela, quand vous reviendrez vers moi pour me dire que vous m'acceptez.

— Quand vous reverrai-je ?

— Comme cela ? demanda-t-il en désignant d'un geste large la chambre jonchée de vêtements, le lit défait. Pas avant que vous ayez accepté de devenir ma femme. Avant de partir, je vais m'entretenir avec votre régisseur pour lui dire que vous souhaitez employer des gens du village pour les travaux. Si c'est bien ce que vous voulez ?

Elle hocha la tête, se sentant incapable de prendre aucune initiative.

— Oui, merci. Cela me rend un fier service.

— Parfait. Je vais m'installer à l'auberge du village. Quand vous serez prête à partir, faites-moi prévenir par un domestique. Je vous escorterai jusque chez votre sœur.

— Et que vais-je dire aux enfants, quand ils vont s'apercevoir que vous êtes parti ? demanda encore Faith, s'accrochant à cette mince branche pour tenter de le retenir.

— Dites-leur que j'organise votre voyage jusque chez leurs cousins. Ils seront si heureux de cette perspective qu'ils ne poseront pas d'autres questions. Au revoir, ma chère Faith.

Et, sur ces mots, il ouvrit la porte et sortit.

Faith se laissa retomber sur ses oreillers, abasourdie par le tour qu'avaient pris les événements. Devait-elle enfiler à la hâte quelques vêtements et se précipiter à la poursuite de David pour le guider dans le labyrinthe d'Ashedon Court ?

Non, en plein jour, le très compétent David saurait retrouver sans peine son chemin jusqu'à la sortie. Et, le temps qu'elle se soit rendue présentable, il serait déjà loin.

Et si, plutôt, évitant soigneusement de penser à la proposition tout à fait inattendue qu'il lui avait faite, elle revivait en imagination la glorieuse nuit d'amour dont il lui avait fait cadeau ?

Bien sûr, elle était très attachée à David. Peut-être même

plus qu'elle ne s'était autorisée à le penser jusqu'à ce qu'il lui demande de lier sa vie à la sienne. Mais oserait-elle accepter la demande en mariage très solennelle que le jeune homme lui avait faite ? Oserait-elle croire en un bonheur qui lui avait toujours échappé ?

Faith, assise dans la salle du petit déjeuner ensoleillée de Brookhollow Lodge, attendait l'arrivée de sa sœur Sarah, qui lui avait promis une vraie conversation en tête à tête. La première depuis leur arrivée.

Malgré l'agitation des préparatifs pour le départ d'Ashedon Court, les instructions à donner aux domestiques, l'entretien avec les artisans qui devaient procéder aux réparations des dégâts causés par l'incendie, malgré le long trajet jusqu'à Highgate Village, effectué en plusieurs étapes pour ne pas fatiguer les enfants, la question que David avait posée à Faith n'était jamais loin de sa pensée.

Il ne lui avait pas facilité la tâche, à vrai dire, en endossant de nouveau pendant tout le voyage le costume du parfait ami. Il se montrait serviable et attentif mais s'écartait dès qu'elle feignait de lui prendre la main et évita toute promiscuité en s'imposant de voyager à cheval, à côté du carrosse, pendant tout leur voyage. À l'étape, il s'occupait des réservations des chambres et des repas avec son efficacité habituelle mais manœuvrait habilement pour ne pas se laisser isoler par Faith dans un couloir ou dans les écuries.

Voulait-il ainsi lui montrer ce que deviendrait leur relation si elle refusait de devenir sa femme ? À moins qu'il ne lui donne un aperçu, sans s'en rendre vraiment compte, de ce que serait leur vie commune au bout de quelques années de mariage, quand il aurait compris qu'elle n'était qu'une femme très ordinaire dont il ne devait rien attendre de particulier ?

Finirait-elle plus malheureuse avec lui que sans lui ?

Tout ce dont Faith était sûre, c'était que la manière distante dont David l'avait traitée pendant leur voyage l'avait rendue malade de regret et de frustration.

Sans pour autant dissiper son indécision.

Il lui avait dit qu'il n'était pas pressé. Mais elle savait qu'il lui fallait prendre position rapidement. Et seule.

La dernière fois qu'elle avait consulté Sarah, c'était à propos de son mariage avec le duc. Et quand celle-ci lui avait conseillé de patienter avant de l'épouser, elle avait fait la sourde oreille. Mais Sarah était sa sœur préférée, celle avec laquelle elle avait le plus d'affinités, et Faith avait bien l'intention de prêter la plus grande attention à ce qu'elle lui répondrait. Même si, en fin de compte, la réponse ne devait venir que d'elle-même.

L'arrivée de sa sœur interrompit sa douloureuse méditation.

— Désolée, mon chou, je suis en retard. Encore un drame domestique en cuisine.

Elle vint baiser la joue de Faith avant de se servir du café puis reprit :

— Les enfants se sont-ils installés à leur convenance hier soir ? Vous êtes arrivés si tard que je n'ai guère eu le temps d'y veiller.

— Oui, tout va bien. Mais ils étaient tellement excités par la perspective d'habiter quelque temps chez leurs cousins qu'ils n'ont pas dû beaucoup dormir cette nuit.

Sarah lui lança un regard pénétrant.

— Pas plus que toi, on dirait. Quelque chose ne va pas ? Je ne serais pas étonnée si tu souffrais de cauchemars après ce qui vous est arrivé à Ashedon Court. Par la grâce de Dieu, ces événements n'auront bientôt plus de raison de se répéter.

— C'était très impressionnant, en effet. Mais David s'est comporté de manière tout à fait extraordinaire. Il a rétabli l'ordre en un clin d'œil.

— Tu imagines notre inquiétude quand nous avons

appris ce qui était arrivé à Wollaton ! Englemere était si alarmé qu'il s'apprêtait à partir pour Ashedon Court quand il a reçu un mot de David lui signifiant que vous étiez sains et saufs. Nous ne le remercierons jamais assez pour son efficacité.

Faith but une gorgée de café et, du bout de l'index, se mit à tracer des figures mystérieuses sur la surface lisse et brillante de la table en acajou.

— Il ne s'est pas contenté de nous sauver la vie… ou du moins, celle d'Ashedon Court… Il m'a aussi demandée en mariage.

Stupéfaite, Sarah reposa sa tasse.

— Il t'a demandée en mariage ? Tout bien considéré, cela ne m'étonne pas tant que cela. Quand il t'a accompagnée lors de ta dernière visite, on aurait pu allumer une torche à la chaleur qui irradiait de vous deux. Ce n'est peut-être pas à proprement parler un bon parti, mais, humainement parlant, c'est quelqu'un de tout à fait remarquable.

— C'est le meilleur homme que j'aie jamais rencontré, s'écria Faith avec fougue.

Et c'était bien là la difficulté !

Penchée vers elle par-dessus la table, Sarah l'observa attentivement.

— Tu ne m'as pas dit ce que tu lui avais répondu. D'après la figure que tu fais, je suppose que tu n'as pas encore pris de décision. Bien sûr, il y aura toujours des gens pour dire que se remarier aussi vite après le deuil de son époux est de la dernière inconvenance. Mais il y a un conseil de tutelle pour les enfants et un régisseur pour le domaine. Et je ne pense pas que perdre ton titre de duchesse t'ennuie plus que cela.

Sarah but une gorgée de café, grignota un scone, puis, regardant sa sœur droit dans les yeux, lui demanda tout à trac :

— David te plaît-il vraiment ? L'aimes-tu ? Je sais ce

qu'il éprouve pour toi, mais toi, où en es-tu ? Jamais tu ne m'as parue si heureuse, si détendue, que lorsque vous êtes venus nous voir avec les enfants il y a quelques semaines. Réponds-moi franchement, Faith. Te rend-il heureuse ?

— Oui. Totalement. Avec lui, je me sens redevenue moi-même.

— Est-ce que tu l'aimes ?

Faith hocha lentement la tête.

— Oui. Du moins… je le crois. Comment ne pas aimer un homme aussi droit, aussi attentif aux autres, aussi efficace dans tout ce qu'il fait ? Et pas seulement avec moi mais avec tout le monde. Depuis le journalier le plus pauvre jusqu'à l'anonyme travailleur au fond de la mine. J'admire tout ce qu'il a déjà fait pour notre pays. Tout ce qu'il veut faire encore.

— Et tu aimes aussi qu'il te prenne dans ses bras, je suppose, conclut Sarah avec un petit rire affectueux.

Faith se sentit rougir. Sa sœur se doutait-elle qu'ils étaient allés beaucoup plus loin qu'un simple baiser ?

— Oui. Beaucoup.

— Alors, pourquoi hésites-tu ?

— Il est si merveilleusement attentif à mon égard, si tendre et si ardent. Si convaincu que c'est moi qu'il veut pour épouse. Exactement comme Ashedon à nos débuts. Je croyais de toute mon âme que notre amour durerait toujours.

— Mais ce ne fut pas le cas, dit Sarah d'une voix douce.

— Non, répondit Faith, consciente que ce seul mot ne pouvait résumer les années de dévastation qu'elle avait connues.

— La différence, vois-tu, et dont nous nous doutions Englemere et moi, c'est qu'Ashedon ne t'aimait pas. Oh ! Il a joué une comédie parfaite. Peut-être même a-t-il réussi à y croire lui-même. Il voulait une femme pratique à tous points de vue, de bonne naissance, soumise et capable de lui donner de beaux enfants. Aussi a-t-il joué le rôle qui convenait pour obtenir cela. Mais crois-tu vraiment que David soit en train de jouer un rôle ?

— Non. Je crois qu'il m'aime sincèrement et je suis certaine qu'il n'essaierait jamais de m'humilier comme l'a fait Ashedon pendant toutes ces années. Mais lui donner mon amour, me donner à lui corps et âme et le voir s'éloigner de moi au fil des années, comme l'a fait Ashedon, ça, je ne le supporterais pas. Même s'il restait aimable et respectueux à mon égard, parce que c'est dans son caractère. Je crois même que ce serait encore pire.

Faith reposa sa tasse et joignit les mains. Elle les serrait si fort que ses jointures étaient toutes blanches.

— Un soir, quelques mois après la naissance de Colin, j'ai rattrapé Ashedon sur le seuil alors qu'il s'apprêtait à sortir pour la soirée et je lui ai demandé si je pouvais l'accompagner. Où s'il ne préférait pas rester avec moi. « Pourquoi resterais-je ici avec vous ? m'a-t-il rétorqué avec l'air de grandeur qu'il savait si bien prendre. Vous n'avez aucun esprit, aucune conversation, et vos manières sont si rustres ! Maintenant que vous m'avez fourni des héritiers, n'importe quelle fille vaut mieux que vous. » Ce ne furent pas ses paroles qui me firent le plus de mal, mais cet air méprisant, presque dégoûté…

Une brusque nausée lui tordit l'estomac tandis qu'elle revivait la scène en imagination.

— Oui, dégoûté. Comme s'il venait de voir un cloporte dans son assiette.

Sarah lui prit la main par-dessus la table.

— Oh ! Faith. Je suis tellement désolée !

— J'ai cru que j'allais mourir. Je me suis laissée tomber sur une chaise et j'ai attendu la fin, respirant à peine. C'est la bonne d'enfant qui m'a tirée de ma léthargie en venant me chercher parce que Colin réclamait sa tétée. Je me suis levée et j'ai repris la vie comme avant. Ou presque, parce que quelque chose en moi était mort… Oh ! Sarah.

Si David me regardait comme cela un jour, je crois que je mourrais vraiment.

— Mais il t'aime et tu le sais. Pourquoi changerait-il soudain ?

— Parce que, dès qu'il a fait ma connaissance, je suis devenue pour lui l'Inaccessible. La belle demoiselle de haute naissance destinée à épouser un duc et à tenir une grande maison. Quelqu'un bien au-dessus de lui. Que se passera-t-il quand il s'apercevra que je ne suis qu'une petite femme très ordinaire ?

— David n'a jamais été impressionné par la pompe dont aiment à s'entourer certains aristocrates. Bien au contraire. Ce qui l'attire en toi, Faith, c'est ce que tu es, tout simplement. La douce et adorable petite créature que nous avons chérie chaque jour un peu plus au cours de notre commune enfance. Mais ce n'est pas dans cet amour que tu dois croire. C'est en toi-même. Si tu savais comme je hais cet Ashedon pour avoir tué en toi la merveilleuse confiance dont tu faisais montre. David aime cela en toi, cette joie de vivre, cette assurance que tu as retrouvées à son contact. Mais tu ne seras heureuse nulle part, ni avec personne, si toi, tu n'y crois pas. La vie est faite de risques, ma chérie. Ne l'oublie pas.

Un coup à la porte les interrompit. C'était l'une des filles de cuisine qui venait rapporter le dernier épisode du drame domestique toujours en train de se jouer au sous-sol.

Sarah se leva et embrassa sa sœur avec affection.

— Je suis désolée, ma chérie, mais je dois y aller. Sinon je crains que nous devions nous passer de déjeuner tout à l'heure. Fais-lui confiance, Faith. Et surtout, aie confiance en toi.

Incapable d'avaler une bouchée supplémentaire, la tête bourdonnante, Faith jeta sa serviette et quitta la pièce derrière sa sœur. Elle se dirigea vers le jardin, espérant s'y rafraîchir la cervelle et trouver un peu d'apaisement dans le calme et la solitude.

Pouvait-elle croire en l'amour de David ? Lui était-il possible d'avoir confiance en l'avenir ? Comment le savoir ? Des centaines de facteurs pouvaient éroder lentement les sentiments qui les unissaient et engendrer ennui, méfiance ou ressentiments.

Mais elle ? Pouvait-elle vraiment imaginer que quelque chose pourrait détruire son admiration et son amour pour David ? Même s'il n'avait plus, au fil des jours, ces délicates attentions qui renforçaient sa confiance en elle, l'homme qu'il était susciterait toujours son admiration et son amour. Jamais cet homme-là ne mettrait ses intérêts personnels avant ceux de son prochain, surtout si cela devait engendrer souffrance et injustice.

Il suffisait de voir comment il avait, lui aussi, essayé de protéger des conséquences de leurs actes les hommes qui avaient mis le feu à Ashedon. Il aurait pu revenir au domaine avec un représentant de la loi sur les talons, disposé à les envoyer en prison ou au gibet.

Non, jamais Faith ne cesserait de l'aimer. Quant à l'amour qu'il éprouvait pour elle… Le simple souvenir de ses caresses allumait en elle un feu ardent.

Après la grave déception provoquée par le comportement d'Ashedon, Faith s'était retirée en elle-même et s'était consacrée à ses tâches quotidiennes, à ses devoirs de maîtresse de maison et de mère de famille, donnant tout son amour à ses enfants. Si elle refusait la demande en mariage de David, elle pourrait toujours se réfugier de nouveau dans cette vie-là. Dans cette vie grise et sans émois, à l'abri de toute douleur. Et de toute joie.

Mais « la vie est faite de risques », avait dit Sarah.

Ne valait-il pas la peine d'ouvrir les bras et de vivre quelques mois, ou quelques années de vrai bonheur ? Au risque de tout perdre ?

Si, décida Faith. Cela en valait la peine. Elle ne serait jamais la femme parfaite capable de fasciner un homme pour toute une vie. Mais elle se sentait assez forte pour vouloir cet homme auprès d'elle. Pour aussi longtemps qu'elle parviendrait à le garder.

Et, peut-être, avec l'aide de Dieu, pour toujours.

Sa décision enfin prise, Faith retourna vers la maison d'un pas léger. Maintenant qu'elle savait ce qu'elle devait faire il n'y avait plus de temps à perdre.

Une heure plus tard, après avoir confié ses enfants aux soins vigilants de Sarah, Faith emprunta un cheval aux écuries et partit pour Londres, non sans avoir prévenu sa sœur qu'elle serait probablement absente quelques jours. Elle avait retrouvé tout son calme après les tourments de l'incertitude, et ne s'inquiétait plus maintenant que de savoir où elle pourrait trouver David et si ses tergiversations ne l'avaient pas fait changer d'avis.

Arrivée en ville bien plus rapidement que si elle avait circulé en carrosse ou en cabriolet, Faith alla d'abord s'enquérir de David au Parlement, puis, comme il ne s'y trouvait pas, elle alla à La Plume et le Marteau. Ni lui ni ses amis n'y étaient. Elle s'arrêta chez Maggie qui, après s'être enquise de ce qui n'allait pas, accepta de ne pas poser d'autres questions et lui donna l'adresse de David à Albany. Faith repartit aussitôt, non sans avoir promis à son amie qu'elle serait la première à être informée de ce qui se tramait dès qu'elle pourrait en parler.

Quand Faith eut enfin trouvé de la place pour son cheval dans l'écurie d'un relais de poste, les lampadaires étaient déjà allumés. Elle passa devant le portier de l'immeuble de David en déclarant avec une audace dont elle ne se serait pas crue capable qu'elle devait voir Mr Tanner Smith pour une affaire urgente — ce qui, après tout, n'était que la stricte vérité — et s'engouffra dans les escaliers. Arrivée au premier étage, devant la porte qui lui avait été indiquée, elle réalisa soudain que sa vie se jouerait dans les quelques minutes à venir. Mais la perspective de se retrouver bientôt dans les bras de David eut raison de ses dernières appréhensions.

Elle toqua contre le battant d'une main ferme et entra.

David, étonné que le portier n'ait pas annoncé son visiteur, leva les yeux de ses papiers, prêt à accueillir vertement Ben, Christopher ou Giles, les seuls susceptibles d'oser le déranger. Il lui fallut y regarder à deux fois pour se convaincre qu'il ne rêvait pas.

Oui, c'était bien la délicieuse silhouette de Faith qui se dessinait en contre-jour, là, sur son seuil.

Bondissant sur ses pieds, il se précipita à sa rencontre.

— Faith ! Mais que faites-vous ici ? Pourquoi ne pas m'avoir envoyé un billet ? Je serais…

Le saisissant par les épaules, elle lui coupa la parole par un baiser si fougueux qu'il lui fallut faire appel à toute sa volonté pour ne pas emporter aussitôt la jeune femme dans sa chambre.

— Ceci signifie-t-il que vous acceptez ma demande ? articula-t-il quand il eut repris son souffle.

Il était sûr — enfin, presque sûr — de la réponse, mais il lui fallait l'entendre de vive voix.

— Oui, Davie. Je veux vous épouser. Mon seul regret est de vous avoir fait attendre si longtemps.

Une exultation sauvage s'empara de David.

— Merci ! Oh ! Merci mon Dieu, murmura-t-il en serrant Faith contre son torse, à l'étouffer.

La perspective de pouvoir enfin épouser la femme de sa vie, l'Inaccessible qu'il avait réussi à capturer, l'étourdissait au point qu'il en perdait sa légendaire lucidité. Il se contentait de la bercer dans ses bras, ivre de bonheur à l'idée qu'elle allait devenir sienne.

Puis il relâcha enfin son étreinte.

— Mais vous ne devez pas rester ici ! Il vous faut quitter immédiatement les lieux, ma douce, et le plus discrètement possible. Votre réputation…

— Je me soucie de ma réputation comme d'une guigne ! Et je ne veux pas partir. Je veux passer la nuit ici, avec vous. Éprouver de nouveau ce sentiment que nous sommes faits l'un pour l'autre. Pour toujours !

— En êtes-vous donc enfin convaincue ? Me faites-vous confiance, maintenant ?

Faith hocha la tête, des larmes de bonheur perlant au bout des cils.

— Je ne sais pas. Sans doute, oui. Tout ce dont je suis sûre, pour le moment, c'est que vous me rendez heureuse. Que je vous aime et que je ne peux vivre sans vous.

Il la dévorait du regard, les yeux brillants de larmes.

— Il y a si longtemps que je rêvais d'entendre ces mots-là. Je vais vous faire conduire chez Maggie… demain matin, précisa-t-il comme Faith sursautait entre ses bras. Et j'irai du même pas nous obtenir une licence spéciale pour que nous puissions nous marier au plus vite. Attendez-moi un instant…

— Mais… ne pouvez-vous au moins me montrer votre chambre ? protesta Faith avec une petite moue.

— Plus tard. J'ai besoin de toute votre attention.

Elle sourit.

— Comme vous voudrez. Faites donc ce que vous avez à faire. Mais hâtez-vous !

David se précipita vers sa chambre où il tira nerveusement le tiroir de sa table de nuit pour en sortir une petite boîte. Il l'ouvrit et saisit entre deux doigts l'objet qui y était précautionneusement enfermé depuis dix ans.

Puis il revint à grands pas vers le salon.

— Donnez-moi votre main, milady.

Faith obéit, médusée. David glissa alors à son doigt une fine tresse d'ajonc fanée par le temps.

— Vous souvenez-vous de ce soir où, juste avant que vous ne repartiez pour Londres, j'ai noué ceci à votre doigt, en gage d'amitié éternelle ?

Faith le dévisagea, émerveillée.

— Vous l'avez conservé pendant toutes ces années ?

— Je vous parlais d'amitié, ma douce, mais tout au fond de moi je vous jurais ainsi mon amour. Je pensais, étant donné votre rang, qu'il ne devrait se limiter qu'à une éternelle admiration. Pourtant, j'ai gardé cette tresse d'ajonc en souvenir des jours heureux que nous avions passés ensemble cet été-là. Si j'ai pu vous aimer pendant toutes ces années sans espoir, comment pourriez-vous douter que je ne vous aimerais pas encore plus longtemps quand vous serez ma femme ? Je vous offrirai un autre anneau, d'or ou de vermeil et garni d'autant de diamants que vous le souhaiterez. Mais rien, à mes yeux, ne prouvera mieux mon amour que cette petite tresse d'herbe séchée.

Posant un genou à terre, David prit solennellement la main de Faith et plongea son regard dans le sien.

— M'épouserez-vous, Faith Wellingford Evers ? Pour aujourd'hui et pour toujours ?

Elle se pencha pour lui baiser les lèvres.

— Oui, je vous épouserai. Et je suis prête à consommer dès à présent cette union des corps et des esprits.

— Tout ce que vous voudrez, mon amour.

Sur ce, David souffla la chandelle et, soulevant sa promise, la porta jusqu'à sa chambre.

Vous avez aimé ce roman ?

Retrouvez le premier tome
de la série « Les Gentlemen rebelles » :
Fascinée par le vicomte
Disponible dès à présent sur www.harlequin.fr

Et ne manquez pas le prochain tome de la série
à paraître en décembre
dans votre collection Les Historiques !

Retrouvez en décembre,
dans votre collection

LES HISTORIQUES

La lady offensée, de Julia Justiss - N°771

LES GENTLEMEN REBELLES - TOME 3

Londres, XIXe siècle

« Je préfère vous prévenir. Vous êtes l'objet d'un pari ! »
Lorsque Alyssa découvre que les ennemis de son frère ont manigancé un scandaleux coup monté, elle refuse d'abord d'y croire. D'après le dénommé Benedict, venu l'avertir du danger, ce pari méprisable consiste à la séduire lors du prochain bal, pour la conduire ensuite jusqu'à une auberge et l'y abandonner, faisant d'elle la risée de la société. Bien sûr, son informateur se défend d'y participer ; et heureusement, songe Alyssa, car si quelqu'un aurait pu la conquérir, c'est bien ce parlementaire franc et terriblement séduisant. Mais, malgré ses conseils de prudence, Alyssa compte bien se rendre au bal pour affronter ses « prétendants »...

L'appel de la reine, d'Amanda McCabe - N°772

Irlande, Angleterre, XVIe siècle

Alys est bouleversée. Le naufragé espagnol qu'elle a caché et nourri pendant des jours a quitté son refuge dans la nuit, sans un mot. Elle avait pourtant pris des risques en le sauvant des soldats anglais, prêts à supprimer toute la flotte espagnole en déroute. Était-elle la seule à apprécier leurs longues conversations et leur complicité grandissante ? Et à quel point a-t-il été honnête avec elle, lui dont l'éducation et les manières étaient bien trop raffinées pour un simple soldat ? Ses doutes se confirment lorsque, invitée à la cour de la reine Elizabeth, elle croise celui qu'elle prenait jusqu'alors pour un ennemi de la Couronne...

À la merci du guerrier, de Denise Lynn - N°773

Angleterre, XIIe siècle

Beatrice pensait avoir échappé au pire lorsqu'elle a fui l'homme qui, sous couvert de l'escorter jusqu'au domaine de son père, a voulu abuser d'elle. Un homme qu'elle pensait aimer sincèrement, avant d'entrevoir sa vraie nature. Mais, fuyant à travers les bois, elle chute dans une rivière et serait morte noyée si un voyageur ne l'avait pas secourue. Glacée jusqu'aux os, elle se laisse conduire dans une auberge par son sauveur, dont la prévenance lui réchauffe le cœur. Ce n'est qu'une fois enfermée avec lui dans une chambre que Beatrice apprend à qui elle a affaire : Gregor de Roul, surnommé « le Loup », un dangereux guerrier précédé par une terrible réputation...

LES HISTORIQUES

Les mariés de Windsor, de Blythe Gifford - N°774

Château de Windsor, XIVe siècle

Une seule raison avait conduit Lady Solay au château de Windsor : obtenir du roi Richard une pension pour sa mère et sa sœur. En tant que fille illégitime du précédent monarque, elle savait bien qu'on ne l'accueillerait pas à bras ouverts. Mais elle n'était pas préparée au mépris et à la malveillance de la nouvelle cour. Ni à l'hostilité de Lord Lamont, l'homme chargé de contrôler les dépenses royales : la traitant comme une vulgaire courtisane, celui-ci s'oppose catégoriquement à ce qu'elle perçoive la moindre rente – tout en provoquant chez elle une attirance exaspérante. Aussi est-elle mortifiée lorsque le roi décide impulsivement de la marier à cet homme qui la méprise...

Une princesse dans le désert, de Marguerite Kaye - N°775

NUIT D'ARABIE - TOME 4

Royaume de Nessarah, XIXe siècle

Tahira est terrifiée lorsqu'elle est surprise au cours d'une de ses expéditions nocturnes. En tant que princesse, il lui est interdit de se promener seule dans le désert, et elle serait sévèrement punie si cela s'ébruitait. Heureusement, l'archéologue qui croise son chemin ne semble pas l'avoir reconnue. Obnubilé par ses recherches sur une amulette sacrée, Christopher accepte même l'aide qu'elle lui propose. Quelle chance de pouvoir l'assister dans ses fouilles, nuit après nuit ! Cette double vie permet à Tahira d'échapper un moment au lourd protocole du palais. La seule condition, c'est que jamais Christopher n'apprenne qu'elle est de sang royal...

Le secret des Hautes Terres, de Suzanne Barclay - N°776

Écosse, XVe siècle

Qui est vraiment Ross Sutherland ? Après avoir ouvert les portes de sa forteresse au ténébreux guerrier pour le sauver d'une embuscade, Cathlyn Boyd ne peut s'empêcher de frissonner. Car, si elle est fascinée par le séduisant Irlandais, elle n'oublie pas la menace qui pèse sur les siens depuis la mort de son père. Comment ne pas redouter que Ross ait été envoyé par Hakon Fergusson, son ennemi juré qui rêve depuis toujours de voler le secret ancestral de Kennecraig ? Un risque d'autant plus inquiétant que Ross possède une arme redoutable pour parvenir à ses fins : le désir irrépressible qu'il fait tout de suite naître en elle...

Le seigneur de Trouville, de Lyn Stone - N°777

Écosse, XIVe siècle

Pour échapper à un mariage forcé, Lady Iana Duncan s'enfuit du château familial et se réfugie dans un lointain village où elle exerce ses dons de guérisseuse. Un jour, elle est appelée au chevet d'un chevalier français, Henri Gillet, futur comte de Trouville, blessé lors d'un combat. Ce dernier lui propose un pacte : si elle consent à le soigner, il veillera à ce qu'elle devienne assez riche pour s'affranchir à jamais du joug des hommes. Iana accepte, à une condition : le chevalier devra aussi assurer la protection de sa fille adoptive. D'abord réticent, Gillet s'attache peu à peu à cette orpheline. Mais les choses se gâtent quand le chevalier se met à douter de sa véritable identité...

HARLEQUIN

Composé et édité par HarperCollins France.

Achevé d'imprimer en septembre 2017.

BLACK PRINT

Barcelone

Dépôt légal : octobre 2017.

Pour limiter l'empreinte environnementale de ses livres, HarperCollins France s'engage à n'utiliser que du papier fabriqué à partir de bois provenant de forêts gérées durablement et de manière responsable.

Imprimé en Espagne.